KB119339

나는 꽃도둑이다

한겨레출판

차례

나는 꽃 도둑이다

자진 납세

"칼 갈으으, 칼 갈으으으."

새벽부터 담벼락을 통통 쳐가며 추녀 밑에 좌판을 펴는 노점상들이 수군거리는 소리로 단잠을 깨우더니, 급기야 칼 갈라고 가래 끓는 소리까지 무시로 들려오는 걸로 보아 일주일마다 어김없이 찾아오는 공일이 틀림없었다. 부엌에선 어제 먹다 남은 돼지 뼈다귀를 삶는지 누릿한 냄새가 번져와 가뜩이나 편치 않은 속을 뒤집어놓았다. 일찍 일어나 봐야 앙알거리는 마누라의 잔소리에 시달릴 생각에 김명식은 눈을 꾹 누른 채 건성으로 코 고는 시늉을 하고 있었다.

눈치라도 챈 듯 머리맡에 놓아둔 휴대전화가 요란스레 울어댄다.

아직도 어두운 밤인가 봐.

자신과 동갑이라는 소리에 1,300원이나 주고 내려받은 전영록의 노래였다. 더듬거려 전화기를 집어 드니 황치산 회장이다.

"회장님이셔유?"

식전부터 걸려온 전화에 대고 댓살 부러진 가오리연처럼 허리 방아를 찧어대는 명식을 텔레비전 앞에 앉아 있던 마누라가 낚싯바늘처럼 눈을 고부라지게 뜨고 노려보았다.

"회장은 개뿔."

호랑이해에 태어난 띠 값을 하는지, 오만상을 찌푸리고 응얼거리던 마누라가 애먼 '청심회' 회장을 물고 늘어진다. 개띠와 호랑이띠가 여간 좋은 궁합이 아니라는 말도 허튼소리다. 그야말로 호랑이 앞의 개 꼴로 반평생을 설설 기며 살아가는 것이 어디가 어떻게 좋다는 말인지, 햅쌀을 닷 말이나 받아먹고 궁합을 봐준 읍내 점쟁이를 다시 만날 수 있다면 멱살을 움켜쥐고 따져 묻고 싶은 심정이었다.

청심회는 청계천 주변에서 가까이 지내온 이웃끼리 만든 친목계였다. 명식은 벌써 2년째 청심회에서 총무 노릇을 하고 있었다.

"몇 년이 지나두룩 멸치 대가리 한 줌 돌리는 적두 읎는 주제에 회장 행세는 오라지게 허구 자빠졌네. 월급 주는 회사두 쉬라는 공일날에 새벽부텀 즌화 넣어 심부름을 시켜? 에라이, 벼룩이두 이마빡이 있구 날파리두 뒤통수가 있다는디, 고렇게 얌통머리라곤 찾아볼 수 읎는 인간이 세상에 또 워디 있간. 허긴 남 말 허믄 뭐혀? 그걸 회장이라구 천해 읊는 상전처럼 섬기는 것들이나 그 맹꽁이에 그 개구리지 뭐여."

지난가을 청심회에서 부부 동반으로 새만금 관광을 갔다가 들른 건어물 가게에서 마누라가 모처럼 우스갯소리 삼아 황 회장에게 멸치라도 하사품으로 한 봉씩 돌리지 않겠느냐고 했다가 한마디 들은 걸 여태 삭이지 못한 탓이었다. 가뜩이나 요즘 들어 머리숱이 성글어진다고 한숨 쉬는 마누라에게 황 회장이 한 말이 화근이었다.

"공짜 좋아하면 머리 까진다는 말도 못 들어봤는가 베. 그러고 보니 벌써 이마가 훤하고마."

혀 아래 도끼 들었다는 말이 건성으로 있는 게 아니었다. 개 물어가는 호랑이 화상으로 얼러대던 마누라는 내친 김에 친목계 이름까지 입 끝에 올려놓고 본격적으로 까부른다.

"맨날 모여서 가부시끼루 개장국이나 먹는 주제에 청심은 뭐고 회장은 지랄. 가서 똑똑히 일러. 오늘부텀 회 이름을 개장국 처먹는 멍멍계루 바꾸라구 혀. 길거리에 좌판 깔구 앉은 것들두 연합회란 걸 맹글어 회장 노릇을 해먹는다지만, 남의 여자 머릿속이나 디다보구 히야까시나 허는 인간이 뭔 회장이여? 아갈배기럴 찢어놓을 인간 같으니라구."

돌아오는 일요일에 열릴 정기총회 때 계원들이 모일 식당을 알아보라는 황 회장의 전화를 받고 뭉그적거리던 명식은 민물 새우 튀듯 자리에서 일어섰다. 소나기는 일단 피하고 볼 일이었다.

등 뒤에서 쏟아지는 마누라의 앙알거리는 소리에 행여 등덜미를 잡힐까 싶어 허겁지겁 집 밖으로 나서던 명식은 대문 앞을 가로막고 선 승합차에 우뚝 걸음을 멈추었다.

그것도 대문이냐고 묻는다면 딱히 둘러댈 말이 궁할 만큼 허술하고 모로 기울기는 했지만, 엄연히 문패까지 내걸린 출입문 앞을 웬 낯선 차가 비집고 나갈 틈도 없이 바짝 틀어막고 있었다. 한바탕 욕을 퍼부으려던 명식은 차 옆구리에 박힌 경찰 표식을 용케 알아보고 무르춤했다.

명식은 필시 노점 단속을 나온 것이라고 짐작했다. 요즘 들어 부쩍 영화 복제 시디나 성인물을 단속하러 드나드는 발길이 잦았다. 용산 전자 상가나 강변 테크노마트만 가도 대놓고 팔아먹는 게 영화 복제 시디요, 애들 지나다니는 대로변에도 사타구니를 내놓은 야동이 버젓이 널려 있건만 그저 만만한 게 홍어 좆이라고 건수가 모자라다 싶으면 사흘거리로 청계천 바닥을 뒤지고 다녔다.

명식은 계원들이 봉변을 당할까 싶어 전화라도 넣으려고 슬며시 집 안으로 들어가려는데, 차창이 스르르 열리더니 손가락 하나가 비죽 나온다. 먹다 만 수제비처럼 퉁퉁 불어터진 얼굴의 강 형사다. 가타부타 말도 없이 제 집 강아지 부르듯 손가락을 까딱인다.

"지 말이유?"

짜증 섞인 얼굴로 강 형사가 고개를 끄덕인다. 무슨 영문인가 싶어 주춤거리고 서 있으니 차에서 뛰어내려 대뜸 등을 떠밀어 차에 태운다. 차 안에는 처음 보는 사복 차림 두엇이 아니 본 것만 못한 얼굴로 잔뜩 이맛살을 찌푸리고 앉아 있었다. 대체 무슨 일로 이러느냐고 두덜거리면서도 명식은 머릿속으로 이 생각 저 생각을 걸터듬는다. 순간 눈가에 잔주름을 자글자글 지으며 웃는 바타르의 얼굴이 어른거린다. 그놈이 기어코 일을 냈단 말인가. 도드라지게 불거진 광대뼈며 쪽 째진 눈이 일을 내고도 남을 놈이다.

"생판 모르는 처지두 아닌 사이에 뭐 땜에 이런대유?"

"가 보면 알아."

"가긴 워딜 가유? 시방 아침두 안 먹었는디."

"누군 아침 먹은 줄 알아? 식전부터 좆뱅이 치는 게 뉘 덕인데."

아무래도 담뱃값이나 뜯으러 나온 기색이 아니다. 지난 추석에 바이킹 뷔페에서 열린 경찰 위로 잔치 때 엉덩이를 실룩거리며 〈사랑은 나비인가 봐〉를 부르던 때와는 영 딴사람 같았다. 명식은 한숨을 길게 뽑아내며, 번버듬한 강 형사의 얼굴을 살피기 바빴다. 쌩하니 찬바람이 도는 표정이며 지그시 내리깐 눈이 이미 자초지종을 다 훑고 있는 눈치였다.

"아, 그게 사실은유. 즤들이 먼첨 주겠다구 혔단 말이유."

"그래서?"

"아, 그런디 이 잡것들이 약속을 안 지키는 거유."

"그래서?"

"애덜 장난두 아니구. 사실 그것들 밥 먹구 사는 게 다 대한민국 덕 아니겄슈? 근디 그것들이 꼬박꼬박 여깃 돈 타먹으믄서 남의 일자리까정 가로챌려구 헌다니께유."

"누가?"

"아, 누구긴유? 바타르……."

순간, 명식은 '이게 아닌가 벼' 하는 생각이 들었다. 차는 경적을 울려대며 비좁은 골목길을 이리저리 비틀거리며 빠져나간다. 이제 막 좌판을 벌이던 이들이 형사 기동대 차를 보고는 지칫거리며 뒤로 물러섰다. 빤히 아는 얼굴들이 눈을 둥그렇게 뜨고 힐끔거리지만 짙게 선팅한 차 안은 아무것도 보이지 않았다.

"거시기 땜에 그러는 게 아닌가유?"

"뭔 거시기?"

"김치 공장 바타르허구 방글라허구 지 밥값 땜에 오신 게 아뉴?"

강 형사는 땀이 밴 셔츠 주머니에서 담배를 빼어 물며 피식 웃음을 지었다.

"가지가지 하네. 걔들한테 삥까지 뜯었어?"

"삥은 아니구유."

담배 한 개비를 명식의 입에 물려주며 강 형사가 모처럼 친근한 목소리로 어른다.

"자세히 말해봐. 다 알고 왔으니까."

"다 아신다믄서 뭔 야기럴 허랜대유."

담배 필터 끝을 질겅거리며 씹는 강 형사의 눈썹이 금세 갈고리처럼 꼬부라져 올라간다.

"그러니까 그 거시기……."

"거시기는 빼고! 우리 아버지가 그 거시기, 거시기 하는 놈들한테 사기당해서 홧병으로 돌아가셨거든."

"그러게 말이유. 그러니께 그 거시기가 거시기럴, 에구 참, 버릇이 돼놔서. 알았슈."

파출소에 도착한 명식은 미지근한 커피 한 잔 없이 호젓한 방으로 바로 끌려 들어갔다. '참고인 조사실'이라고 적힌 팻말이 걸린 방에는 덜렁 탁자 하나만 놓여 있었다.

"눈깔 돌아가는 거 봐라. 안 돌아가는 대가리 굴리지 말고 자진납세해봐. 모르는 처지도 아니니 잘 봐줄 테니까."

참고인이 무슨 뜻인지 머릿속으로 헤아리던 명식은 책상을 탁 치는 소리에 놀라 토끼 눈을 뜨고 강 형사를 바라보았다.

"거시기 빼고, 있던 일 하나도 남기지 말고 다 털어놔봐. 하나라도 거짓말했다가는 여기서 못 나갈 줄 알아!"

"지는 죄 읎슈. 그냥 밥값 줌 올려달라구 혔다가 안 된다구 혀서 그냥 거시기허구 있는디, 그것들이 증 안 되믄 즈들이 돈을 모아준다구 혔다니께유. 지가 먼저 거시기허라구 헌 게 아니래니께유."

"그 거시기, 거시기 하지 말고 영화 본 것처럼 있던 대로 이야기해보라고."

"그러니께 지는 증말 죄가 읎다니께유."

"죄가 있는지 없는진 판사가 정하는 거고, 그대는 불기만 하면 돼."

"증말 환장허겄네."

"환장할 건 나야."

뱁새 같은 눈을 찢어지게 치뜨며 잡아먹을 듯 달려드는 강 형사의 기세에 눌려 명식은 별 볼 일 없이 사람 꼴만 우습게 된 일을 영화 돌리듯 털어놓지 않을 수가 없었다.

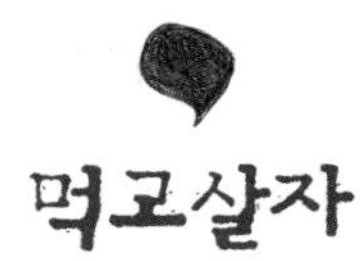

먹고살자

벌겋게 녹슨 철문에 깨진 거울 쪼가리를 얹어놓고 가위로 코털을 다듬던 명식은 무서리 맞은 고춧대처럼 시르죽은 머리카락을 이리저리 뒤척여 보고는 오늘은 이발이나 해야겠다고 마음먹었다. 사내가 집에서 뒹굴다 보면 꼴이 추레해지고 빈해 보이게 마련이니 이럴 때일수록 깔끔하게 다듬어야 하는 법이다. 명식은 단골로 다니는 무즈 이발소 미스 박의 토실토실한 엉덩이가 눈앞에 어른거려 자신도 모르게 울대를 오르내리며 침을 꿀꺽 집어삼켰다.

"뭔 눔의 세수를 죙일 헌댜?"

선달 동치미 독 얼어 터지는 소리로 등 뒤에서 마누라가 내지르는 고함에 화들짝 놀라 명식은 그만 쥐고 있던 가위로 콧구멍을 찌를 뻔했다.

"집에서 편편히 노는 주제에 식전부텀 뭔 꽃단장이여?"

못생긴 무가 심만 악세다더니, 마누라의 말마디에 서린 가시에 명식은 울컥 심기가 뒤틀렸다. 청계천 바닥에 들어앉은 김치 공장에서 17년 동안 하루도 쉬지 않고 짠물에 손을 절이다가 이제 겨우 일주일 쉬었는데, 벌써부터 눈을 희번덕거리며 양철 긁는 소리를 해대는 마누라를 대하자니 명식은 한숨부터 길게 나왔다.

"김치 넣지 말라니깐."

아침부터 늦었다고 오두방정을 떨며 목욕탕과 제 방을 뛰어다니던 딸 경순이 그 와중에도 도시락 반찬 뚜껑을 열어 보고는 이마에 내 천 자를 그리며 종알거렸다.

"쏘세진지 뭔지는 입에서 신물이 난다메?"

"냄새 난다고 사장이 뭐라고 한단 말이야."

"지랄. 그 집에선 삼시 세끼 햄버거만 처먹는다냐?"

"몰라!"

반찬 통에서 일일이 젓가락으로 김치 쪽을 건져낸 뒤에야 경순이 가방을 챙겨 들고 일어선다.

"밥이나 몇 숟갈 뜨구 가."

"지각하면 한 시간씩 깐단 말이야."

"벼룩이 간을 내어 먹지."

"남의 돈 타먹기가 워디 쉬울까."

가장으로서 한마디 안 할 수 없어 명식이 시부저기 끼어든다.

"애덜 밥은 제대루 멕여가믄서 부려야 헐 거 아니냔 말이여. 팔다 남은 빵 쪼가리나 던져 주믄서 조건은 오라지게 까다롭대니께."

청평화시장 귀퉁이에 붙은 햄버거 가게에서 시간제 알바로 일하는 경순을 볼 때마다 명식은 한숨이 절로 나왔다. 경순이 대학에 보기 좋게 붙었을 때는 세상 다 얻은 것 같았다. 없는 돈 탈탈 털어 4년 동안 갖다 바치기가 어렵지, 졸업만 하면 당장 줄을 서서 모셔 갈 줄만 알았는데, 시장 바닥에서 빵 가게 점원 노릇이나 할 줄 누가 알았겠는가. 거기 붙인 사진값만 해도 꽤 들었을 이력서를 방바닥에 수북이 깔아놓고 끼적거리는 딸을 들여다보면 한숨부터 길게 나왔다. 의상학과와 햄버거가 어떤 관계인지는 모르겠지만, 가게 앞을 지나가다가 머리에 꼴사나운 모자를 뒤집어쓰고 서커스단 광대처럼 울긋불긋한 옷을 걸친 딸을 볼라치면 울컥하고 가슴에서 울화부터 치밀어 올라 당장 손목을 잡아끌고 오고 싶었다. 그러다가도 그러는 제 속은 얼마나 상할까 싶어 모른 척 외면하고 지나다녔다.

입을 한껏 빼물고 퉁퉁거리던 경순이 제 어미가 싸 준 도시락 가방을 마지못해 질질 끌고 나간다. 공연히 불똥이 자신에게 튈까 봐 명식은 부지런히 밥숟가락만 입으로 퍼 날랐다.

"어지간히 먹었으믄 상 좀 내가우. 뭔 조반상을 놀이 삼아 붙들구 앉았댜."

"다 먹자고 허는 일이여. 개두 먹을 땐 안 건드린댜."

"개라두 되믄 잡아먹기나 허지."

마누라가 설거지 그릇에 자신이 먹던 수저며 밥그릇을 메다꽂듯 왈각거리는 바람에 명식은 입에 가져가던 수저를 별 수 없이 내려놓고 말았다.

밥상이라고 해봐야 가게에서 팔다 남은 김밥 부스러기에 군내 난 지 오래인 김장 김치가 고작이었다. 그걸 걸터듬는 모양도 안되었지만, 오래 먹는다고 타박하는 마누라가 곱게 보이지 않아 명식은 하지 않았으면 좋았을 한마디를 그만 꺼내놓고 말았다.

"워디 집을 게 있어야 서두르지."

마누라의 눈초리가 다시 갈고리처럼 꼬부라지는 걸 아슬아슬하게 바라보자니 아니나 다를까 퉁명스럽게 메어박는 소리가 터져 나온다.

"증 입에 맞지 않으믄 누구네처럼 배달이나 시켜 먹든가."

아무리 집에서 놀게 되었다지만, 이렇게 표 나게 괄시하는 마누라의 심보가 고약스러워 명식은 아까부터 간신히 참고 있던 성질을 벌컥 내고야 말았다.

"손발 게을러 배 불거지는 마누라 앉혀놓구 뭔 배달?"

"네미, 남이 들으믄 돈다발이래두 벌어다 줘서 배 불거진 줄 알겄네."

"아니믄?"

"금실이 좋으믄 배 불거질 틈두 읎다든디, 기껏 밥그릇 비우고 나믄 코 골기 바쁜 주제에.”

“밥상을 디다봐, 금실이 거시기허게 생겼나!”

“지르낀 돈 줌 척척 내놔봐. 여즈껏 찬값 타 쓰는 년은 청계천 바닥에서 내밖에 읎을 겨.”

불뚱가지가 나서 상을 걷어차고 나가려던 명식은 손에 잡힌 담뱃갑이 헐렁하게 빈 것을 느끼고는 슬며시 툇마루에 주저앉았다.

“이발이나 허게 돈이나 내놔봐.”

한마디 퍼부으려던 마누라는 제 눈에도 더부룩한 것이 사람 꼴이 아니었는지 꾹 참고 만다.

“내중에 계산헌다구 혀여.”

“털두 외상으루 깎나?”

“에덴 미용실 바깥양반 밥값 밀린 게 있대니께.”

“에덴 미용실?”

단골로 다니는 무즈 이발소에 가서 미스 박에게 안마라도 받으려던 명식은 낭패한 얼굴로 마누라의 옆얼굴을 훔쳐보았다.

재떨이에 눌러두었던 담배꽁초를 집어 불을 붙이려는데, 주머니 속에서 휴대전화가 운다. 필시 이자 내고 돈 쓰라는 대출 광고 전화일 거라고 여기며 퉁명스레 전화를 받는다.

“누구여. 사장이유? 아, 사장님이 워쩐 일이시대유?”

기다리던 사장 전화에 명식의 목소리는 단박에 생기를 찾는다. 그러면 그렇지. 속으로 쾌재를 부르며 명식은 한껏 거드름 섞은 목소리로 전화를 받았다.

"오늘이유? 글씨, 선약이 있기는 헌디……."

12시까지 공장으로 나와달라는 말에 명식은 마지못해 알았다는 시늉을 했다.

"뭐랴유?"

"뭐랴긴 한번 만내자는 거지, 뭐."

"머리 줌 깨끗이 다듬구 가유."

단박에 말투부터 봄비 맞은 버들처럼 부들부들해진 마누라가 만 원짜리 지폐 두 장을 내민다.

우선 담배부터 한 갑 사서 윗주머니에 찔러 넣은 뒤, 명식은 처음 가보는 에덴 미용실 앞을 기웃거린다. 여자들 머리 볶을 때나 가는 곳으로 여기던 미용실 문을 열고 들어가려니 손이 여간 근실거리는 게 아니었다. 시간도 촉박한 터에 좋은 공부 하는 셈 치자고 눈 딱 감고 문을 밀고 들어서자 우주인들 탈바가지 같은 걸 쓴 동네 아주머니들이 일제히 그를 돌아본다.

"뭔 일이래. 경순 아버지가 우리 집엘 다 오시고?"

"가보래서 오긴 혔는디, 여기서두 남자 머릴 깎나 모르겄네."

그 말에 한구석에 쭈그리고 앉아 조간신문을 뒤적거리던 바깥주인이 반색을 하며 자리로 끌고 간다.

"머리 깎는디 남녀가 워딨댜?"

"여태껏 이발소만 댕겨봐서."

"이래 봬두 여기가 본시 낙원 이발소 자린 건 알지?"

같은 친목계원인 송씨는 고향이 자신과 멀지 않아 자별하게 지내던 터라 그가 왕년에 가위를 잡던 깎사 출신이라는 건 들어 알고 있었다. 단정하게 깎아달라며 머리를 내맡긴 명식은 어느 결에 깜박 잠이 들었다.

머리에 벙거지를 뒤집어쓰고 앉았던 아주머니들이 깨 볶듯 웃는 소리에 퍼뜩 고개를 치켜들고 보니, 머리 다듬던 주인 내외가 보이지 않는다. 시간은 벌써 10시를 넘어서고 있었다. 조급한 마음에 주변을 둘러봐도 미용사며, 왕년의 이발사는 종적이 묘연하다. 반쯤 깎다 말아 꼴사납게 된 제 머리를 거울에 이리저리 비춰 보던 명식이, 입이 째지도록 하품을 해대는 옆자리 아주머니에게 주인의 행방을 묻는다.

"밥 먹으러 갔나 봐요."

"머리 깎다 말구 뭔 밥이래유?"

"그이들도 밥은 먹어야죠. 다 먹자고 하는 일인데."

먹자고 하는 일이라는 말에 명식은 더 이상 구시렁거릴 수가 없었다. 머리를 반쯤 뜯긴 채 맥없이 기다릴 수밖에.

뒷산에서 나무를 해다가 가마솥에 지어 먹는지, 한참을 안에서 달가닥거리던 송씨가 숭늉을 한입 물고 양치질 삼아 우물거리며 기어 나올 때까지 명식은 죽 쑤다 남긴 솥단지 신세로 우두커니 앉아 기다려야 했다. 깍두기깨나 집어넣었는지 연신 시크무레한 트림을 해대는 송씨에게 반쪽 남은 머리를 마저 깎이고 났을 때는 약속 시간이 거의 다 되었다.

평소에는 바라보지도 않던 택시까지 집어타고 달렸건만 20분쯤 지난 뒤였다. 걸음을 재게 놀려 들어선 김치 공장 안에서 마침 소금 부대를 져 나르던 스리랑카인 추린이 허연 이를 통째로 드러내고 웃어 보인다. 출근길에 시커먼 추린과 마주치면 하루종일 재수가 없다고 여겨온 명식은 그가 서투른 한국말로 더듬거리며 건네는 인사말에 대꾸도 하지 않고 미간만 찌푸렸다.

낮에도 어둑한 탓에 푸르스름한 형광등을 두어 개씩 밝혀놓아야 하는 사무실 안에는 배불뚝이 사장을 둘러싸고 한 무리가 모여 앉아 있었다.

"며칠 새 신수가 훤해졌네."

귀에 익은 목소리에 침침한 안쪽을 둘러보니, 황학동 단무지 공장 최씨가 엉덩이를 빼고 의자에 등을 기댄 채 앉아 있었다. 어둠에 눈이 익자 비로소 그 안에 웅크리고 있던 상운철물 이씨며, 명화염색 전무에, 지난 추석에 화투판에서 광값 떼어먹고 달아났던 금광제화 염 사장까지 한눈에 들어온다. 사람을 불러내 뭇매라도 주려는지 떼로 모여 있는 사정을 몰라 명식은 떨떠름한 얼굴로 그들의 안색부터 살폈다.

"워쩐 일들이래여? 이 바쁜 시절에……."

"그러게 말이야. 이 바쁜 시절에 어느 씹어 먹을 인간이 투서질을 한다고 해서."

명식은 그제야 이들이 배나무 가지 위의 까치 떼처럼 사이좋게 둘러앉은 까닭을 짐작하게 되었다.

며칠을 기다려도 답이 오지 않아, 얼마 전 공장 부근을 얼쩡거리다가 눈에 익은 아줌마들이 소금기에 전 옷을 입은 채 퇴근하는 걸 잡아채어 막걸리를 마시며 슬며시 불법 노동자 이야기를 흘려두었던 것이다.

"불법으루 외국 노동자 쓰는 것들두 다 잡아들인대는디, 괜찮을까 몰르겄네."

그 말이 들어간 게 틀림없었다.

"투서질 하는 인간치고 잘되는 꼴을 못 봤어."

"당대 아니면 후대라도 고자가 나온다지?"

이건 대놓고 악담을 하는 셈이다.

"그 사람들도 다 먹고살겠다고 이역만리 코리아까지 와서 고생하는데, 그걸 찔러대면 어쩌자는 거야?"

돌아가며 얼러대는 꼴이 우스워 명식은 점잖게 한마디 퉁기지 않을 수 없었다.

"팔이 배깥으루 굽는 건 츰 보네유. 내두 열사의 싸우디에서 흰둥이 감독관이며, 머리에 두건 두른 아랍 종자덜헌티 왼갖 설움 다 받아봤지만, 즤 동포헌티 괄시받기는 츰일세."

명식이 한때 중동 건설 노동자로 겪은 설움을 토로하며, 밖에서 굴러 들어온 외국 종자를 편들기보다 같은 핏줄끼리 뭉쳐야 하지 않겠느냐는 요지로 민족주의란 말까지 들춰대자 어디선가 피식 콧방귀가 새어 나왔다.

"아, 웬 된장에 간장 치는 소리야? 지금 한일전 축구 시합하는 것도 아니고, 한민족 하나 되기 운동 본부도 아닐 텐데, 김치 공장 일꾼 하나 싸게 쓰자는 일에 우세스럽게 무슨 민족주의 강연이야?"

"일꾼 하나 헐게 쓰자구 즈 동족을 잡어유?"

"제 밥값 좀 올려 받자고 이웃들 떼죽음시키는 이는 어떻고?"

"저 사람들도 낯설고 물선 나라로 굴러들 때에는 어떻게든 제 배 곯지 않고 새끼들 거둬 먹이겠다고 떠나온 거 아니겠어? 다 먹고 살자고 하는 일에 너무 심하게 하면 죄 받아."

"맞아유. 밥에는 민족두 읎구, 핏줄두 읎는 벱이유. 워디 방글라만 그려유? 한핏줄 탈북자덜두 배 주리지 않겄다구 목숨 걸구 넘어온 것이구, 필리핀서 멀쩡한 샥시가 반푼이 앉은뱅이 신랑헌티루 시집오는 경우두 즈 식구덜 워치게든 배 불리자구 심청이츠럼 팔려 오는 거 아니겄슈? 그런 밥그릇을 걷어차믄 인간적으루다가 좀 거스기허쥬."

그나마 비스름하게 충청도 사투리 쓰는 처지라고 구석에서 입 다물고 눈치만 살피던 상운철물 이씨가 누구 편을 드는 것인지 아리송한 말로 얼버무리고 나섰다.

한 입으로 여럿을 당하자니 적잖이 곤하게 된 명식은 새삼 제 실수를 후회하게 되었다. 이미 지나간 일이 되었지만 도끼로 제 발등을 찍은 셈이었다. 명식이 김치 공장에서 그나마 공장장 소리를 들으며 막일을 면한 것도 배추 절이는 염도를 맞추는 재주가 있었기 때문이다. 김치 맛은 배추를 절이는 정도에 달린바, 날씨나 소금 종류, 배추 산지에 따라 소금 양을 적절히 넣어야 하는 깜냥은 얼핏 쉬워 보여도 아무나 할 수 있는 일이 아니었다. 자칫 잘못했다가는 애써 절인 트럭 한 대 분량의 배추를 그대로 내다 버리는 수도 있으니, 그만큼 공장에서 명식의 위세가 높아질 수밖에 없었다. 윗주머니에 염도계 하나 찔러 넣고 다니며 헛기침을 할 수 있었던 것도 거저 얻은 호사가 아니었다. 해수가 심해 그만둔 황 노인에게 작대기로 머리통을 쥐어박히며 어깨너머로 배운 재주였다.

몽골에서 들어와 불법 체류 중인 바토르가 힐끗거리며 가르쳐달라고 사정할 때도 야무지게 거절했어야 했다. 제 나라 돌아가서 써먹겠노라는 말에 몇 가지 일러주었더니, 이것이 눈썰미 좋게 제 힘으로 비결을 터득할 줄이야 어찌 상상이나 했겠는가.

그러고 보면 이번 일도 밥상 때문에 시작된 일이었다.

명색이 공장장인데 막일꾼과 같은 밥상을 내오고, 찬이라고 해야 1년 내내 쳐다보기만 해도 진저리부터 나는 김치에 벌겋게 버무린 깍두기, 여름이면 별식 삼아 나오는 열무김치에 물려 도시락을 싸들고 다닐 테니 식대를 따로 달라고 했던 것이다. 머리에 벌건 띠를 두르고 덤벼든 것도 아니요, 봉급 올려달라고 막말로 사장실에 들어가 뒤로 벌렁 드러누운 것도 아니었다. 그저 한 끼 먹는 점심이나마 제대로 먹어보자고 한 말이었는데, 냉장고에 삶은 개를 통째로 넣어두고 먹는다는 배불뚝이 사장은 들은 척도 하지 않았다. 말을 내놓고 슬그머니 주저앉기도 겸연쩍어 이참에 하루 밥값으로 5천 원은 따로 받아야겠다고 며칠 집에 머무르며 버틴 것이다.

하루만 나가지 않아도 당장 쌓아놓은 배추를 절일 일에 쫓겨 두 손을 싹싹 빌며 모시러 달려오리라 믿었건만 사흘, 나흘이 지나도 전화 한 통 걸려오지 않았다. 일 다니는 아주머니들에게 전화를 걸어 물으니, 글쎄, 그 빌어먹을 바토르 자식이 명식이 쓰던 염도계를 집어 들고 공장장 행세를 하고 있다고 했다.

공장에서 일하는 외국 것들 중에서 시커멓거나 허여스름한 것보다는 그래도 누런빛을 띤 것에 마음이 끌리는 데다 생김새도 입만 다물면 조선산인지 몽골산인지 가늠하기 어려울 정도여서 친근하게 대해주었더랬다. 세상에 나올 때 삼신할미에게 엉덩이를 걷어차여 푸르스름하게 멍든 자국이 피차 있다는 말에 마음을 푼 것이 화근이었다.

"그랴서 경고래두 허시려구 바쁜 사람 불러들였슈?"

"김씨, 좋은 게 좋은 거여. 다 없던 일 치고 예전처럼 웃어가며 일해보자고."

다 없던 일로 치자면, 밥값은 어떻게 될지 알아야 웃든 말든 할 일이 아니겠는가.

"그야 이 도령 만난 성춘향이 심정이쥬, 뭐."

"일이 년도 아니구 한솥밥 먹은 지 이십 년이 되어가면 한가족이나 마찬가진데……."

"한솥밥이라니 드리는 말씀인디, 그랴믄 밥값은 줌 현실화혀주시겄다는 조로 알어들어두 무방허겄슈?"

밥값이라는 대목에 이르자, 굿상에 오른 돼지 대가리처럼 흐뭇한 표정을 짓고 있던 사장의 안색이 전기 나간 아파트 방처럼 금세 써늘해진다.

"밥값 아니라 집값도 해주고 싶어, 솔직한 심정으로다. 김씨도 알다시피 중국 김치 땜에 공장이 문을 닫느냐 마느냐 하는 판에, 지금 밥값 챙길 때야?"

"밥 먹는 데두 때를 살피나유? 다 먹자구 허는 일인디……."

조금 전 자신이 한 말을 빼앗긴 금광제화 염 사장이 눈을 실긋거리며 입을 비죽거린다. 바토르가 있으니 사장도 아쉬울 게 없다는 눈치로 배를 내밀었다. 쇠전에 나온 강아지처럼 오려면 오고, 말려면 말라는 투였다. 평생 청계천 언저리를 벗어나지 못할 인생이 설마 투서를 넣어 아침저녁으로 얼굴을 마주칠 사람들과 척을 지고 살기야 하겠느냐는 눈치였다.

명식은 택시까지 집어타고 달려온 길이 허망하기만 했다. 터덜거리며 걷다 보니 어느 결에 먹도날드 분식에 이르렀다. 창 너머로 들여다보이는 식당 안에선 마누라가 일하는 아줌마에게 볼이 미어지게 잔소리를 퍼붓고 있었다. 집 안에서 저 잔소리를 견디며 지내는 일도 사람으로서 못할 짓이라는 걸 요 며칠 새 뼈저리게 느끼고 있던 명식이었다. 밥값을 포기하고 주는 대로 짠지에 밥 말아 먹고 살까. 명식은 허전한 가운데서도 무언가 뱃심에서 불끈 솟아 쉽게 고개를 끄덕이지 못했다.

식당 앞의 보도 귀퉁이에선 피켓을 치켜든 사람들 무리가 확성기로 뭐라고 왕왕대며 하늘에 주먹질을 하고 있었다.

'비정규직 철폐, 최저임금 보장!'

무슨 뜻인지 정확히는 몰라도 하도 들어 대강 짐작하고 있는 말들이 적힌 깃발이 붉고 검은 글씨로 범벅이 되어 펄럭이고 있었다.

라면으로 요기라도 하려던 명식은 선뜻 식당 안으로 들어서지 못했다. 마누라의 찌푸린 얼굴이 창 너머로 빤히 들여다보였기 때문이다. 시위가 있을 때마다 장사가 안 된다며 시위하는 사람들에게 대놓고 막말을 퍼붓는 마누라였다.

"떼두 쓸 때 쓰라 이 말씀이여."

그럴 때면 마누라가 마치 시위대를 진압하는 경찰의 우두머리쯤 되어 보였다. 다 먹고살자고 하는 짓이라고 해도 마누라는 막무가내로 '배지가 불러 저러는 것'이라고 악을 써댔다.

하기야 마누라는 어쨌든 남을 부리는 사장임에는 틀림없었다. 요즘은 도로변에 박스 하나 세워놓고 온종일 옴짝달싹 못한 채 쪼그리고 앉아 사탕 나부랭이에 잡지 쪼가리를 팔아도 사장이요, 빛바랜 파라솔을 펴놓고 온종일 담배 몇 갑에 음료수 여남은 병을 팔아먹는 동네 슈퍼에도 사장이 들어앉아 있었다. 말이 주점이지, 예전 같으면 들병이라고나 불릴 호프집 주인도 고등학생 알바짜리를 데려다 시간당 3천 원도 안 되는 품삯을 주며 사장 소리를 듣는 이가 어디 한둘인가.

일곱 해를 꼬박 초등학교 앞에 포장마차 한 대 세워놓고 어묵에 떡볶이를 팔아 모은 돈으로 올봄부터 가게를 얻어 '먹도날드 분식'이란 간판을 내건 명식의 마누라도 설거지 도와줄 아줌마를 하나 두더니 그 잘난 사장 노릇에 재미를 붙인 눈치였다. 요식업 사업자 등록증을 받았다는 유세인지, 파업하는 노동자들이 깃발 꿴 대나무 봉으로 경관을 찔러대는 사진만 큼지막하게 걸어붙이는 신문을 들여다보며, 저 혼자 나라 살림을 떠맡은 이처럼 오만상을 찌푸리고 혀를 차대기 바빴다.

"배지를 쫄쫄 굶겨야 혀. 시방 나라 경제가 워찌 돌아간다는 소리두 듣지 못혔나. 애덜 돌반지꺼정 빼다가 나라 살린 지가 월매나 되었다구 파업이여? 가뜩이나 불경기에 영업허는 사람들은 밤잠을 제대루 못 자가며 고심허는디, 다달이 따박따박 봉급에 밥값에 차 몰구 댕기는 지름값꺼정 챙겨 받구, 때마다 보너스루 떡값꺼정 타먹으면서 뭘 워쩌라구 심심허믄 빨갱이덜츠럼 대가리에 빨건 띠를 두르구 거리루 나서냔 말이여. 저것들은 너나읎이 죄 풍선에 매달아 김정은헌티루 날려 보내구, 밥만 멕여줘두 감지덕지허는 동남아 것들 불러다가 품 사 쓰야 정신을 차릴 겨."

마지못해 밀고 들어선 식당 안에선 마누라가 주방 일을 하는 영식 엄마를 세워둔 채 일장 훈시를 하고 있었다.

"밑이서 봉급이나 타먹는 이들이야 심간 편허겄지. 막상 경영을 책임지는 오나 입장이 되믄 고민되는 게 부지기수여. 막말루 장사 안 되구 골 아프니 가게 문 닫아버리믄 내야 워치게든 못 살겄어? 솔직히 그리 되믄 영식이 엄마는 워츠허구, 배달허는 종철이는 당장 워쩔 것이냔 말이여. 내두 조출허긴 허지만 오나 입장에서 가게를 운영허다 보니께, 입장이 예전허군 사뭇 다르대니께."

가만히 곁에서 이야기를 듣자니, 그동안 라면이나 김밥 부스러기 먹는 걸로 점심을 때우던 영식 엄마가 옆집 꼬꼬치킨처럼 제대로 된 백반을 시켜 먹게 해달라는 바람에 사달이 난 모양이었다.

가게 문을 닫는다는 말에 찔끔해 영식 엄마가 본전도 못 찾은 채 주방으로 들어간 뒤, 마누라는 명식에게 공장에 간 일이 어찌 되었느냐고 물었다. 자초지종을 전해 들은 마누라는 대번에 사장 험담을 늘어놓는다.

"생긴 대루 논다더니, 하관이 기다랗구 주둥이가 톡 발족한 게 영락읎는 쥐 상이더만 여간 좀상스러운 게 아녀. 촌에서 허다못해 논바닥에 엎드려 놀이 삼아 어깨춤 추며 모를 찔러 넣는 이덜두 밥이다. 참이다 혀서 당장 낼 먹을 끼니를 걱정헐 집에서두 일꾼들 멕이는 것만은 애끼지 않는 법인디. 워째서 왼쬥일 찬물 만져가며 일허는 이 즘심값을 거시기헌댜? 애낄 게 따루 있지."

그래도 한이불 덮고 자는 처지라고 목에 핏대를 올려가며 역성들어주는 마누라가 고맙긴 하지만 김치 공장 주인을 쥐에다 비유해가며 불평을 쏟아내는 데는 조심스러워 주변을 둘러보지 않을 수 없었다. 조금 전 영식 엄마를 윽박지르던 말끝인지라 한마디 넌지시 질러주었다.

"그러니 거기두 먹는 거만큼은 인심 잃지 않게 잘혀."

"내야, 널린 게 죄다 먹을 건디 김밥 말다가 자투리를 입에 넣든, 간 본다고 오뎅을 꿰미째 들구 먹든 뭐라 한마디허나? 아마 그렇게 알게 모르게 주워 먹는 것만으루두 짜장면값은 족히 넘을 거여. 이제 먹다, 먹다 물려서 백반 타령을 다 허는 거래니께. 그저 너나읎이 굶어봐야 정신들을 바짝 채린대니께."

구유에 머리 처박고 투레질하는 돼지처럼 입속으로 웅얼거리는 마누라의 투정을 듣고 있으니 명식은 김치 공장 사장이 그가 없는 줄 알고 양념 버무리는 아줌마들에게 하던 말이 생각나 가슴이 뜨끔했다.

"조선 사람이야 위아래 할 것 없이 끼니마다 건건이 김치를 빼지 않고 찬 삼은 지가 수천 년이야. 잘사는 강남 여사들도 고기니 뭐니 하는 것이 몸에 안 좋다고 김치 담가 먹기 바쁘고, 제 몸 챙기는 데 세계 일등인 일본 것들도 요즘 김치라면 사족을 못 쓴다는 소리도 못 들었대? 뭐, 이젠 김치 소리만 들어도 군내가 나? 더도 말고 사흘만 굶겨야 해. 그 소리가 나오나. 군내가 아니라 돈 내가 그리운 게지."

그날 저녁, 온몸에 기름 냄새가 가득 밴 채 경순이 잔뜩 볼이 부어 돌아왔다.

"추워 죽겠는데 미니스커트는……."

요즘 들어 청계천 시장 주변에 외국인 관광객이 모이면서 무슨 이벤트 행사를 한다며 쉬기로 되어 있는 일요일에 불러낸 모양이었다. 돼지고기를 먹지 않는, 알라신을 믿는 이들을 위해 특별히 쇠고기로 된 햄버거를 선전하는 행사라는데 남자 점원은 소 대가리를 뒤집어쓰고 탈춤을 추고, 경순에겐 짧은 치마를 입고 오라고 했단다.

"부려먹어두 어지간혀야지. 시간당 사천팔백 원 제우 주면서 급헌 약국두 죄 노는 일요일까지 불러내어, 그 무슨 짓이여? 말만 한 처녀를 똥꼬가 다 보이는 치마를 입혀 판촉인가 뭐신가 용천지랄을 시키니 말이여. 내두 사람 부리는 입장이지만 그리 야박허게는 못허겠드라."

명식은 목구멍에서 피가 넘어온다며 병원 가서 검사 좀 받게 가

불 좀 해달라는 주방 아줌마에게 일은 개떡같이 하면서 가불만 타 쓴다고 몰아댔다는 이야기를 자랑 삼아 늘어놓던 마누라가 같은 입에서 내놓는 소리가 쟁그라워 마저 듣지 못하고 그만 고개를 돌리고 말았다.

쇠고기 햄버거라는 말을 듣자니, 요즘 들어 벼룩시장 부근에 옷 보따리를 산더미처럼 싸 들고 뻰질나게 드나들던 얼굴 시커멓고 눈 둥그런 외국인들이 생각났다. 헌 옷 장사 말로는 제 나라에 있는 가족들에게 전할 헐한 옷을 찾는 외국인 노동자 덕에 재미를 쏠쏠히 본다고 했다. 돈이라면 빠삭한 햄버거 장사가 이들을 놓칠 리 없다. 쇠고기만 먹으라는 알라신 덕을 보자는 재간이 참 약빠르다.

온종일 땀과 소금에 절어 지내다가 퇴근 무렵이면 김치 공장 한 구석에서 남녀가 번갈아가며 멱을 감곤 했다. 그때마다 방글라(방글라데시 사람)들은 눈치만 살폈다. 남자끼리 한데 어울려 시원하게 벌거벗고 몸을 씻는 중에도 팬티를 걸친 채 물을 끼얹는 그들을 보고는 모두가 혀를 찼더랬다. 알라신이 시키는 대로라지만 어디 속옷을 입은 채 목욕을 한단 말인가.

"이것들은 목욕탕에도 빤쓰를 입고 들어간다니까!"

공장에서 일하던 정씨가 겨울에 방글라들을 데리고 동네 목욕탕에 갔는데, 속옷을 벗지 않은 채 욕조에 들어가려다가 종업원에게 끌려 나오는 바람에 자신도 민망했다고 했다. 시커멓게 때에 전 팬티를 입은 채 물을 끼얹는 것들……. 이제 그것들 덕에 벌어먹고

산다니 참 감회가 새롭다.

"그랴, 요새 들어 시컴둥이들이 부쩍 꾀기는 혀."

자신의 식당에도 동남아 노동자들을 위한 새 메뉴를 개발해야겠다며 딸과 이마를 맞대고 없는 재주를 굴려대는 마누라 말에 명식은 건성으로 "응, 응." 하고 대답했다. 모녀가 방바닥에 엎드려, 돼먹지도 않은 글씨로 '인도 카레', '베트남 쌀국수', '알라 쇠고기덮밥'이란 종이판을 끼적이고 오려대더니, 그것도 품이라고 경순이 제 어미에게 손을 내민다.

"또 뭐여?"

"수강비."

"졸업헐 때가 다 되었는디, 뭔 수강?"

"영어 토플."

"무슨 풀인지는 몰러두 워째서 그 핵교는 일 년에 몇백씩 두꺼비 파리 삼키듯 받아먹고는 뭐가 모자라 따로 월사금을 내랴?"

"이건 개인 강좌잖아."

"개인이구 뭐구 학생이 피씨방서 게임을 허는 것두 아니구 책 붙들구 공부허겠다는디 그마다 따박따박 따로 돈을 받아 처먹으믄 그게 시장판의 장사꾼이지, 워디 핵교여?"

"핵교두 장사로 나선 지 오래되았어."

한마디 끼어들었던 명식은 눈을 희번덕거리며 위아래를 훑어대는 마누라의 눈빛에 눌려 화급히 고개를 돌려 야구 경기를 중계하는 텔레비전으로 시선을 옮겼다.

졸업이 코앞에 이르도록 여기저기 미역국만 먹어대던 경순은 자기가 돈을 모아 미국으로 유학을 가겠다고 했다. 미국이라는 나라에는 제 고모가 있기는 했다. 양키 군인과 눈이 맞아 미국으로 달아나다시피 한 명식의 여동생 재숙이로 말하자면 전화위복에 새옹지마였다.

집안에 양갈보가 나왔다며 남부끄러워 바깥출입도 하지 않던 부모도 몇 해 지나지 않아 재숙이가 보내오는 미제 물건 보따리를 받고는 보란 듯이 그걸 꺼내 들고 이웃에 자랑하러 돌아다녔다. 늘그막에 딸을 잘 둔 덕에 팔자에 없는 비행기까지 얻어 타고는 거창하게 미국 유람을 하고 돌아온 부모는 그러기까지 딸이 낯선 이국땅에서 겪은 수모를 알지 못했다. 얼마 되지 않아 다른 년과 눈이 맞은 미군 놈에게 버려진 재숙이 닭 공장에서 하루에 수천 개씩 닭 모가지를 끊어내며 한 푼, 한 푼 눈물로 모은 돈에 대해서도 알지 못했다. 흰둥이들한테 온갖 설움 받아가며 겨우 자리를 잡았지만 지금도 짠지 쭉쭉 찢어가며 양푼에 담긴 보리밥 퍼먹으며 한국말로 수다를 떠는 제 나라가 그립다던 재숙이를 생각하면, 유학이고 뭐고 다 걷어치우고 경순이를 붙들어 두고 싶은 심정이 간절했다.

"유학이란 걸 꼭 가야겠냐?"

이미 결정난 이야기를 왜 다시 꺼내느냐는 듯, 경순은 아비의 얼굴만 빤히 쳐다본다.

"뭐니 뭐니 해두 지 나라가 젤이여."

"사 년 동안 돈 빨아먹어가며 가르쳐선 나 몰라라 취직두 안 시키는 나라?"

곁에 있던 마누라가 입을 비죽거리며 한마디 튕긴다.

"남의 나라 가믄 거저 공부시켜준댜? 그 나라 월사금이 월맨 줄이나 알어?"

월사금이라는 말에는 피차 자식 유학 갈 돈 대줄 형편도 안 되는 처지다 보니 이내 입을 다물고 말았다. 학비 걱정하는 부모가 맘에 켕겼는지, 혼자 힘으로 학비 벌어댈 엄두가 나지 않았는지 경순이 조심스럽게 입을 연다.

"그럼 인도로 갈까?"

"인도? 그 시커먼 것들?"

인도라는 말에 명식은 당장 추린이 생각났다. 추린은 스리랑카에서 왔다지만, 명식에게는 스리랑카든 인도든 매한가지로 시컴둥이일 뿐이다. 공장의 온갖 궂은일을 도맡으면서 시커먼 얼굴에 대중없이 희기만 한 이를 숨김없이 드러내며 모자란 사람처럼 늘 입을 찢고 웃던……. 명식은 경순이 그곳에 가면 그렇게 얼굴 시커먼 천치가 되어 돌아올 것만 같아 딸이 조잘거리며 들려주는 말을 귀담아듣지 않았다. 인도가 영국의 지배를 받았고, 그래서 보기보다 쓸 만한 대학이 많으며, 학비도 싸다는 이야기였다.

빈 입만 놀리고 소득 없이 돌아서 나올 때, 공장 문 앞에서 비질을 하고 있던 추린이 거미처럼 다가와 진지한 목소리로 전하던 말이 생각났다.

"우리도 먹고살자고 하는 일이에요. 찌르지 마세요."

명식이 불법 외국인 노동자를 밀고하려 한다는 말을 어디서 전해 들은 모양이었다. 사장이 주지 않으면 공장에서 일하는 외국인 노동자끼리 돈을 걷어서 밥값을 줄 테니 제발 신고하지 말아달라고 간청하던 추린의 애절한 눈빛이 되살아나 새삼 축 처진 경순의 어깨를 가만히 내려다보았다.

"그랴, 다 먹고살자고 허는 일이여."

그가 혼자 중얼거리는 말에 잠깐 돌아보는 척하던 마누라는 이내 생활 정보지를 뒤적거렸다. 아무래도 말 나온 끝에 영식 엄마를 내보내고 어디 품삯이 싼 외국인 노동자라도 갈아 써야겠다며 용역업체 전화번호를 더듬던 마누라가 명식이 들으라는 듯 중얼거린다.

"그랴두 시키먼 거보다야 누런 게 낫겄제?"

명식은 담벼락에 붙은 거울에 비친 제 누런 얼굴을 서걱거리는 손바닥으로 쓸어내리며 당장 내일 공장에 나가야 하나, 그러면 밥값은 어떻게 되나, 돈 안 되는 궁리로 돈 되는 담배만 부지런히 피워 없앴다. 자욱한 연기에 쿨룩거리던 마누라가 등을 펴고 그에게 소리쳤다.

"밥값두 못 허는 처지에 담배는 무슨…… 끊어!"

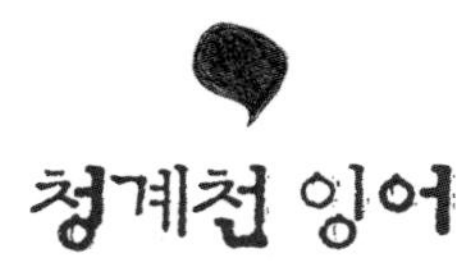

청계천 잉어

"그래서 어떻게 됐어?"

가뜩이나 늘어진 목덜미를 자꾸 잡아 늘이던 강 형사가 시큰둥한 목소리로 물었다.

"읎는 놈이 벨 수 있간디유? 허리 꺾구 기들어 갔쥬, 뭐."

"들어가서?"

"지가 꼭 받아 맛이 아니구유, 즈들 입으루 약속을 혔으믄 지켜야 허는 게 아니겄슈? 크든 작든 사람 사이의 약속인디, 애덜 장난두 아니구유."

"그래서 줘팼어?"

"줘패기는유? 그것들두 요새 을매나 까졌는디유. 손만 치켜들어두 인권인가 뭐시깽인가에다 즌화부텀 걸구 지랄들이래니께유?"

"쓸데없는 소린 생략하고."

제 풀에 열이 올라 명식은 자신도 모르게 언성이 높아졌다.

"이것들이 조선 사람덜허구 한솥밥 먹은 지 을매나 되았다구 벌써 못된 짓만 배웠는지, 변소깐 들어갈 때 다르구 나올 때 다르드키, 입을 싹 씻는 거유."

"입을 싹 씻어?"

"준다구 했으믄 줘야 헐 게 아니냔 말이유. 암만 지달려두 암 말두 읎는 거유. 월매럴 워치게 걷어 주겠다던가, 사정이 워쨌서 담달부텀 주겠다든가."

"그래서 어쨌어?"

"워쩌긴 뭘 워째유? 그냥 아쉰 놈이 우물 판다구 쫓아댕기믄서 채근혔지유."

"밥값 내놔라, 이렇게?"

"꼭 그렇게는 아니구유. 워치게 된 거냐. 줄 거냐 안 줄 거냐!"

"그랬더니?"

"추린이란 놈이 허는 말이, 지는 줄려고 허는디 딴것들이 도통 협조럴 안 헌다구 혀서."

"나쁜 놈들이네."

강 형사가 뒵들이를 해주자 명식은 자신도 모르게 힘이 나서 입을 재게 놀렸다.

"그걸 워떡혀유. 모가지럴 뽑을 수두 읎는 일이구. 기냥 읎던 일루 물러서기두 즉잖이 쪽팔리구 혀서 지나가는 말루다 가만 놔두지 않겠다구 거시기헌 거쥬, 뭐."

"협박을 했다, 이거구만."

"협박이유? 그기 무슨 협박이유. 따지구 보믄 받을 돈 독촉헌 셈이쥬."

이야기를 다 듣고 난 강 형사는 뿌루퉁하게 인상을 쓰더니 병아리를 노리는 매처럼 명식의 얼굴을 째려보았다.

"그것뿐이야?"

"그거 말구 뭐가 있겄슈."

"이게 정말?"

강 형사가 손을 높이 치켜들자 몸을 옹송그린 명식이 다 죽어가는 소리로 겨우 몇 마디를 덧붙였다.

"담배 한 갑…… 빌렸슈."

"빌려?"

"담 월급날 갚을 거유."

장바닥에서는 별명이 '부르독'으로 통하는 강 형사는 어지간히 맥이 빠진 얼굴로 의자 깊숙이 몸을 뉘었다.

"그것도 따지고 보면 공갈 협박이야. 일단 그건 그렇다 치고……. 개천가에 모여서 뭣들 했어?"

"개천가유?"

공갈 협박이라는 말에 명식은 개천이라는 말이 제대로 귀에 들어오지 않았다.

"천렵헌 거 말씀인가유?"

"천렵?"

"청심회 계원끼리 다리 밑에서 논 거 말씀허시는 거 아닌가유?"

"뭘 하고 놀았어?"

"잉어 건져서 매운탕 끓여놓구, 일종의 복달임을 헌 셈이쥬, 뭐. 올여름이 어지간히 더웠어야쥬."

"잉어? 청계천서 노는 잉어를 잡아먹었다?"

강 형사가 코를 후비던 손을 바지춤에 문지르면서 빈정거리듯 되물었다. 그의 웃음이 몹시 불편했던 명식은 자기도 모르게 속에서 불뚱가지가 불끈 솟아올랐다.

"엄밀히 말허믄 청계천 거는 아니구유. 한강서 기어 올라온 거쥬. 한바탕 소나기를 쏟은 뒤끝이라 물 따라 올라온 것들인디, 비가 와서 그런지 해감내두 안 나구 매운탕을 끓이믄 여간 션헌 게 아뉴. 은제 형사님덜두 한번……."

"거기가 낚시터야? 잉어를 맘대로 잡아먹게!"

"어차피 죽을 건디 아깝잖유."

"죽다니?"

"아, 〈동물의 왕국〉두 못 보셨슈? 연어 떼가 시커멓게 올라와 알 까구 나믄 배 까뒤집구 죽을 판인디, 그걸 곰들이 잡아먹는 거 못 보셨슈?"

"거기가 곰이야?"

"곰은 아니구 이를테면 시민의 한 사람이쥬, 뭐."

강 형사는 일일이 말대답하기도 귀찮다는 듯 책상 위에 무슨 서류들을 탁 소리가 나도록 던졌다.

"누구 맘대로 공유수면에 평화롭게 노는 잉어들을 잡아 드셔?"

"아, 잡아 드신 게 아니라 기냥 떠내려가는 거 주워다가……."

"그냥 떠내려가? 정말 날도 더운데 누구 입 돌아가는 꼴 보려고 그래?"

"반장님, 그러니께 말이유. 지가 진심으루다가 까놓구 다 말혔으니께 반장님두 순정적으루다 들으시래니께유."

"순정은 자동차 오일 필터 규격 부품에 붙이는 레떼루인 줄이나 알고 써!"

강 형사는 무언가 한 건 잡았다는 듯한 표정을 지으며 책상 위에 올려놓은 서류 가운데 몇 장을 뽑아 끼적거리기 시작했다.

"거기 있던 것들 이름을 하나도 빠뜨리지 말고 대봐."

"그러니께 천렵헌 이들유?"

"청심횐지 뭔지 하는 것들하고, 그 언저리서 국물 한 모금이라도 떠먹은 것들 이름 다 대."

그제야 명식은 무언가 재수 옴 붙은 일이 벌어질 모양이라고 생각했다. 누군가 두덜거리는 소리가 귀에 익어 창밖을 내다보니, 파출소 안에는 언제 불려 왔는지 황치산 회장을 비롯해 친목계원들이 전선 위에 얹힌 참새들처럼 긴 의자에 오종종하게 끼어 앉아 있었다.

난데없이 천렵을 하겠다며 황 회장이 찌그러진 제 집 양푼 솥을 들고 설쳐댈 때부터 알아봤어야 했다. 천렵이라니. 돗자리 하나 깔고 앉아도 주머니에서 돈을 꺼내야 하는 서울 한복판에서 천렵을 하겠다니 그게 말이나 될 소리냔 말이다.

자고로 평소에 안 하던 짓을 하면 동티가 나는 법이다. '국격에 맞는 치안 서비스' 어쩌고 하는 문구가 걸린 파출소 안의 긴 의자에 한 두름으로 엮여 있는 계원들을 본 명식은 지그시 눈을 감고 자신을 향해 혀를 찼다. 약빠른 세상에 공것이 어디 있다고 줄레줄레 따라 나가 이 봉욕을 치른단 말인가. 밤낮으로 자동차가 물결처럼 오가는 청계천에서 천렵을 한다고 했을 때부터 알아봤어야 했다. 날도 더운데 다리 가운데에 매단 쌍방울이 종소리를 내도록 부지런히 연통을 돌리며 뛰어다닐 적에만 해도 이럴 줄이야 어찌 알았겠는가. 유례없는 더위에 어지럼증이 들던 터라 돈 안 드는 보양이나 하자고 따라나선 게 탈이었다.

태중의 아이도 신사임당 할머니가 그려진 지폐를 배 위에 얹어 놓아야 서둘러 기어 나오고, 죽을 때도 상조 보험으로 제 장례 치를 삯을 자식에게 남겨줘야 마음 편히 눈 감을 수 있는 세상에서 돈 없이 몸보신을 하겠다는 게 말이 되는 소리인가.

그날도 찜통 속인 방구석에 갇혀 지내느니 시원한 물가에 나가

지나다니는 처녀들의 희멀끔한 종아리나 구경하려던 차에 황 회장이 전화를 걸어온 것이다. 집에서 밑반찬이나 한 탕기 들고 개천가로 나오라는 말에 장난 삼아 따라나섰다.

황학동 다리 밑에는 벌써 청심회 계원 서넛이 어디 교외로 반두질이라도 가는 차림으로 나와 웅성거리고 있었다. 가스난로를 든 양경일이 다리 밑 그늘진 곳으로 내려가 재빨리 은박지 돗자리를 펼쳐놓았다. 이따금 젊은것들이 볼때기에 손가락을 고양이처럼 고부리고 서서 사진을 찍느라 깔깔거리기는 했지만 위쪽 시장보다는 훨씬 한갓졌다. 며칠 전에 퍼부은 소나기로 개천 물은 맑아 보였지만 설마 그 안에 들어가 천렵을 하자고 할 줄은 미처 몰랐다.

"아까 한 말하고 틀리잖아."

선풍기에 머리를 들이대고 있던 강 형사가 살집 좋은 얼굴을 붉히며 명식에게 소리쳤다. 부스스한 눈두덩을 손등으로 문지르며 명식은 답답해 죽겠다는 얼굴로 변명을 늘어놓았다.

"그러니까, 지 말씀은, 그것이 국가 소유의 공유수면에 있는 재산물이 아니라, 저 인천 앞바다 어름에서 얼쩡거리다가 비 따라 올라온 것이니께, 어디까지나 자연의 산물 아니냐 이 말씀이유."

"이 말씀이고 저 말씀이고 간에 누구 마음대로 그걸 잡아먹었느냔 말이야."

"잡아먹은 게 아니라니께 자꾸 그러시네."

"아니면 그게 잡숴달라고 입안으로 기어 들어왔단 말이야?"

"민중의 지팡이님유. 그러니께 지 말은, 그것이 멀쩡히 살아 돌아댕기는 걸 쫓아 들어가 붙든 게 아니라, 이미 즤 명을 다혀서 죽어 자빠진 걸 음식물 찌꺼기 재활용 차원으루 수거혔다……."

"누구 맘대로?"

"저그 환경미화원 심씨도 즘잖게 앉아 기시지만, 그걸 그대로 내버려두면 청정 환경을 자랑허는 청계천을 오염시킬 뿐 아니라 악취럴 풍기고 구더기가 버글거려 시민의 보건 위생에두 즉잖이 피해를 끼칠 판이니께……."

"그래서 시민들 보건 위생을 위해 눈물 참아가며 매운탕 끓여 드셨다?"

"눈물까지랄 것은 읎지만……."

사정은 이랬다. 소나기가 오자 한강에서 놀던 잉어며 붕어들이 물색없이 새 물을 따라 청계천으로 거슬러 올라왔다. 물이 빠지면서 팔뚝만 한 잉어들이 꽃밭에 누워 펄떡이다가 죽는 게 부지기수였는데, 그걸 치우느라 매일 밤 고생하던 환경미화원 심씨가 그중 아직 숨이 붙어 있는 여남은 마리를 비닐에 담아 물에 담가두었다. 그걸 건져다 조용히 어죽이라도 끓여 먹었다면 보양이라도 되었을 텐데, 공술이라도 곁들일 요량으로 청심회 황치산 회장께 진상한 것이다.

그러잖아도 여름내 수박 한 통 내놓지 않는다고 계원들이 구시렁거리던 차에 황 회장은 이게 웬 떡이냐 싶어 난데없는 천렵을 벌인 터였다. 그늘이 시원한 청계천 다리 밑에서 황 회장이 가져온 솥을 걸고 매운탕을 끓일 땐 좋았다. 발 빠른 양경일을 시켜 24시 편의점에 가서 곰표 밀가루를 한 봉 사다가 수제비까지 빚어 넣을 때도 나쁘지 않았으며, 종일다방 미스 민을 두 시간 티켓 끊어 음양을 맞춰 됫병들이 소주를 주거니 받거니 하며 한창 친목을 도모할 때만 해도 이런 곤욕을 치를 줄 누가 알았겠는가.

"쓰레기를 왜 아가리에다 담느냔 말이야."

강 형사는 말 같지도 않은 소리 그만하라며 코웃음을 쳤다.

"좋아. 지난 월요일엔 뭐 했어?"

"아까 말했잖유. 공장에서 일허구 담배 빌린 거……."

강 형사는 더 채근할 게 없어 불만스럽다는 얼굴로 진술서를 밀어놓으며 한마디 얹었다.

"공유수면에서 잉어 잡아먹은 건 엄연히 위법인 줄이나 알고 있어."

그 말에 명식이 변변한 대답을 못하자 열린 문틈으로 취조하는 장면을 잠자코 들여다보던 황 회장이 끼어들었다.

"강 반장요. 내가 아까부터 주욱 들어보니까네 양쪽 말이 다 일리가 있는데예, 아무리 법치라 캐도 정상은 참작되는 기 아입니꺼. 생판 모르는 넘도 아이고, 맨날 눈 뜨모 낯바대기 보는 처지에 지역 주민들이 단합하자는 취지루 함 모인 건께 쪼매 봐주이소 마."

번쩍거리는 배지를 빙 둘러 꽂은 모자를 머리에 비스듬히 얹은 황 회장이 슬그머니 다가와 강 형사의 옆구리를 찌르더니 품에서 무언가를 꺼내 보인다.

"이게 뭐요?"

"국가유공자 신분증 아입니꺼. 내가 육이오 때 목숨 걸고 빨갱이 허고 싸워 이 나라를 지킨 쫑인 기라요."

"그건 버스 탈 때나 들이미시고……."

황 회장은 계원들이 보는 앞에서 망신당한 기분이 들어 얼굴이 벌겋게 달아올랐다. 연초에 방범협의회를 할 때 악수를 나눈 소장이라도 있나 싶어 주변을 둘러봤지만 종적이 묘연하다.

"소장, 어디 가시뿠나 부네."

강 형사는 대답 대신 그의 앞으로 의자를 밀어주었다.

"쓸데없는 소리 그만하고, 지난 월요일에 뭐 했는지나 읊어봐요."

의자를 밀어주는 바람에 앉기는 했지만 황 회장은 취조하듯 얼러대는 강 형사의 말본새가 영 마뜩잖았다.

"월욜이고 화욜이고 애국 말고 할 끼 뭐가 있겠심니꺼?"

천렵하던 이야기는 생략하고 지난 월요일의 기억을 더듬느라 황 회장은 잔뜩 이맛살을 찌푸렸다. 더듬거리며 사투리로 씨불거리는 게 알아듣기 어지러운 강 형사는 진술서 종이를 서너 장 내주며, 날아가는 파리에 머리를 부딪친 일까지 소상히 적으라고 윽박질렀다.

"아이구야, 팽생 법 없이도 산 황치사이가 갱찰서에서 진술서를 다 쓰구 마 좆 되뻤다."

청계천에서 잔뼈가 굵도록 장사를 하다가 이제 여생을 진충보국하며 살려던 황치산 회장은 한숨을 깊이 내쉬며 책상 위에 놓인 진술서에 벌써 가물거리는 기억을 좇아 밥 찾다가 죽 대접을 본 상판으로 끼적거리기 시작했다.

애국 어버이 로맨스

"저런 문디 자슥 보래이."

일껏 대문 앞에 큼지막하게 적어두었건만 여전히 날 밝기 무섭게 대문 너머로 신문을 던져놓고 달아나는 신문 배달원을 보며 황 회장은 버럭 소리를 질렀다.

그 신문으로 말하자면, 넉 달 전에 자전거를 공짜로 준다는 바람에 구독 신청을 한 것이었다. 다섯 달 동안 공짜로 넣어준다니, 보다가 다른 신문으로 돌리려 했는데, 신문을 배달하는 아이가 어찌나 민첩한지 그만 넣으라는 말을 할 틈을 주지 않고 달아났다. 고민 끝에 대문 앞에 '○○일보 사절'이라고 써 붙였더니 그 밑에 볼펜으로 '바르게 삽시다'라고 큼지막하게 답장을 적고는 꼬박꼬박 신문을 던져 넣는 게 아닌가. 이러다가는 꼼짝없이 다달이 1만

5천 원이나 되는 신문 구독료를 뜯길 판이었다. 보던 신문을 끊기가 풍 맞은 마누라 명 끊는 일보다 힘들다더니 빈말이 아닌 듯싶었다.

곶감 꼬치에서 빼어 먹듯이 자꾸 줄어드는 통장 잔고에 조바심이 나던 차에 황 회장은 내처 방으로 들어가 백지를 꺼내 붉은 펜으로 큼지막하게 적기 시작했다. 며칠 전 야바위 킴에게 들은 방법인데, 과연 효과가 있을지 미심쩍었지만 달리 뾰족한 수가 없었다.

'한겨레신문 보는 집'

그 밑에 야바위 킴이 적으라는 대로 조금 작은 글씨로 덧붙였다. '계속 넣으면 한겨레신문에 제보하겠음.' 야바위 킴 말로는 아무리 질긴 배달원도 이렇게 해놓으면 딱 끊긴다고 했다.

대문에 밥풀을 으깨어 종이를 붙이고 들어오면서도 황 회장은 마음 한편이 께름칙했다. 돈 뜯어갈 신문 끊는 것은 반가운 일이나 핑계로 둘러댄 신문이 영 마음에 들지 않았기 때문이다.

그 신문으로 말하자면 광고부터 구석의 책 선전까지 죄 삐딱하게 정부를 까는 내용뿐이었다. 그게 아니다 싶으면 또 벌겋게 물든 기사 일색이었다. 간첩질하다가 늙은 비전향 장기수가 언제 사망했다는 소식에 덧붙여 그자들이 지리산 깊은 곳에서 빨치산 노릇을 하던 이야기를 무슨 자랑 삼아 적어 올리기 바빴다. 아무리 공짜라 해도 그 신문을 제 집 안으로 들일 마음도 없지만 건성으로 그런 신문을 본다고 대문에 내거는 모양도 썩 내키는 일은 아니었다.

언젠가 신문 보급소장이 찾아와 이런저런 신문들을 늘어놓으며 구독을 하라길래 무어라 하는지나 보려고 〈한겨레신문〉을 보면 사은품으로 무얼 주느냐고 물었더니 아무것도 없다는 것이다. 자전거는커녕 어디 벽에다 붙일 시계 하나 주지 않는 주제에 보급소장이라는 새파란 놈이 둘러댄 말이 '민족 정론지'란다. 어디서 머리에 피도 안 마른 것이 민족을 찾는단 말인가. 민족이라고 하면 적어도 다이쇼(大正) 시절부터 민족과 희로애락을 함께해온 신문은 되어야 내걸 수 있는 말이 아닌가.

대체로 '민족' 찾는 놈치고 사상이 벌겋지 않은 것이 없다는 사실은 익히 알고 있었다. 해방되어, 친일파를 처벌하자면서 목소리를 높인 작자들도 나중에 알고 보면 죄다 속이 시뻘건 것들이었다. 그런 놈들이 어린애가 방바닥에 흘린 메주콩 주워 먹듯 입에 주워 삼키는 말이 민족이었다.

이래저래 심란하던 황 회장은 그날도 애국을 하러 빗자루를 잡고 골목으로 나섰다. 대문 앞을 시작해서 골목 끝까지 비질을 하고 여기저기 흩어진 쓰레기를 주워 모은다. 날이 더워지면서 잠깐 몸을 움직여도 등덜미로 땀이 흘러내렸다. 잠시 폈던 허리를 다시 구부리고 비질을 하는데, 덜커덩 대문이 열리며 머리에 모자를 뒤집어쓴 손자 용철이 집을 나선다.

아침나절에 호통을 듣고도 이불 속에 굴을 파고 늦잠을 자던 용철은 말 그대로 놀고먹는 대학생이었다. 작년에 그 비싼 등록금을 갖다 바쳐 대학이란 데를 간신히 졸업하고도 취업이 안 돼 집 안에서 만화책이나 들여다보고 뒹굴며 소일했다.

모처럼 비질하는 할아버지를 보았으니 그냥 지나치지는 못하겠거니 생각하며 황 회장은 허리를 더 깊이 구부린 채 비질을 했다.

"할아버지가 청소부예요?"

다짜고짜 시비조다. 뜻밖의 말에 어이가 없어 황 회장은 멀거니 손자의 얼굴만 들여다본다.

"청소부만 쌔래기 치우라 카더나?"

"아니면요?"

"뉘가 하던 간에 길거리가 말끔하모 좋잖아."

"나라에서 다 하게 되어 있는 걸 왜 할아버지가 하냐고요?"

"나라도 할 일이 억수로 쌔뻤다. 애국이 따로 있는 기 아이다."

"어째서 애국은 할아버지만 한대요? 나라는 뭐하고……."

"시끄럽다. 문디 자슥. 콱!"

언제나 주고받던 이야기인지라 더 들을 것도 없었다. 등 따습고 배부르게 사는 게 제 잘난 덕으로만 아는 손자가 황 회장은 마뜩지 않았다. 제깟 놈이 보릿고개를 알겠는가, 전쟁을 알겠는가. 딱총 소리만 한 번 나도 놀라서 뒤로 나자빠질 놈이.

말 나온 김에 불러 세워놓고 알아들을 만큼 조곤조곤 타일렀더니 대번에 뚝배기 깨지는 소리로 말대꾸하는 모습이 당돌하기만 하다.

"보릿고개로 배곯은 것도 자랑이에요? 오죽했으면 끼니를 못 때우고 살았을까."

기가 막혀 말도 나오지 않았지만 주둥이 놀리는 게 볼만하여 꾹 참고 이야기를 더 시켜보았더니 기다렸다는 듯이 쏟아내는 품새가 아예 제 할아버지를 가르칠 기세였다.

"머리 터지게 당파 싸움하다가 일본 놈에게 나라 뺏기고, 미국 덕에 해방되니까 또다시 허리를 반 토막으로 동강 내고, 같은 민족끼리 총질하고 싸운 게 자랑이냐고요!"

어디 배곯고 싶어서 곯았으며, 전쟁도 하고 싶어서 했겠느냐? 같은 민족이라고 이름 붙이기도 뭐한 빨갱이들이 야심한 새벽에 탱크 몰고 쳐들어오니 앉아 죽을 수는 없는 노릇이 아니냐며 언성을 높여 윽질렀지만 용철은 이번에도 구순하게 듣고만 있지는 않았다. 대학에서 사회학인가 뭔가 전혀 돈 안 되는 공부를 한 유세로 턱을 치켜세우고 한 마디 말에 열 마디를 붙이고 나선다.

"빨갱이나 파랑이나 그놈이 그 자식이죠, 뭐. 미국이랑 소련이 시키는 대로 하는 게 병신이지. 남이 싸우란다고 싸워요? 아바타도 아니고 완전 노 브레인이라니까."

알아듣지 못할 말에 선뜻 대꾸하지 못하던 황 회장은 궁할 때마다 둘러대던 박정희 대통령을 걸터듬었다.

"그래도 마 이맨키로 배곯지 않고 살게 된 거이 뉘 덕인데. 지깟 놈들이 배 터져 죽겠다고 주디 놀리게 된 것도 다 박 대통령 같은 으른이 계신 덕인 줄이나 알그라 마."

"그래요, 제 자식은 육사에 밀어 넣고 남의 집 없는 자식들은 달러랑 바꿔서 남의 나라 전쟁판에 밀어 넣은 덕 말이죠?"

"문디 자슥, 개 콧구멍에 마늘 빼 묵는 소리 고마하고 퍼뜩 취직자리나 알아보그라. 터진 주디를 쓰레빠로 문대뻴기 전에."

골목을 다 빠져나갈 때까지 용철은 두덜거렸다. 생각 같아선 붙들어 앉혀놓고 정신이 번쩍 나게 야단을 쳐서 가르치고 싶었지만 황 회장은 생각지 않은 덤터기로 며칠째 들러붙어 있는 용철이 한시라도 서둘러 눈앞에서 사라지기만 고대했다.

용철은 말하자면 감시병인 셈이었다.

지난겨울 황 회장이 가볍게 풍을 맞자, 자식들은 부르르 들고 나서서 박 여사를 밀어냈다. 1년 전부터 파출부로 한집에서 지내게 된 박 여사가 자식들 눈에 난 것은 호적 이야기를 꺼내면서다. 마누라가 세상을 떠난 뒤로 혼자 생활하던 아버지를 누구 하나 돌보지 않던 자식들은 파출부로 들인 박 여사가 황 회장과 한이불을 덮고 지내는 사정을 뻔히 알면서도 모른 척해왔다. 그러던 자식들은 박 여사가 정식으로 호적에 올려달라는 말을 꺼내기 무섭게 그간의 수고비라며 270만 원을 쥐여주고 내쫓아버렸다.

황 회장은 그런 자식들이 섭섭했지만 언성을 높여 막지는 못했다. 아무리 남의 눈치 보지 않고 살아도 될 나이가 되었다 해도 안사람으로 들이기에는 스스로 생각해도 박 여사의 지나온 삶이 조신하지 못했다.

박 여사를 처음 만난 곳은 종로 3가 지하철역이었다. 여느 때처럼 탑골공원에 모여 한바탕 우국충정의 말을 늘어놓고 있으려니 난데없이 소나기가 쏟아졌다. 우르르 지하철역으로 내려가 젖은 몸을 말리고 있는데, 처음 보는 여자가 노인 틈에 섞여 있다. 지하서점 앞 계단에 돗자리를 깔고 앉아 소주잔을 돌려대는 노인들을 무람없이 대하는 여자는 희끗한 머리에 비해 분칠한 얼굴이 해사해 대번에 도드라져 보였다. 웃을 때마다 손뼉을 치며 코맹맹이 소리를 하는 여자의 모습에 끌려 황 회장은 저도 모르게 노인 틈에 끼어 앉았다.

"이 오래비는 뉘셔?"

종이컵에 소주를 가득 따라 주며 여자는 남이 모르게 한쪽 눈을 실그러뜨리며 웃음을 지어 보낸다. 봄바람 같은 눈웃음을 대하는 순간, 상처하고 2년을 쓸쓸히 지내던 황 회장의 서늘하기만 하던 가슴에 단박에 훈기가 돌았다.

평생 고물상으로 남이 버린 것을 주워 모아 돈을 만들어온 황 회장의 주머니는 들어올 줄만 알지 나갈 줄 모르기로 소문이 난 터였건만, 그날 황 회장은 소주 몇 잔을 얻어먹은 뒤에 박 여사와 노인들을 거느리고 빈대떡집으로 향했다. 파전에 막걸리로 얼큰하게 취할 무렵, 그녀는 어느새 그의 옆구리에 찰싹 붙어 앉아 있었다.

나중에 알았지만 그녀는 '박카스 아줌마'였다. 노인들에게 피로회복제인 박카스를 파는 척하며 몸을 파는 여자들 중 하나였다. 어찌하여 이곳까지 흘러왔는지 그전의 사연은 묻지도 않았으니 알 바 없으나, 몇 해 전부터 종로 3가 뒷골목에 쪽방을 얻어 혼자 지내면서 탑골공원에 놀러 온 노인들에게 몸을 팔아 연명하는 처지였다. 지푸라기 들 힘만 있어도 여색을 탐하는 게 남자라지 않은가.

황 회장도 그랬다. 효자 열보다 악처 하나가 낫다는 말을 굳이 끌어다 대지 않아도 몸으로 익히 겪은 바였다. 그렇다고 자식들에게 그런 얘기를 대놓고 할 수는 없었다. 알아서 짝을 지어준다면 더 이상 고마울 데가 없겠지만, 자식들 눈으로 보면 이제 그는 사람도 아니었다.

주변 노인들의 입을 통해 박 여사의 정체를 알게 되었지만 그는 그녀와 교제하기를 마다하지 않았다. 만나서 함께 밥도 먹고, 술도 곁들인 뒤 여인숙에 들어가 몸도 풀었다. 그때마다 만 원씩 주었고 그녀는 고맙다고 했다.

여자와 가까워지면서 황 회장은 그녀가 다른 노인과 가까이 지내는 게 영 꺼림칙했다. 말로는 황 회장을 만나면서 다른 노인에게 몸을 파는 일을 그만두었다지만 믿을 수가 없었다. 당장 호구지책을 걱정하는 그녀를 황 회장은 파출부 명목으로 집 안에 불러들였다. 나이가 들어 밥 차려 먹기도 힘들다고 자식들을 불러 모아 투정을 부렸더니 다달이 돈을 모아 디밀었다.

"만날 천 날 말로만 근가이 오래 살라 카제."

시집간 딸이며 자식들이 입버릇처럼 하는 덕담도 황 회장은 마뜩잖았다. 찬밥을 먹나 쉰밥을 먹나 들여다보지도 않는 것들이 아비가 오래 살기를 절실히 바랄 턱이 없었다. 그나마 손에 쥔 재산이라도 있으니 괄시받지 않고 있다는 걸 황 회장도 잘 알고 있었다. 사실 자식들이 여자를 등 떠밀어 쫓아낸 이유도 다 알량한 재산 때문이었다.

청계천 부근에서 손수레를 밀고 다니며 고물을 줍던 황 회장이 이만큼 살게 된 것은 죽은 마누라 덕이었다. 황 회장이 아파트 쓰레기장을 뒤져서 가져온 고물을 저울에 달아 고물상에 팔아넘길 생각만 할 때 마누라는 청계천 길거리에 좌판을 깔고 쓸 만한 헌 옷이나 책들을 늘어놓고 팔았다. 처음에는 될까 싶던 좌판이 나중에는 황 회장의 벌이보다 나았다. 그다음부터 황 회장은 무겁기만 하고 돈이 안 되는 고철이나 빈 병보다는 부자들이 사는 아파트에서 입다 버린 옷이며, 이사 갈 때 두고 간 자질구레한 생활용품을 모아 왔다. 그런 좌판이 늘어 벼룩시장이라는 말이 등장할 무렵에는 헌 트럭을 사들여 강남의 아파트를 돌아다니며 쓸 만한 물건을 끌어모았다. 아파트 경비에게 담뱃값이라도 건네주고 거저 집어온 소파나 낡은 전축이 임자를 제대로 만나면 5만 원, 10만 원은 우습게 받았다. 그는 물건을 끌어모으고 그의 아내는 팔면서 두 사람은 3년 만에 황학동 상가의 지하 창고를 얻어 고물상을 차렸다.

돈이라는 놈이 참으로 도깨비 같았다. 그가 보기엔 쓰레기밖에 안 될 오이지 독이며, 이 빠진 사기그릇이 돈을 물어다 주었다. 외국에서 무게로 달아 들여온 헌 옷이 말끔한 새 옷보다 더 값나가게 팔렸고, 귀신이 튀어나올 만큼 허름한 가구가 앤티크라는 이름으로 없어서 팔지 못할 지경이었다. 제법 물건을 보는 눈이 생길 무렵, 그는 황학동에 '만물상회'라는 간판을 걸고 가게를 차렸다. 사장이 된 것이다.

그런데 이제 좀 살 만하다 싶으니 아내가 덜컥 암에 걸려 맥없이 세상을 뜨고 말았다. 일할 재미도 나지 않고, 몸도 여기저기 쑤셔대 2년 전부터 남에게 가게를 빌려주고 다달이 세를 받아왔다.

문제는 그 가게였다. 청계천이 새롭게 꾸며지면서 가게 시세가 벼락같이 치솟았다. 아버지 재산은 아버지 생전에 다 쓰고 가라던 자식들도 눈빛이 달라졌다. 그러던 차에 박 여사가 나타났다. 미심쩍은 눈으로 지켜보던 자식들은 여자가 호적에 정식으로 올려달라는 말에 기겁을 했다.

"다 그기 지 복 아이겠나."

황 회장은 마당에 떨어진 못 하나를 집어 주머니에 넣으며 혼잣

말을 했다. 못 대가리 하나도 챙겨두면 요긴하게 쓸 데가 있듯이, 사람도 다 타고난 자리가 있게 마련이었다. 황 회장은 쫓겨난 여자의 자리가 제 집 안방이라고는 생각하지 않을 뿐이었다.

"지 버릇 개 못 주는 기라."

집에서 쫓겨난 박 여사는 지금 환경미화원 심씨의 집에 머물고 있었다. 언제 눈이 맞았는지는 모르겠지만 당장 갈 데가 없던 터라 아쉬우나마 거기 붙어 지내는 듯했다. 밖으로 내몰리기 무섭게 다른 남자와 붙어 지내는 여자가 마뜩잖았지만 대놓고 뭐라 할 계제도 못 되었다.

자식들은 황 회장이 다시 박 여사를 불러들일까 싶어 감시병 삼아 손자를 집에 붙여놓았다. 혼자 지내는 할아버지를 살펴드리라고 보냈다는 손자 녀석은 두덜거리면서도 제 할아비의 일거수일투족을 감시했다. 일전에 박 여사가 집에 두고 간 옷가지를 챙겨 가려고 들렀는데, 10분도 안 되어 며느리가 득달같이 달려와 등 떠밀어 내쫓았다. 그새 감시병이 제 어미에게 전화를 했기 때문이다.

혹 같은 감시병이 사라지자 모처럼 기분이 홀가분해졌다. 황 회장은 서둘러 외출 준비를 했다. 버석거리는 얼굴에 꽃 냄새 나는 로션도 찍어 바르고, 가만히 있어도 숨이 막히는 날씨인데도 굳이 넥타이까지 챙겨 맸다. 그러고는 애국 어버이 회원들이 FTA 지지 집회를 하고 있는 탑골공원으로 서둘러 향했다.

"이게 다요?"

"그 갔다가 애국 회원들캉 쇠주 한잔하고, 집에 와 디비져 잔 게 전분 기라요."

황 회장이 내민 진술서를 의심쩍은 눈으로 들여다보고 나서 강 형사는 서류철에 일단 끼워두었다. 제 차례를 넘긴 황 회장은 비로소 숨을 길게 내쉬었다.

사실 황 회장은 그날 탑골공원에 가지 않았다. 신고 있는 백구두에 흙탕물이라도 튈까 봐 게걸음을 하며 황 회장이 찾아간 곳은 공구 상가 뒤편에 있는 심씨네 집이었다. 김이 무럭무럭 풍기는 순댓국집 골목 끝의 허름한 연립주택에 세 들어 사는 심씨네 반지하 방 부근을 어정거리며 황 회장은 혹시라도 박 여사가 얼굴을 내밀지 않을까 기웃거렸다. 심씨는 새벽부터 일을 나갔을 테고, 혼자 남은 박 여사가 집에 있는지는 알 수 없었다.

찢어진 방충망이 구색만 갖춰 건성으로 내걸린 창문 너머에선 아무런 기척이 없었다. 황 회장은 용기를 내어 창문을 발끝으로 툭툭 건드려보았다. 기척이 없다. 공원에라도 놀러 나갔나. 이번에는 좀 더 세게 차본다. 감감무소식이다. 모처럼 틈을 내어 온 길이 헛걸음인가 싶어 황 회장은 낙심천만이었다. 공연히 불뚱가지가 나 황 회장은 방충망에 켜켜이 쌓인 먼지가 훅 날아오를 만큼 문틀을 세게 걷어찼다. 여편네가 조신하게 들어앉아 있지 않고. 해사하게 분칠한 여자의 얼굴이 눈앞에 어른거린다. 발길을 돌리려는데 창문이 덜커덕 열린다.

박 여사를 데리고 한참을 걸어 종묘 뒤편의 후미진 국밥집으로 들어갔다. 심씨의 청소 구역과 멀리 떨어진 곳이다.

"와 청소부하고 붙어묵노?"

그러자 박 여사는 단박에 눈초리가 찢어져 올라가며 샐쭉하게 입을 내민다.

"남이야 뭘 하든."

남이라는 말에 황 회장은 대번에 멀쑥해진다. 틀린 말이 아니다. 하지만 이불 속에서 숨을 헐떡이며 몇 달을 함께 지낸 사이에 야멸치게 내뱉는 남이라는 말이 적잖이 섭섭하다.

"글케 말하모 서운하제."

마침 국밥을 퍼 주던 아주머니가 자리를 비운 틈을 이용해 황 회장은 슬그머니 여자의 옆구리를 감아본다. 왜 이러느냐며 손을 떼내던 박 여사도 조금 지나자 못 이기는 척 그에게 몸을 기댄다. 황 회장은 닭 어리에 구렁이 드나들 듯 여자의 치마 밑으로 손을 집어넣는다. 박 여사가 손톱으로 그의 손등을 살짝 꼬집는다. 그는 서둘러 그녀를 데리고 밖으로 나온다.

성보 여인숙 202호실.

담배 연기를 길게 내뿜는 숨결이 한결 여유롭다.

"노인네가 뭔 심이 그리 좋대?"

아랫도리가 뻐근하다고 두덜거리며 박 여사는 누운 채 일어날 생각도 하지 않는다. 힘이 좋다는 말에 황 회장은 어깨에 힘이 들어간다. 생각 같아선 한 번 더 힘을 쓰고 싶지만 다음 기회로 미룬다. 환갑을 넘긴 나이에도 여자의 얼굴은 눈가의 주름만 빼면 반주그레하다. 제 몸에 눌려 가쁜 숨을 쉬던 여자의 얼굴 위로 심씨가 겹쳐 지나간다.

"하필이모 써레기고!"

뜬금없는 말에 어리둥절해하는 여자에게 황 회장은 눈을 지릅뜬다. 뒤늦게야 그게 환경미화원 심씨를 가리키는 말이라는 걸 알아챈 여자는 뿌루퉁한 채 입을 내민다.

"어쩔 셈이우?"

"쪼매만 기다리봐라 마."

"은제까지?"

그 말에는 황 회장도 대답할 수가 없다. 잔소리를 퍼붓는 박 여사를 구슬려 여인숙을 빠져나오며 그는 잘 가라고 인사를 건넨다.

"그냥 가려고?"

영문을 몰라 멀거니 서 있는 황 회장에게 박 여사는 두 손을 받쳐 내민다.

"용돈이라도 줘야지."

황 회장은 기가 막혀 헛웃음을 짓는다.

"아는 처지에 무신……."

"처지는 처지구 계산은 계산이라우."

"됐다."

황 회장은 행여 누가 볼까 싶어 뒷주머니에서 지갑을 꺼내 만 원짜리 한 장을 건넨다. 여자는 돈을 쥔 손을 거두려 하지 않는다.

"만 원이모 됐제, 얼매를 더 달라꼬?"

지폐 한 장을 더 얹고서야 여자는 손을 거둬들인다.

"글고 거서 나오이라. 그기 뭐꼬? 남사시럽게."

"나오면 얼루 가라고?"

"전에 있던, 거 쪽방 있잖나."

"쪽방은 거저 들어가나?"

그 말에 또 돈이라도 뜯길까 싶어 황 회장은 들은 척도 하지 않고 돌아선다. 몇 걸음 걷다가 뒤를 돌아보니 엉덩이를 흔들며 걸어가는 박 여사의 뒷모습이 아련하다. 황 회장은 입안에 고이는 침을 꿀꺽 삼키며 멀어지는 그녀에게 소리친다.

"자주 보제이."

얼마 전까지 한이불을 덮어 쓰고 자던 박 여사와 돈을 주고받는 게 씁쓸한 일이었지만, 황 회장은 일견 마음이 편했다. 자식들과 앙앙불락하며 지낼 바에는 이렇게 밖에서 편하게 만나 '엔조이' 하는 것도 나쁘지 않았다. 심씨가 마음에 걸렸지만 한편으로는 주인 모르게 틈틈이 샛서방 노릇하는 재미도 별났다.

모처럼 홀가분한 마음으로 돌아와 대문에 걸린 자물쇠를 열던 황 회장은 아침에 내다 붙인 종이 귀퉁이에 적힌 낯선 글씨에 눈이 끌렸다. '한겨레신문 보는 집'. 큼지막한 글자 밑에 조그마한 두 글자가 비뚜름하게 쓰여 있었다. '조까'.

작은집 돼지

"그러니까 잉어를 처음 잡아 온 것이 심씨요?"

황 회장의 진술을 듣고 조사실 밖으로 나온 강 형사는 한구석에 환경미화원 복장을 한 채 쭈그리고 앉아 있는 심흥복을 볼펜 끝으로 가리킨다. 자신의 이름이 불리자 심씨는 가뜩이나 작은 몸집을 더 옹송그린다.

그는 이 모든 게 황 회장 탓이라 여겼다. 혼자서나 끓여 먹을 일이지 오지랖 넓게 사람들을 불러 모아 판을 벌인 게 화근이었다. 타고난 성정이 소심한 심씨는 법이라면 꿈속에서도 어긴 적이 없었다. 그러면서도 그는 황 회장에게 대놓고 싫은 소리도 하지 못하는 자신이 초라하게 느껴졌다.

파출소라는 곳에 난생처음 붙들려 온 그는 알량한 일자리나마 쫓겨나지 않을까 걱정이 앞섰다. 벼룩시장 골목에서 좌판을 벌이고 헌 옷을 팔 때만 해도 그는 제법 살 만했다. 아파트 재활용 통에서 거둬 온 헌 옷에 버버리니, 아르마니니 하는 해외 고급 의류 라벨을 달아서 내놓으면 불티나게 팔렸다.

그러던 그가 벼락을 맞은 것은 난데없는 청계천 개발 때문이었다. 서울시장 선거를 앞두고 불거져 나온 청계천 개발 사업은 주변에 붙어서 먹고살던 노점상에게는 죽으라는 말이나 다름없었다. 청계천 언저리에 움막을 짓고 살던 이들이 지저분하다고 복개 공사를 해서 말끔히 덮어버리더니, 이제는 그걸 벗겨내겠다고 난리를 피웠다. 덮개를 씌우든, 벗겨내든 언제나 쫓기고 몰리는 것은 없는 인생들이었다.

벗겨낸 청계천에 꽃나무를 심고 맑은 물을 흘려 물고기가 놀게 하면 관광지가 되고, 사람들이 몰려들어 장사도 잘될 것이라고 시장 된 이가 입에 침이 마르도록 선전했지만, 하루 벌어 하루 사는 인생으로서는 나중이 문제가 아니라 당장 먹고사는 일이 걱정이었다.

"청소나 잘할 것이지."

자기 앞에 쭈그리고 앉은 심씨가 만만해 보였는지 강 형사는 다리를 외로 꼬고 앉아 마음 놓고 닦달을 한다. 돌아가는 사정을 살펴보니 모든 책임을 자신한테 미뤄대는 눈치였다. 심씨는 더욱 조바심이 났다. 이러다가 알량한 환경미화원 자리마저 쫓겨나는 건 아닌지 아까부터 자꾸 걱정이 앞섰다. 그는 정식 환경미화원도 아니었다. 구청에서 환경미화원의 일감을 줄이기 위해 일당 5만 원으로 채용한 보조원이었다. 그것도 정규직 환경미화원이 상전 노릇을 하며 자기들 하기 힘든 일은 모두 보조원에게 미루는 판이라 여간 힘든 게 아니었다. 이럴 바에는 다시 좌판을 까는 게 낫지 않을까 싶었지만 이제는 어디 엉덩이를 비집고 들어설 틈도 없었다. 이 모든 게 청계천인지 뭔지를 들쑤셔댄 탓이었다.

평생 땅 파는 일로 성공했다는 이가 시장으로 나서더니 제 버릇 개 못 준다고 청계천을 뒤엎고 꽃나무를 심을 때만 해도 심씨는 그것이 자신과 무슨 상관인가 싶었다. 촌에서 관광버스를 타고 몰려와 구경을 하고, 주말이면 젊은것들이 손에 커피 통을 하나씩 들고 물가에 앉아 노닥거리는 풍경도 곱게 보이지 않았다. 눈앞에 흐르는 맑은 물에 발모가지 담글 줄만 알지, 그 물을 흘려보내기 위해 한강 물을 거꾸로 끌어 올리는 데 드는 전기료가 하루에 얼마인지, 과연 그 돈이 누구의 주머니에서 새어나가는지는 알려고도 하지 않았다. 그렇다고 그걸 청계천을 헐어낸 시장이 자기 돈으로 내겠는가. 어림 반 푼어치도 없는 소리였다. 자기 주머니에서 꺼내라면 길길이 날뛸 것이나 눈앞에서 헤엄치며 노는 고기 떼와 꽃나무에 눈이 먼 표가 제게 쏟아지기만 한다면 달나라의 토끼도 붙들어 올 인간이었다. 네 돈이냐, 내 돈이냐. 외상이면 소도 잡아먹는다는데, 나중에 어느 놈이 빚더미에 올라 나라를 팔아 갚든지 말든지 당장 북을 치고 깔끔하게 놀이동산을 꾸며 놓으면 될 일이었다.

"큰집 잔치에 작은집 돼지 죽는다지만 말끔하구 보기 좋으라구 멀쩡한 남의 생업을 망쳐?"

심씨는 새삼 지난 일을 되살려내고는 어금니를 지그시 깨물었다.

청계천을 깨끗하게 단장하려는 자의 눈으로 보면, 그 주변에 쭈그리고 앉아 헌 옷 나부랭이나 늘어놓고 살아가는 이들은 그야말로 벼룩이나 다름없을 터였다. 공사 때문에 좌판을 펼 자리가 없어지는 일은 둘째 치고, 뒷골목으로 쫓겨난 노점상까지 모두 쓸어내는 모습을 보니 이번 기회에 너저분한 노점상을 서울 거리에서 말끔하게 정리하겠다는 심산이었다.

그 통에 고가 다리 밑에서 좌판을 깔고 있던 심씨도 기약 없이 쫓겨나고 말았다. 그러고 나니 당장 끼니를 이을 방도가 막막했다. 동묘 부근으로 자리를 옮길까도 생각했지만 바짝 독이 오른 철거반원과 멱살잡이하기도 소심한 그로선 감당하지 못할 일이라 아예 업을 바꾸게 된 것이다.

그러던 어느 날 고물을 나까마(중간 상인)에게 넘기며 안면이 있던 만물상회 황 회장이 사정을 듣고 환경미화원 보조 자리를 주선해주었다. 그 생색을 내느라 황 회장은 심씨에게 으레 상전 노릇을 해왔다.

이번 건만 해도 그랬다. 번연히 사정을 알면서 모든 책임을 자신에게 미루는 황 회장의 행동거지가 여간 얌통머리 없는 게 아니다. 회장이라고 배만 내밀 줄 알지, 궂은일에는 나 몰라라 뒤로 빠져나가기 급급했다.

"형사님 말씀맨키로 여차여차해서 잉어를 수거해 왔다는 겡위를 나이롱 양말 뒤집듯이 소상하니 밝히라고 마. 오해 없이 말끔히."

곁에서 기껏 나일론 양말 소리나 하고 나서는 회장이라는 인물을 착잡한 눈으로 돌아본 심씨는 제 앞에 던져진 진술서 종이를 펼쳐 들었다.

지난 월요일이라…….

심씨는 문득 길에서 만난 고향 친구 종백이 생각났다. 굴착기 삽날에 들어가는 나사못을 구하러 왔다는 종백을 만난 것은 환경단체가 곰 탈바가지를 쓰고 '지구온난화 방지' 시위를 벌이는 황학교 부근이었다. 집회가 끝나면 여기저기 쏟아질 전단지며 쓰레기를 주우러 그 어름에서 잠시 주저앉아 북극의 빙산이 녹아서 곰이 죽어간다는 이야기를 듣고 있는데, 누군가 가래침을 돋우며 우악스럽게 쏟아내는 불평이 귀에 익었다.

돌아보니 살집이 눈에 띄게 불긴 했어도 여주에서 중학교를 3년 동안 함께 다니던 종백이었다. 토목업을 한다던 그를 본 건 고향 떠난 뒤로 10여 년 만의 일이었다.

"제미, 곰 살리자구 사람을 잡어?"

종백은 환경미화원 차림의 심씨와 눈이 마주치자 신기하다는 표정으로 훑어보고는 대뜸 고함부터 내질렀다. 피차 뻔히 바쁜 처지인지라 다방에 들어앉는 대신 골목 안에 손수레를 버티고 선 커피아줌마 앞으로 자리를 옮겼다.

굴착기 서너 대를 굴리고 있다는 그는 냉커피를 한 모금 들이켜기도 전에 환경 단체 욕부터 늘어놓았다.

"자네두 공무를 집행하는 입장이니 하는 말이네만, 거 환경이니 뭐니 찾는 것들 땜에 나라가 망할 참이여."

심씨는 자신이 환경미화원이 아니라 보조라는 말을 차마 하지 못하고 고개만 끄덕였다.

"배지를 보름쯤 굶겨놔야 환경인지 운동인지 하는 소리가 쏙 들어가지."

보름이 아니라 서너 달을 굶겨도 들어갈 것 같지 않은 아랫배를 연신 내밀며 종백은 공연히 제 얼굴을 벌겋게 달궜다.

"여주두 많이 변했지?"

여주라는 말은 귀에도 안 들어오는지 종백은 들은 척도 하지 않고 자기가 하고 싶은 이야기만 늘어놓았다.

"요즘 것들은 툭하면 배 내밀구 째라구 뎀벼드는 거여. 그런 것들은 그냥 내 앞으루 끌구 와야 혀. 배를 내밀어? 도루코루 그냥 확 째버리구 말지."

여드름이 돋을 무렵부터 주먹질로 이골이 나더니 머리가 허옇게 되도록 그 버릇을 여전히 버리지 못한 듯했다. 그가 교도소에도 몇 번 드나들며 여주 바닥에 소문이 자자한 깡패가 되었다는 소리는 풍문으로 들은 적이 있었다.

"환경 운동하는 이들 하구 안 좋은 일이 있었나 부네."

"안 좋은 정도가 아니구 웬수여, 웬수."

그러면서 그는 자신이 여주 강천보 공사에 일익을 담당했는데, 환경 운동하는 것들이 툭하면 보 위에 기어 올라가 난동을 부리고, 강바닥에 차를 몰고 들어가 천막을 치며 버티는 바람에 공기가 늦어져 손해가 자심했다고 언성을 높였다.

"자네두 알다시피 예전엔 다 여주, 이천이었지, 어디 이천, 여주여? 근데 요즘 봐봐. 이천은 하이닉스부터 오비맥주까정 큰 공장이 빼곡히 들어서서 서울이나 다름없이 발전하는데, 여주는 뭐여? 그 돈 안 되는 세종대왕 무덤에 제사나 가끔 올리는 신륵사 빼믄 뭐가 있어. 골프공이나 몇 개 만드는 새마을공장이 전부다 이거여. 하다못해 그 잘난 여주 진상미두 임금님표 이천 쌀에 뺏겼으니 말 다했지, 뭐. 그런 판에 사대강이라구 개발 좀 해서 모처럼 돈맛 줌 보나 싶었더니 어디서 환경인지 뭐시깽이가 굴러 들어와 개 씹에 보리알 박히듯 끼어들어 지랄을 떤대니까."

허공에 삿대질을 할 때마다 가슴팍까지 내려온 굵직한 금목걸이가 출렁거리며 번쩍거렸다.

"그이들은 뭐 땜에 그런대?"

"이유가 어딨어? 그냥 반대지. 정부가 하는 일은 무조건 반대부터 하구 보는 것들이여."

"거 생명평환가 뭔가 하는 스님들두 삼보일배루 반대를 한다던데."

"말이 좋아 생명이구 평화지, 막상 뒷감당을 뭘루 하려구? 당장 강바닥의 모래무지는 둘째 치고, 사람 생명이란 것만 생각해봐도 여간 막막한 일이 아니래니까. 유니세픈가 뭔가에서 아프리카 깜둥이덜 살리겠다고 돈을 걷는데, 뭐 백만 명을 살려? 막말로 그게 잠깐 눈감으면 백만 입은 덜 수 있단 말 아녀. 생각을 해봐. 백만이 메뚜기 떼처럼 갉아 먹을 식량이며, 몸에 걸칠 옷거리며, 먹었으면 싸대야 할 테니 그 똥 더미가 일으킬 환경 오염은 어떡할 거여? 인류애도 좋고 자선도 좋지만 지구 땅덩이는 한정되었는데 애새끼덜만 자꾸 까대면 어떡하겠단 거여. 막말로 거기가 죽을 거여, 아니면 그 집 애들을 앞세울 거여? 생명이구 평화구 다 좋다 이거여. 막상 그 뒷감당은 누가 할 것인지 생각두 해야 할 거 아니냔 말이지."

밤송이 우엉 송이 다 까보았다는 듯이 한바탕 혼자 떠들어댄 게 자신도 무안한지 오랜만에 만난 죽마고우를 돌아보고는, 야광 칠을 한 청소복을 입은 행색을 자꾸 힐끔거리며 훑는다.

"청계천이 말끔해져서 아무래두 편해졌겠네."

불난 집에 생선 구우러 온다더니, 그걸 오랜만에 만난 친구에게 할 말인지 심씨는 비위가 상했다.

"이렇게 단장해놓으니 좀 좋아? 맨날 오리 새끼나 꽥꽥거리며 물똥이나 싸질러놓아 조류독감이나 퍼뜨리는 강변에 이렇게 꽃나무도 심고, 자전거 길도 만들어 시민이 타구 댕기면 오죽 좋으냐 이 말이여. 똥인지 된장인지도 모르는 것들이 무조건 사대강 반대여."

"그이들 말루는 보를 막으면 강이 썩는다던데, 뭐가 있으니까 강바닥에 드러누워 반대를 하겠지."

모처럼 내놓은 의견에 순간 당황한 듯 종백은 떨떠름한 눈으로 심씨를 바라본다.

"설마 그런 궁리두 안 하고 할까! 전문가들이 다 연구하고, 외국서 공부한 이들이 실험까지 하구 하는 일이여. 정부가 무슨 동네 친목계여?"

"그이들두 하두 속아서 그러는가 부지. 전에 평화의 댐인지 뭔지루 애덜 돼지 저금통까정 털어 모았잖여."

"그게 어째 속인 거여? 댐을 만들어 방비를 하니까 북쪽 것들이 물을 안 내려보내서 무사한 것이지, 그 댐만 없었어봐. 벌써 육삼빌딩까지 물에 풍덩 했지."

그렇게 말하는 데야 더 대꾸할 수가 없어 심씨는 가만히 고개만 끄덕였다.

"환경 단첸지, 시민 단첸지 하는 것들 털어보면 죄다 배불러 죽지 못하는 것들이여. 멋두 모르구 물든 바닥 뻘갱이들이라구."

빨갱이라는 말에 심씨는 문득 속이 불편해졌다. 청계천 공사 때문에 밀려나게 된 노점상이 모처럼 힘을 모아 거리로 나서서 악을 쓰고 덤벼드니 대번에 나온 말이 빨갱이였다. 빨갱이라면 머리에 뿔난 도깨비로만 알던 심씨로서는 기가 막힐 노릇이었다. 경찰과 대치해 싸울 때도 애국가만 골라 부르던 이들에게 빨갱이라는 말이 가당키나 한가.

"그러는 자네 입장은 뭐여?"

"내 입장?"

"빨갱이들하고 정부하고 싸우는 거라면 자네는 어느 편이냐 이 말이지."

"나야 뭐 굿이나 보구 떡이나 자시는 입장이지 뭐여."

모처럼 정색을 하고 묻는 심씨의 말에 당황한 듯 종백은 말끝을 시적부적 얼버무리며 둘러댔다.

시골 양반이 서울 와서는 상놈한테 상투 잡힌다고 그래도 청계천 시장통에서 벌써 수십 년 동안 부대끼며 살아온 자신을 당하겠는가 싶어 심씨는 모처럼 용기를 내어 속말을 꺼내본다.

"떡이 될지 독이 될지는 지켜봐야 아는 것이구, 당장 먹기는 곶감이라구 더끔더끔 땅 팔아먹구 품 팔아먹는 재미 보다가 봉창 털리는 수가 있대잖여. 나야 쓰레기나 치우는 입장이지만 멀쩡한 강에 보를 막으믄 썩은 둠벙이 될 건 뻔한 일이구, 그 물 길어다 자시려면 주머니를 탈탈 털어야 할 날이 올지두 모르잖겠어?"

길거리에서 남이 버린 휴지나 줍는 처지인 줄만 알았던 심씨가 조목조목 이를 맞춰 말하자, 아까부터 혼자 목소리를 높이던 종백이 멀쑥해져 잠시 무르춤한다.

"썩든 말든 내 살 때까지만 해당 없음이면 돼."

"당장 이포 다리 밑으루 고기덜이 허옇게 배 뒤집구 떠오른단 뉴스두 나오던데."

"그거야 논바닥에 가래질을 해두 징거미덜 널브러져 뜨는 판에, 그 큰 공사를 하자면 흙탕물도 나구 고기 몇 마리두 희생되구 하는 것이지."

"하기야 강 속 물고기가 집단으루 자살을 하든 말든 내 주머니에 들어오는 돈이 민심이겠지만, 물고기 죽구 나면 그 담 차례는 사람이 될 텐데?"

"막말루 그리 되면 옮겨야지, 열쳤다구 썩은 물가에 머물러 산대?"

"손바닥만 한 나라에 그럴 듯한 강은 죄다 파헤치는데 어디 가서 살어?"

"걱정두 팔자여. 돈만 있어봐. 미국을 못 가, 알프스 산 아래를 못 가. 공기 좋은 데루 나가서 살면 되지."

이번에는 심씨가 할 말이 궁해졌다. 태어난 곳에 눌러앉아 고향을 지키는 죽마고우가 어떤 심경으로 버티고 있는지 비로소 알게 된 심씨는 서둘러 헤어질 생각만 간절했다.

"그래두 사람이 제 조국에서 살아야 대접두 받구 살지. 남의 나라에 가서야……."

"조국? 조국이 아니라 초국이래면 여름에 오이냉국이라도 시원하게 말아 먹지. 그 잘난 조국이란 것이 내게 해준 것이 뭐가 있어? 사변 났을 때 울 아버지 데려다가 총알 맞아 다리 댕강 끊어놓구 평생 술주정 부리구 살게 한 조국? 조지나 간빵이라구 전해주셔."

"할 말 있음 직접 하셔."

아니 본 것만 못하게 만난 고향 친구와 헤어지고 나서도 심씨는 한동안 자리를 떠나지 못했다. 여름이면 포플러가 시원스레 그늘진 은모래 금모래 백사장에서, 동무들과 솥을 걸고 피라미며 참마자를 건져 매운탕을 끓일 때쯤 벽절(신륵사)에서 울려 퍼지는 풍경소리가 한갓지게 들려오던 여강(驪江)에 콘크리트로 막은 보가 들어선다는 건 생각만 해도 가슴이 먹먹해졌다.

"공기 좋은 데루 나가서 살겄다?"

아무리 떠나온 고향이라도 눈만 감으면 동구 밖에 우두커니 서 있는 느티나무가 삼삼하게 되살아나는데, 이제는 돌아갈 고향마저 팔아먹는 세상이 되었다. 심씨는 눈을 지그시 감고 시커멓게 떠오르는 풍경을 오래도록 지켜보았다. 막막궁산. 말 그대로 막막하고 쓸쓸했다.

집회가 끝나고 여기저기 나동그라진 전단지를 쓸어 담느라 심씨는 한바탕 땀을 흘렸다. 짓궂은 아이들이 비행기를 접어 개천 아래로 날려 보낸 걸 줍느라 급기야 발목을 걷고 개천까지 들어가야 했다.

얼핏 맑아 보이는 개천 물도 막상 들어가 보면 미끈거리고 냄새가 났다. 날이 더울 때엔 개천 바닥에 깔린 자갈에 이끼가 끼고, 물에 잠겼던 풀밭에는 크고 작은 물고기가 죽어 있었다.

비라도 한바탕 퍼붓고 나면 개천가에 허옇게 널브러진 자가웃 잉어며, 한 뼘이 넘는 붕어를 건지러 저녁마다 발목을 적시는 일도 고역이었다. 새 물을 따라 한강에서 거슬러 오른 물고기는 물이 빠지면서 물가 푸서리에 머리를 박고 버티다가 그만 파리 밥이 되고 말았다. 소금도 썩힐 만큼 후덥지근하게 삶아대는 장마 더위에 하루만 지나도 물고기는 대부분 쇠파리가 새카맣게 들끓고 썩은 내를 풍겼다. 구청 환경정비과에서는 어서 치우라고 성화를 부리고, 비린내를 묻히기 꺼리는 정규직 환경미화원은 심씨와 같은 보조원에게 떠밀었다.

"그래두 그것들 덕에 먹구사는 줄이나 알우. 가뜩이나 구청에서는 구조 조정헌다구 생야단들인데."

"어디 더 잘라낼 목이라도 남았대여?"

"그렇다구 책상에 앉어 펜대 굴리는 것들이 자진해서 제 목을 치겠어? 만만한 게 뭐라구 몸으로 부대끼는 이들 대가리루 할당을 맞추겠지.”

궂은일을 떠안을 때마다 몇 마디 구시렁거릴라치면 정규직은 으레 구조 조정이란 말을 앞세워 보조원의 입을 막았다.

“날 더운데 썩은 고기를 집어내봐유. 왼종일 비린내가 가시지 않어유.”

“그런 일감이래두 만들어주는 걸 감사히 알구 삽시다. 앞으로 선친 제사 뫼실 때 옆에다 붕어 사료라두 퍼담아놓구 절이래두 올려야 할 판이우.”

그러고 보면 덕을 입은 건 사실이었다. 있던 사람도 쫓겨나는 판에 그나마 보조원 자리라도 비집고 들어갈 수 있었던 데는 청계천 덕이 컸다. 청계천을 새롭게 꾸미고 사람들이 몰려들자 기존 환경미화원만으로는 일손이 달려 비정규직 보조원을 고용하게 된 것이다.

그날도 손에 비린내를 묻히고 느지막이 퇴근하다 보니 여간 허기가 지는 게 아니었다. 포장마차에 들러 2천 원짜리 잔치국수라도 한 그릇 먹고 가려다가 집에서 기다리는 사람 생각에 부지런히 발을 움직였다.

심씨는 요즘 들어 제법 사람 사는 재미가 느껴졌다. 들어가봐야 한여름에도 썰렁하고 냉랭하기만 하던 집에 사람 기척이 나고, 훈기가 도는 것만으로도 다행한 일이었다.

처음 박 여사가 찾아왔을 때만 해도 심씨는 이런 일이 일어날 줄은 생각도 하지 못했다. 방을 얻을 때까지 며칠만 신세를 지겠다는 말에 그저 황 회장과 싸우고 집을 나온 모양이라고 여겼을 뿐이다. 날이 밝는 대로 황 회장이 데리러 오겠지 생각하고, 옷이나 걸어두던 건넌방을 내주었다.

그런데 이틀이 지나고, 사흘이 지나도 황 회장은 오지 않았다. 며칠만 머물겠다던 박 여사는 시침을 뚝 떼고 아침이면 상을 차려내고, 집 안 청소를 하며 안주인 시늉을 했다. 급기야 나흘째 되던 날, 여자는 건넌방이 비좁다며 그의 이불 속으로 참기름처럼 미끄러져 들어왔다. 마흔 넘어 정식으로 식도 올리지 못하고 살림을 차렸으나 2년도 안 돼 갈라선 뒤로 고스란히 독수공방으로 환갑을 훌쩍 넘긴 심씨로서는 마른 논에 물 붓듯 생기가 날 일이었다.

세상에 못할 짓이 풀 데 없이 남아도는 정력이었다. 조루니 발기부전이니 하며 세상 다 잃은 듯 고개 숙이고 사는 이도 안된 일이지만, 머리가 허옇게 되어서도 좀체 수그러들지 않는 정력도 곤욕스럽기는 그 못지않았다. 주머니에 든 돈이나 넉넉하면 어디 가서 오입질로 풀기라도 한다지만 그럴 형편이 되지 못하는 처지로서는 흡사 거적문에 돌쩌귀를 한 격이나 다름없었다.

혼자 맞는 밤은 유난히 깊고 길기만 했다. 이리저리 뒤척거리다가 새벽녘에야 잠깐 선잠이 들었다. 그럴 때마다 심씨는 신경안정제를 먹었다. 약 기운에 취해 곯아떨어지면 주체할 수 없이 남아도는 정력도 한풀 꺾이곤 했다.

그런 중에 박 여사가 나타났다. 심씨는 밤마다 분내 나는 여자를 이불 속에서 끌어안는 것만으로도 황홀했다. 모든 게 꿈만 같았다. 나이가 두어 살 아래인 박 여사도 그의 힘만큼은 탄복해 마지않았다. 하룻밤에도 서너 차례씩 여자를 품고 나서야 그는 달콤한 잠에 빠져들었다.

그러면서도 심씨는 여자가 말끝마다 황 회장을 들먹이며 자신과 비교하는 것이 개운치 않았다. 소박을 맞고 쫓겨난 주제에 아직도 못 잊어 그 이름을 입에 오르내릴까 싶어 그때마다 심씨는 부러 불뚱가지를 내며 황 회장의 흉을 보았다.

그날도 모처럼 쉬는 날이라 겸상을 하고 다정히 텔레비전 뉴스를 보다가 사달이 나고 말았다.

화면에는 4대강 사업 준공을 알리는 축하 쇼가 벌어지고, 여자 아나운서가 녹색 성장이네 어쩌네 하며 입바른 소리를 나불대고 있었다. 가만히 보고만 있어도 그러거나 말거나 손에 들고 있던 총각김치나 씹어댔을 텐데, 겸상을 하고 있던 박 여사가 하는 말이 그의 비위를 상하게 했다.

"회장님이 그러는데 저 녹색 성장이란 걸 하면 돈두 많이 풀리구 강두 깨끔해진다던데, 나라님이 장한 일 했네."

녹색 성장만 끌어다 댔어도 참을 만했다. 말끝마다 회장님을 걸터듬어 갖다 붙이는 속내를 알 수 없었다. 심씨는 입으로 들어가던 수저를 내려놓고 자기도 모르게 한마디 내지르고 말았다.

"네미, 개천 바닥을 들여다보구나 말해. 미끈거리는 청태가 시퍼런데 무슨……. 하기야 그것두 시퍼러니 녹색 성장이라면 할 말이 없지만."

"내야 뭘 알우. 그냥 시퍼러면 녹색이구 성장이라면 그런가 부다 하는 것이지."

"그리 말하면 시화호에 공단 폐수 시커멓게 흘려보내는 건 흑색 성장이여?"

"밥이나 먹우. 승질 부릴 일두 참 많수."

남의 염장은 자기가 질러놓고 제법 고상한 척 밥숟가락을 야기죽거리며 입에 떠 넣는 박 여사가 여간 얄미운 게 아니다. 심씨는 수저를 탕 소리가 나게 상에 내려놓으며 내친김에 가슴에 꾹꾹 눌러놓은 말들을 쏟아낸다.

"아무리 주둥이 하나루 행세하며 사는 것들이라지만, 말 아니면 하지 말라는 말이 오죽해서 국어사전에 적혀 있을까. 멀쩡한 강에 세멘으루 공구리를 쳐서 보를 막구 로봇 물고기를 풀어놓는 것이 녹색 성장이면 육삼빌딩 꼭대기에 상어 집어넣구 귀경시키는 수족관은 태평양 수궁인 셈이여. 뭐, 녹색 성장? 수족관 금붕어들이 웃겄다."

"이이는 무슨 웬수가 졌길래 나라에서 하는 일마다 마뜩잖아 시끈벌떡이래. 백성들이야 그저 등 따습구 배부르면 되는 것이구, 굿이나 보구 떡이나 읃어먹으면 될 일이지……."

"떡? 떡 좋어하다 관격 들려 골루 가는 수가 있어. 제 닭 잡아다가 서리해 먹는 줄 모르구 닭 국물 한 모금 읃어먹었다구 어깨춤 추는 게 이 나라 백성들이여."

"업세. 그리 잘났으믄 자기가 나서서 국회엘 나가 보우. 까짓 거 이왕이면 대통령두 한번 해보지그려. 맨날 안방에서 애꿎은 방바닥만 두드리지만 말구."

"누가 앉아서 소피 보는 종자 아니랄까 봐. 소갈머리하구는. 이러니 백성이란 걸 알기를 발구락의 때쯤으루 여기는 거여."

"어디 그럼 발가락에 발가락지쯤 되는 양반 이야기나 들어봅시다."

졸지에 소갈머리 없는 여자가 된 박 여사가 발끈해 상을 밀어놓고 다가앉는다. 공연히 아침부터 목소리 높여봐야 득 될 게 없는 일이지만 심씨는 물러설 생각이 없다. 바람만 건듯 불어도 제 풀에 옹송그리는 무당벌레처럼 살고 있지만 사실 그의 가슴속은 사골 우리는 가마솥처럼 부글부글 끓어댔다. 멀쩡한 좌판 자리를 맥없이 뺏긴 일도 그렇고, 정규직 환경미화원에게 눌려 늘그막에 머슴 노릇을 하는 처지에 제 집에서마저 괄시를 받을 수는 없었다.

"호랭이 새끼 길들여 호랭이 사냥 나간다고 개뿔두 없는 것들이 꼭 개뿔 소뿔 다 있는 것들 걱정까지 챙겨준대니까."

"쉬운 한국말루 해봐."

손가락에 척 하니 담배까지 한 대 끼고 박 여사는 한번 따져보자는 얼굴로 턱을 받치고 다가앉았다. 심씨는 행여 그녀가 자신을 황회장에 비해 무지하다 여길까 싶어 차분히 목소리를 가라앉히고 조곤조곤 이야기를 풀어내기 시작했다.

"어느 시대, 어느 나라건 말이여. 백성들 위하지 않겠다는 왕이나 지도자는 없었다 이 말이여. 그런 말을 앞세우는 건 그만큼 잘 안 되는 얘기기도 하다는 말씀이여. 여태껏 나라에 위기가 오면 누가 나서서 몸으루 막았어. 왕? 아님 대통령? 백성 팽개치구 의주루 튄 것이 임금이구, 라디오루 수도를 사수한다는 방송 틀 때 벌써 저 혼자 살겠다구 한강 다리 끊구 대전으루 토낀 게 대통령이여. 얼매 전에 아엠에푸 났을 적에두 애들 돌반지까지 금붙이 다 내다가 바친 것이 뉘여? 있는 것들? 흥, 미안하지만 그때 톡톡히 재미 본 게 있는 것들이여. 오죽하면 아엠에푸 다시 안 오나 그리워한다는 말까지 있을까."

"그때 나도 닷 돈짜리 금반지를 내놓긴 했지만, 나라가 어려울 때 너나없이 똘똘 뭉치자는 게 어때서?"

"어째 없는 것들만 똘똘 뭉치느냔 말이여? 여적지 거리루 쫓겨난 노동자들이 노숙자가 되구, 자살했다는 소리는 들었어두 회사 말아먹은 사장들이 노숙자 되었다는 소식은 들은 적이 없는 게 이 나라인 줄이나 아셔."

"부자가 망해두 삼 년은 간다잖우."

"그럼 가난한 것들은 바루 골루 가구?"

"타구난 팔자가 그런 걸 어쩌우? 다 제 팔자소관이지."

팔자라는 말에 심씨는 제 손으로 가슴을 두드리고 싶었다. 없는 집에 태어난 것이야 팔자라고 하겠지만, 그렇다고 이대로 평생을 지질하게 살아야 한다면 팔자가 아니라 원수가 아닐 수 없었다. 어떤 입바른 것들은 가난도 다 자기 노력하기 나름이라고 주절거렸다. 그런 말을 들을 때마다 그는 말굽에 박힌 편자처럼 굳은살이 박인 제 손바닥을 하염없이 들여다보았다. 손수레도 끌어보고, 고물 장사에 막노동판이며 청소부 노릇까지 잠시도 쉼이 없던 손이었다. 그런 손이 성실하지 못하고 노력이 부족해 가난하게 살 수밖에 없다는 소리를 들을 때면 차라리 제 손으로 손모가지를 잘라내고 싶은 심정이었다.

"가난은 임금님도 구제를 못 한다잖우."

어디서 주워들은 풍월이라고 씨부렁거리는 박 여사를 망연히 바라보던 심씨는 그녀의 귀에다 그런 말만 골라서 속삭거린 입들이 문득 궁금해졌다.

"구제를 못 한다니 더 애써야 하지 않겠어? 아홉 가진 것들이 한 푼 가진 것을 털어 열을 채운다지만, 두타니 밀레니엄이니 지어서 밤낮으루 벌어들이면서두 길거리에 나앉아 헌 옷 나부랭이래두 팔아먹는 인생들 내모는 게 나라에서 할 일이여?"

"억울하면 출세하라는 노래두 있잖우. 돈 없으면 괄시받는 게 어제오늘 일이유?"

어제오늘의 일이 아니었지만, 어제보다 오늘이 더 자심해지는 것이 문제였다. 그 대목에서 심씨는 며칠 전에 겪은 봉변이 생각나 얼굴이 다시 붉어졌다.

주말이면 야간 작업을 해야 했다. 청소차가 새벽에 치우러 올 때까지 천변의 쓰레기를 주워 모아다 적치장에 쌓아두어야 하는데, 날이 더워지면서 물가로 나온 사람들 탓에 밤을 꼬박 새워도 일이 끝나지 않았다. 물가에 모여 술을 마시는 이들이 먹다 버린 안줏거리며 술병이 곳곳에 넘쳐났다.

그날도 박살이 난 술병을 쓸어 담고 있는데, 무언가 발밑에 휙 하고 날아와 떨어졌다. 돌아보니 의자에 앉은 젊은 여자가 코를 풀고 던진 휴짓조각이었다. 무얼 어찌했는지 곁에 앉은 남자는 달래고 여자는 휴지 상자를 앞에 두고 눈물, 콧물을 찍어대기 바쁘다. 어차피 쓸어 담아야 할 휴짓조각이니 쓰레받기 근처에 던져주었다 여기면 될 일이지만 기분이 편치 않았다. 여자는 찬 바람 맞은 나무가 마른 잎을 떨어뜨리듯 코를 훌쩍이며 무시로 휴지를 집어 던졌다. 어떻게 하나 보려고 떨어지는 대로 몇 장을 쓸어 담았지만 여자는 이쪽으로는 눈길 한번 주지 않고 쏙쏙 뽑아내는 휴지 상자를 다 비울 태세였다. 그 곁에 쭈그리고 앉아 여자가 버리는 휴짓조각을 쓸어 담기도 처량해 점잖게 한마디를 던졌다.

"한꺼번에 모아서 버리면 안 되겠수?"

그 말에 여자는 눈물에 눈화장이 번져 시커멓게 얼룩진 얼굴을 하고는 눈을 하얗게 치켜 뜨고 그를 위아래로 훑어보았다.

"청소나 잘해요. 씨발, 재섭서."

씨발이라는 말도 들어넘길 만했다. 마지막의 재수 없다는 말만 아니면. 심씨는 기가 막혀 우두커니 빗자루를 든 채 여자가 하는 모습을 지켜봤다.

"저리 가라고! 씨발."

여자는 한편으로는 콧물을 닦고, 한편으로는 그의 발 앞에 휴지를 집어 던지며 발을 굴렀다. 날밤을 새워 후줄근해진 몸도 천근이었지만 마누라만 달아나지 않았으면 저런 딸자식을 두엇은 두었으리라 생각하니 속에서 후끈 불이 일었다.

"어이, 학생. 어디다 대고 씨발이야."

"씨발, 짱나. 별 찌질이 같은 게 지랄이야."

무언가 구경거리다 싶어 모여든 사람들로 둘러싸인 데다 새파란 아이에게 욕을 들으니 벙어리 행세로 살아온 심씨의 입에서도 곱지 않은 말이 튀어나갔다.

"이런 배워먹지 못한 것 같으니라구. 너는 아비, 어미도 없냐?"

"있다! 씨발. 울 아버지는 사장이거든? 너 같은 환경 미화 찌질이가 아니라고."

"이런 싸가지 없는……."

들고 있던 빗자루를 들썩이자, 아까부터 휴대전화를 들고 찍어대던 사내놈이 제 계집이라고 편을 들며 부르르 일어선다.

"환경 미화 보고 환경 미화라는데. 뭐, 어쨌다고!"

생각 같아선 한 대 후려갈기고 싶었지만 먹고사는 게 원수였다. 재미있게 구경하던 틈에서 늙수그레한 할머니가 보다 못해 끼어들어 말리고 나서야 말다툼은 끝이 났다.

"쓰레기 찌질이, 인제 넌 죽었어! 시청 홈페이지에 도배를 해놓을 테니, 씨발아."

그는 '쓰레기 찌질이'였다. 있는 것들이 고깃국에 떡을 시루째 쪄놓고 먹을 때도 그 밥상 밑에서 떨어지는 고물이나 주워 먹고 사는 지질한 인생이었다. 그런 인생이 타고난 팔자소관이라는 말도 좋지만, 자기 하기 나름이라는 말만은 말아주기 바랐다.

그로 말하자면 부모 잘못 만나, 남들이 놀이 삼아 다닌다는 대학도 못 가고, 등 기대고 일어설 밑천이 없어 변변한 장사조차 벌이지 못했고, 자기 집 가진 이들이 남는 돈으로 우르르 몰려가 강남에 아파트를 장만하고, 아파트값이 오르면 그걸 세를 주어 분당에 아파트를 사들이고, 분당이 오르면 다시 세를 주어 수지에 사고, 그렇게 앉아서 눈덩이 굴리듯 돈을 불리지 못한 죄밖에 없었다. 그것도 잘못이라면 할 말이 없지만, 게으르고 성실하지 못해서 지질하게 산다는 말만은 차마 앉아서 들을 수가 없었다.

"그나저나 점심엔 어디 션한 냉면이나 먹었으면 좋겠네."

공연히 돈도 안 되는 일에 열만 올린 게 맥쩍은 듯 박 여사가 뒤로 물러앉으며 한마디했다. 손바닥만 한 창문이 빼꼼하게 내걸린 반지하 방은 해가 지칫거리며 올라서면서 벌써 후끈 달아오르기 시작한다. 어디서 났는지 낭창거리는 부채 하나를 꺼내 들고 박 여사는 치마 속을 부쳐대기 바쁘다. 부채에는 '박정희 대통령 기념관 준공 기념' 이라는 문구가 큼지막하게 박혀 있었다. 보나 마나 애국어버이회 행사에서 나눠준 것이리라. 심씨는 번쩍거리는 배지를 줄줄이 단 모자를 뒤집어쓴 황 회장이 생각나 자신도 모르게 누그러뜨렸던 목소리를 다시 높였다.

"어느 시절인데 아직두 박정희 만세여! 속창아리 없는 인간들."

뜬금없는 타박에 박 여사는 입을 비죽이며 단박에 눈을 허옇게 흘긴다.

"그 으른만큼만 하라구 해. 이만큼 사는 게 뉘 덕인데."

"우리두 한번 잘 살아보자구 할 때부텀 알아봤어야 했어. 촌에서 새마을 노래만 틀어대면 새벽부텀 품삯두 안 주는 부역에 뛰어나가 삽이 닳도룩 공구리질을 죽을 둥 살 둥 해봤지만 남는 건 초가지붕 스레트로 개량하느라 꾸어 쓴 농협 빚뿐이더만. 지금은 발암물질이 나온다구 치울 때두 허가받구 돈 들이는 스레트 덕에 어떤 놈들만 배지가 불거지게 돈 긁어모았겠지. 결국 우리두 한번 잘 살아보자던 노래 속에 내 모가치는 일찌감치 없었드라 이 말이여."

"별 걸 다 트집이유. 누런 구렁이가 추녀 밑으루 슬금슬금 기어

다니는 초가에 비할까.”

“요새 뜨는 게 황톳집에 초가인 줄 모르우?”

“천생 원이 눌은밥인 게지.”

번열이 나도록 입을 놀린 게 멀쑥해 그쯤에서 마무리하려는데, 박 여사가 생뚱맞게 핵폭탄 이야기를 끌어다댄다. 식사 후에는 숭늉 대신 커피를 마셔야 소화가 된다며 박 여사가 주전자에 물을 끓여 왔을 때였다.

“그나저나 북쪽 것들이 또 핵폭탄을 터뜨린다니 큰일이우.”

어디서 주워들었으면 제대로 옮기기라도 해야 하지 않겠는가. 방송에서 핵 이야기만 슬쩍 비쳐도 당장 머리 위에서 핵폭탄이 터졌다고 주절거리는 이들이 도처에 즐비했다. 이런 사람들일수록 아는 체는 박사 급이었다. 1년 내내 심심풀이 삼아서라도 책 한 권 집어 드는 경우 없이, 온종일 텔레비전만 끼고 앉아 있는 주제에 세상 돌아가는 일에는 저마다 경세지책(經世之策)이란 것들을 내놓기 바빴다.

“멀리 있는 핵폭탄보담 당장 오늘 먹고살 걱정이나 허시우.”

당장 남의 집에 의탁한 자기 신세가 찔렸는지 박 여사는 입을 샐쭉거리더니 황 회장을 찍어다 붙인다.

“회장님 말씀으루는 전쟁이 날지두 모른다던데.”

“그래서 노상 군복 챙겨 입구 다닌대?”

“육이오 때 이등중사까지 했다잖우.”

"흥, 그것두 그리운 추억이라구 머리 허연 나이에 아직두 가슴팍에 양철 나부랭이를 붙이구 다니나 부네. 애덜이 철없는 것이야 덜 산 탓이라고나 하지만 제 동족끼리 총질한 것이 무슨 공이랍시구 유세를 부린대? 지각머리 없이."

그 말에 박 여사는 부채로 방바닥을 탁 쳐가며 목소리를 높이고 나선다.

"아무려면 머리에 띠 두르구 툭하면 촛불 들구 거리로 나서는 것들에 비할까. 막말루 내일이래두 전쟁이 터지면 그것들이 퍽두 나가 싸우겠수. 땡크 앞에 촛불 들구 만세나 부르지 않음 다행이라 합디다."

몇 달을 한이불 덮고 지내더니 아랫도리만 붙어먹은 게 아니라 정신까지 한통속이 되었나 싶어 심씨는 마주앉은 여자에게 문득 정나미가 떨어졌다. 그렇게 나라를 걱정하는 이들이 온갖 핑계를 대며 요리조리 병역을 미필한 자들의 편을 드는 것은 무슨 우국충정이라고 할까. 보온병을 포탄이라 하고, 개머리판을 눈두덩에 갖다 대는 주제에 병역 기간이 짧으니, 군대 기강이 해이해졌느니 입을 놀려대는 걸 그이들은 어떤 기분으로 듣는지 자못 궁금하기만 했다.

텔레비전이나 보려고 벽에 몸을 비스듬히 뉘었지만, 한국전쟁 몇 주년을 기념한 특별 대담뿐이다. 목에 넥타이를 맨 이들이 둘러앉아 뭐라 떠드는데, 무슨 게임 이야기가 들려온다.

“에프십오가 한 대에 수천 억 원 하는데, 대구에서 뜨는 순간 적의 해안포를 겨눕니다. 사정거리가 이백칠십 킬로인데 한 방에 적군을 무더기로 쓸어버리지요. 저희들이 암만 까불어도 한 방 때리면 껨도 안 돼요.”

아이들이 즐겨 논다는 컴퓨터 게임 이야기라도 하는 줄 알았던 심씨는 그것이 전에 있었던 천안함 사건과 연평도 포격 사건을 두고, 무슨 대학에서 학생을 가르친다는 교수가 하는 말이라는 걸 나중에야 알게 되었다. 한 방 때리면 게임도 안 되는 그것이 전쟁이란 말이지?

심씨는 정신이 아득해 자신도 모르게 몸이 비스듬히 기운다. 곁에서 지켜보던 박 여사가 힐끔거리며 이불을 편다.

“근데 자기는 아무리 그래도 맨날 공짜루만 놀 셈이우?”

돈, 돈, 돈

심씨의 진술서를 훑어보던 강 형사는 코를 비죽거리며 그를 돌아보았다.

"어째 자꾸 삐딱선을 타고 그러셔?"

남이 들여다볼까 싶어 심씨는 안절부절못하며 제 손으로 진술서를 덮었다.

"뭐라 적었는데?"

황 회장이 어깨너머로 넘성거리다가 강 형사에게 기어코 한 소리를 듣고서야 무르춤하다 주저앉았다.

"근디 밥은 안 준대유? 〈수사반장〉에선 국밥도 사 멕여가며 조사를 허든디."

야바위 킴에게 등을 떠밀려 앞에 나선 김 총무가 점심 식사 이야기를 꺼냈다. 자신이 생각해도 물색없다 싶었는지 주춤주춤 뒤로 물러서는데, 슬그머니 문이 열리며 양경일이 잔뜩 겁먹은 얼굴로 들어섰다.

"좀 늦었습네다."

머리에 얹은 모자를 벗고 정중하게 고개를 숙인다. 경일은 아이가 백신을 맞는 날이라 보건소에 다녀오느라 늦었다고 했다.

"아가 주사 맞는데 거길 와 따라가노?"

황 회장이 뒤늦게 그를 보고 인사 삼아 한마디 던진다. 경일은 사람 좋은 웃음을 지으며 고개를 돌려 창밖을 내다본다. 아이를 업은 여자가 파출소 유리창에 달라붙듯이 서서 안을 들여다보고 있다. 깡마른 체구에 유난히 큰 눈만 반짝이는 여자는 남편이 주고받는 말을 한마디도 놓치지 않으려는 듯이 유심히 귀 기울여 듣는다.

"지원 부대까지 출동했구만."

사람들이 빈정거리며 건네는 말에도 경일은 소처럼 싱겁게 웃을 뿐이다.

사람들은 그를 '꽃제비' 라고 불렀다. '특수 임무' 로 통하는 박금남 같은 이들은 '진통 빨갱이' 라고 부르기도 했다.

그는 5년 전 중국에서 밀항해 들어온 탈북자다. 평안도 어느 산골에서 농사를 지었다는 경일은 탈북자가 겪어야 하는 길을 고스란히 따라 밟았다. 얼마 되지 않은 정착금을 모아 동료들과 느릅냉면집을 차렸다가 거덜이 나고, 도와주겠다고 들러붙은 사기꾼에게 꿍쳐둔 돈까지 죄다 털린 뒤에는 꼼짝없이 굶어 죽을 판이었다. 돈이 있으면 천국이지만 없으면 지옥이나 다름없는 자본주의의 매운맛을 혹독하게 볼 무렵, 그는 하나원에서 만난 고향 아주머니의 소개로 벼룩시장에 좌판을 깔게 되었다.

황 회장의 주선으로 풍물 시장 골목 모퉁이에 좌판을 벌이게 된 뒤로 황 회장은 경일을 하인처럼 부렸다. 가게 문짝에 못을 박는 자질구레한 일부터 오래 묵은 외상 빚을 받아 오라는 궂은일까지 무시로 시켰다. 그때마다 펼쳐놓은 좌판을 거두고 달려가야 하는 게 여간 성가신 일이 아니었다. 장사에도 지장이 많았지만 경일은 회장이라는 직함에 눌려 싫은 내색 한번 하지 못했다. 그 덕에 정회원은 아닐지라도 청심회 모임이 있는 자리에 덤으로 얹혀 가곤 했다. 그것도 사실 속셈은 무슨 뒤치다꺼리를 시키려고 부르는 것이었지만.

천렵을 하던 날도 매운탕 끓일 가스레인지와 냄비를 이고 지며 쫓아가느라 경일은 아침부터 등짝에 땀을 흥건히 흘려야 했다. 소주 몇 잔 얻어 마시고, 해감내 나는 매운탕 국물을 몇 술 떠먹은 값으로 진술서란 걸 쓰라니 기가 막힐 노릇이었다.

경일이 걱정스러운 얼굴로 황 회장을 돌아보니 그는 남의 일처럼 고개를 돌리고 딴전만 부렸다.

"서약서까지 쓴 양반이 왜 이러셔?"

강 형사가 불쑥 들이댄 서약서라는 말에 경일의 허리가 짚단처럼 풀썩 꺾였다. 자유 대한의 법을 준수하겠다는 탈북 새터민의 서약을 어찌 잊었겠는가. 파출소에서 오라는 연락을 받았을 때부터 경일은 가슴이 두근거리고 서약서가 눈앞에 어른거렸다.

"하나도 빠뜨리지 말고 낱낱이 써."

강 형사의 다그침에 경일은 자신도 모르게 몸이 움츠러졌다. 밀항선을 타고 들어와 관계 기관에서 조사를 받을 때도 듣던 말이었다. 그는 떨리는 손에 힘을 주고 앞에 놓인 흰 종이를 바라보았다. 아무 생각도 나지 않았다. 무슨 일이 있었던가. 잠시 머뭇거리다가 창밖에 선 여자를 돌아보았다. 여자가 그를 보고 억지로 웃음을 지으며 손을 흔들었다. 경일도 마지못해 얼굴을 일그러뜨려 보였다.

그녀는 베트남에서 왔다. 사람들은 그 여자를 '뺑'이라 불렀는데, 그때마다 경일은 그녀의 이름을 정확하게 가르쳐주었다. 응우엔띠비엔. 이 바쁜 세상에 누가 그렇게 길고 입에 선 이름을 부르겠는가. 따라 하다가 '응앤띠벤'이라고 대강 흉내를 내고는 웃음을 터뜨리기 일쑤였다. 경일은 하는 수 없이 사람들이 그녀의 마지막 이름만이라도 제대로 불러주기를 바랐다. 비엔. 뺑이 아니라 비엔이라고 그는 통사정했다. 비엔은 바다라는 뜻이었다.

"그럼 바다라고 하지 비엔이 뭐야? 이제 한국에서 살 건데."

돼지 청바지 아주머니가 그렇게 말해도 경일은 끝내 비엔이라고 부르기를 원했다. 비엔. 그녀는 정말 바다 같은 여자였다.

경일은 그녀가 처음 벼룩시장에 나타났을 때의 모습을 생생히 기억하고 있었다. 몇십 년 만의 한파가 기승을 부리던 엄동에 여름 치마를 입고 파랗게 얼어 있던 그녀는 이미 만삭의 몸이었다.

낙원 여인숙에서 숙박료가 밀려 거리로 쫓겨나 동묘 공원에서 떨며 지내던 그녀를 데려온 이는 안 목사였다.

"우리 집이 워낙 추워서 말이오."

찬 바람이 무시로 드나드는 쪽방에 연탄으로 겨울을 나던 안 목사의 집은 한데나 다름없었다. 해산할 날이 머지않은 임부니 거처를 마련할 때까지 며칠 묵게 해달라는 부탁에 경일은 고향에 두고 온 가족이 생각나 차마 마다할 수가 없었다. 부황이 들어 누렇게 뜬 얼굴로 동구 밖까지 따라 나오며 아무 말도 하지 않고 끊임없이 울기만 하던 처와 먹을 걸 꼭 구해 오라며 팔에 매달리던 어린 자식들의 모습을 어찌 잊을 수 있겠는가.

그의 집에서 묵게 된 비엔은 한 달도 되지 않아 사내아이를 낳았다. 사업하는 사람이라는 중매업체의 말만 믿고 만난 한국인 남편은 비만 오면 사람을 두들겨 패는 정신질환자였다. 한국에 가면 돈을 번다는 말에 따라나선 길이었지만 그녀는 겉보기에 멀쩡한 남편이 그런 병을 지녔을 줄 까맣게 몰랐다. 함께 살면서 그가 벌써 두 번이나 결혼을 했으며, 여자들이 못 견뎌 이혼했다는 사실을 알게 되었다.

남편의 병세가 나아지기만 기다리는 사이에 아이가 들어서고, 배가 불러가는 중에도 남편의 폭행은 멈추지 않았다. 눈이 뒤집혀

발로 배만 골라 차는 남편을 보고 이러다가는 뱃속의 아이마저 잃겠다 싶어 무작정 집을 나왔다고 했다.

사람들은 그녀가 낳은 아이를 경일의 자식으로 알았다. 그는 굳이 아니라는 말을 하지 않았다. 그녀는 아이를 돌보면서도 옹색한 살림을 알뜰히 꾸려나갔다. 사람들은 그녀가 베트남에서도 워낙 어려운 빈민촌에서 살아서 지금의 살림도 대궐처럼 여긴다고 했다. 그러면서도 사람들은 그녀가 얼마 안 가 선녀처럼 날개옷을 입고 훌훌 날아가리라고 수군거렸다.

만물상회에서 주워 온 고물 유모차에 아이를 태우고 두 사람이 한가로이 청계천 물가를 거닐 때마다 사람들은 그녀가 달아나지 않는 것을 두고 불만스러워했다.

지난 월요일에는 평소보다 일찍 집을 나섰다.

"어떡해요?"

구두를 신는 경일의 등 뒤에서 비엔이 걱정스러운 목소리로 말했다.

"어떻게 해봐야지."

말은 그렇게 하면서도 집을 나서는 그의 마음은 무겁기만 했다. 당장 20만 원이라는 돈을 어디에서 마련할 수 있단 말인가. 동묘 앞에 좌판을 벌이면서도 경일의 머릿속에는 20만 원에 대한 생각뿐이었다. 오늘까지 마련하지 않으면 고발하겠다던 박금남의 목소리가 귓속으로 송곳처럼 파고들었다.

은박지 위에 펼쳐놓는 중국제 우황청심환, 호랑이 기름, 비아그라며 장백산 산삼주에 뱀술도 여느 때와 달리 시들하기만 하다. 중국을 오가는 보따리 장사꾼이 들여오는 물건이지만 그래도 억센 북한 말을 섞어 쓰면서 덕을 볼 수 있는 건 이 장사뿐이었다. 자유 대한이라고 찾아온 사람에게 주민증이라고 내준 것이 어딜 가나 탈북자라는 걸 알아보라고 낙인이라도 찍듯이 '12'로 시작하는 번호를 준 덕에 버젓이 앉아서 일할 수 있는 자리는 구할 방도가 없었다.

하다못해 공사장에서 날일을 할 때도 비싼 연장을 챙길 때는 으레 이쪽부터 살피게 마련이고, 회식 자리에서는 개도 먹지 않을 음식 찌꺼기를 놓고 북쪽에서는 이런 것도 감지덕지하며 먹으리라는 말들을 그의 면전에서 늘어놓았다. 말씨야 입을 다물면 드러나지 않지만, 일자리 구할 때마다 내놓아야 하는 주민증 번호는 어쩔 도리가 없었다. 경일이 벼룩시장으로 흘러 들어오게 된 이유도 그래서다.

저만치 눈에 익은 사람 하나가 동묘 문 앞에 쭈그리고 앉아 있다. 안 목사였다. 볼이 움푹하게 들어간 얼굴로 철 지난 화초를 몇 포기 늘어놓고 앉아 있던 노인이 그를 보고 손짓한다. 다가가자 노인이 떨리는 손으로 화분 두 개를 건넨다. 꽃대가 다 시들어 잎사귀만 퍼렇게 남은 팬지다.

"방 안에서 기르면 내년엔 다시 꽃을 볼 것이오."

"이걸로 벌이가 됩네까?"

가지고 나온 화분을 다 팔아도 만 원 한 장 가져가지 못할 벌이에 두 노인이 어떻게 끼니를 잇는지 의아할 뿐이었다.

"많이 법니다."

봄볕 같은 웃음이 금세 안 목사의 주름진 얼굴 위로 넘실거린다. 따지고 보면 청계천에서 가장 오래된 터줏대감이면서도 안 목사 내외는 이웃 사이에 가을바람에 건들거리는 가랑잎처럼 있는 듯 없는 듯했다. 소문에는 아들이 하나 있다고 하는데, 교도소에 있다는 얘기도 들리고, 산속 기도원에 있다는 얘기도 돌았다.

뒤꿈치가 찢어진 걸 얼기설기 얽어맨 노인의 운동화가 눈을 붙잡는다.

"한 개라도 파십시오."

건네받은 화분을 돌려주려 하자 노인이 손사래를 치며 등을 떠민다. 꽃을 좋아하는 비엔이 기뻐하리라는 생각에 경일은 못 이기는 척 화분을 받아 들고 제자리로 돌아왔다.

마수걸이도 못한 채 해는 벌써 이마 위로 떠올랐다. 경일은 담장 그늘 밑으로 몸을 깊이 들여놓으며 아까부터 만지작대던 전화기를 꺼내들었다.

태석이와 우철이. 중국에서 밀항선을 타고 함께 들어온 동무들이다. 휴대전화를 집어 들고도 그는 선뜻 그들의 전화번호를 누르지 못했다. 그는 손에 든 전화기를 주머니에 다시 집어넣으며 좌판을 옆자리의 파스 할머니에게 부탁했다.

그냥 찾아가볼 참이었다. 전화로 한바탕 잔소리나 들을 바에는 얼굴을 마주하고 사정해보는 편이 한결 나을 듯싶었다.

종로통의 극장 뒤편을 돌아서서, 꺽다리 목마를 탄 남자가 춤을 추는 휴대폰 가게가 있는 빌딩으로 들어섰다. 북한인권선교회라는 명판이 걸린 3층으로 올라갔다. 사무실 문을 밀치고 들어서면서도 경일은 태석과 우철이 자리에 없기를 바랐다. 그런 바람과 달리 그들은 다정히 짝을 지어 응접실 의자에 앉아 커피를 마시고 있었다. 두 사람은 그의 갑작스러운 출현에 놀라 벌떡 자리에서 일어섰다.

"야, 이 새끼…… 어, 그래 어쩐 일이니?"

입에 익은 욕이 튀어나오려는 걸 황급히 집어삼키며 우철이 그의 손을 잡고 흔든다. 경일에게 쏟아지는 주변 사람들의 눈길을 제 몸으로 가리며 밖으로 그를 잡아끈다.

1층에 있는 커피 전문점에 들어가서야 그들은 다리를 꼬고 앉아 여유를 찾는다.

"이 새끼, 너 공안처럼 막 들이밀구 오는 거 어디서 배워 처먹었네?"

난데없는 경일의 출현에 당황하던 그들은 그의 초라한 행색을 위아래로 훑고는 이내 빈정거리는 눈빛을 되찾았다.

"그래, 어캐 지내니? 밥은 굶지 않구?"

"안즉두 넝마 장사허네?"

둘이서 한꺼번에 쏟아내는 말에 경일은 그저 고개만 끄덕였다.

"이십 만 원만 꾸자꾸나."

"야, 이 새끼. 그새 간뎅이만 커졌구나. 너, 부화뇌동죄가 얼마나 무서운 건지 알구 있네? 이거이, 장바닥 놈들허구 얼러먹더니 부화뇌동했구나, 이거."

태석이 치켜든 손목에서 번쩍거리는 금장 시계가 눈에 들어왔다. 우철의 목에도 구렁이처럼 감긴 금 목걸이가 번질거렸다. 전당포에 잠깐 잡혀도 20만 원은 당장 돌릴 수 있는 물건이었다.

"그러니 우리 말대루 허래니까."

용처를 묻지도 않은 채 그들은 번갈아가며 타박만 늘어놓았다.

당장 돈이 아쉽기는 해도 경일은 그들의 말에 선뜻 응할 수가 없었다. 그들이 북한 인권 단체라는 데에 들어간 뒤로 빤드레하게 차려입고 다니며 씀씀이도 커진 것을 모르는 바는 아니었다. 어차피 배부르게 먹고살자고 나선 길에 돈 되는 일이라면 가리고 말 것도 없었다.

"너, 교회란 곳두 댕길 만하다."

태석은 교회란 곳을 드나들더니 용케 여자 하나를 사귀어 얼마 전 새 장가까지 들었다. 경일은 타다 만 부지깽이처럼 시커멓고 마른 태석의 북쪽 처를 생각했다. 마누라야 그렇다 치지만 생때같은 자식은 어쩔 셈인지. 경일은 태석이며 우철이 영 돌아오지 않을 강을 건넌 듯했다.

"부모 제사두 못 챙기는 주제에 무슨 교를 섬기겠니?"

경일의 말에 둘은 서로 얼굴을 쳐다보고는 피식 코웃음을 쳤다.

"이 새끼, 혼자서 효자 노릇 하구 있구나 야."

"굶어죽지 않구 잘 살믄 그게 효도 아니겠니?"

경일도 하나님을 믿는 이들의 덕을 모르는 바는 아니었다. 중국에서 공안의 눈을 피해 신세를 진 것이며, 한국으로 넘어올 때 길잡이를 해준 것도 모두 하나님을 믿는 사람들 덕이었다. 그러나 고마운 일은 고마운 일이고, 믿는 일은 믿는 일이었다.

"첨만 낯설지 교회두 다 사람 사는 데야. 눈 딱 감구 하나님 아바지 찾으믄 되는 기야."

"생판 첨 보는 이에게 아바지 소리가 그리 쉽게 나오네?"

"어려울 게 뭐 있어? 김일성 아바이 대신 하나님 아바이 하믄 되는 거이지."

경일은 공연한 걸음을 했다고 후회가 들었다. 돈은 빌려주지 않고 하나님 타령만 늘어놓는 태석이 야속하기만 했다. 곁에 있던 우철이 딱한 눈으로 한마디 거들고 나섰다.

"기냥 믿는 척만 허믄 되는 기야. 누가 너보고 속까정 믿으래니?"

"겉은 뭐고, 속은 또 뭐라니?"

"아무려믄 넝마 장사만 못 하겠네? 여기선 교회가 젤이다. 대통령두 목사한테 절하는 데가 여기 아니겠니?”

곁에서 이야기를 듣고 있던 우철이 끼어들어 북을 쳐댔다.

“하다못해 보험 하는 아줌마건, 사업하는 이건 여기서는 죄다 교회에서 비지네스란 걸 엮는다지 않니? 그러니 너두…….”

“풍선에 삐라 매다는 일두 게서 시키대?”

제깟 것들이 언제부터 여기서 살았다고 말끝마다 여기를 찾는 것이 비위에 거슬려 경일은 아까부터 꾹꾹 누르고 있던 말을 기어이 내뱉고 말았다. 그의 말에 아픈 데를 찔린 듯 벙벙한 표정을 짓던 둘이 이내 입을 열고 다투어 지껄이기 시작했다.

“그게 어때서? 솔직히 우리가 왜 고향 처자 떠나서 이 고생을 하는데? 김일성이 김정일이 때문 아니갔어? 이대루두 모자라 이제 정은이까지 삼대째 해 처먹는 바람에 인민만 죽어 나가는 거 뻔히 알잖네!”

“그래서 삐라를 뿌리믄 그이들이 아이구, 잘못했다 무릎 꿇구 빌기래두 헌다대? 공연히 분란만 일으켜 민족끼리 총질이나 다시 허지 않겠니? 정말 그걸 원하는 거니?”

참았던 말을 뱉고 나자 화로 위 주전자처럼 목소리가 끓는 소리를 내며 쏟아져나왔다. 그의 언성이 높아지자 태석은 주변을 살피고 나서 한심하다는 얼굴로 혀를 찼다.

“너, 안즉두 그것들 섬기구 있네? 여기까지 와서 여전히 주체 인민으루 살구 있구나 이거.”

"떠났어두 고향이구 조국이지. 어디 가겠니? 무슨 웬수졌다고 여기저기 불려 댕기며 욕질하는 걸루 먹구산다니?"

경일은 태석과 우철이 북한 인권 단체라는 곳을 드나들면서 전단을 풍선에 매달아 보내는 일로 밥벌이를 하고, 반공 강연이라고 이리저리 불려 다니며 '북한 김정은이 돼지 새끼'라고 욕하고 다니는 게 영 마뜩잖았다.

"너 아직 고생을 더해야겠구나. 아직도 배부른 소리나 펙펙 해대는 걸 보니."

"제 배 불리자고 남들 쌈박질시키는 것은 괜찮구? 고향에 남아 눈 빠지게 기다리는 처자식을 생각해보라 야."

"이 새끼 말하는 거 봐라. 처자식 굶는 게 내 탓이네? 어캐 하든 뒤집어엎어서 배곯지 말구 살자 하는 일 아니니?"

"그래서 삐라에 딸라 돈을 매달아 보내는 거이니? 고향집 처자식들 쌀 바꿔 먹으라구?"

처자식이라는 말에 뒤가 켕겼는지 태석과 우철은 당장 멱살이라도 잡을 기세로 울근불근하며 경일을 몰아세웠다. 돈 꾸러 왔다가 공연히 얼굴만 붉히고 돌아서는 경일은 입안이 씁쓸하기만 했다.

뉴스 시간에 남북 문제가 나올 때마다 귀를 쫑긋 세워보지만, 군함이 동강 나고 연평도에 대포를 쏘았다는 소식뿐이었다. 북에서 넘어온 이들이 풍선에 전단을 매달아 북쪽으로 날린다는 소식을 들을 때마다 경일은 국경 넘기가 점점 힘들어질까 봐 걱정했다. 저렇게 원수를 삼다가 남북이 하나 되어 오가는 날이 오면 무슨 낯으로 대하려는 걸까. 경일은 돈벌이 때문에 잠시 이곳에 머무르고 있지만 언제든 고향으로 돌아가야 한다는 생각에 그런 짓은 차마 하고 싶지 않았다.

5천만 원만 손에 쥐면 뒤도 안 돌아보고 고향으로 돌아갈 생각이었다. 북이 좋아서가 아니었다. 처자식이 눈 빠지게 기다리고, 낯익은 풍경이 있는 고향에서 살고 싶다는 생각뿐이었다.

"돈만 있어 봐라. 고향집 외양간의 송아지는 못 데려오겠니?"

말끝마다 돈, 돈, 돈타령을 늘어놓는 우철이 배웅 삼아 따라 나와 그의 등 뒤에서 내뱉은 말이었다. 터덜터덜 빈손으로 돌아오는 경일은 어깨가 무겁기만 했다.

다산교 앞에 이르렀을 때였다. 명품 골목에서 웅성거리는 소리가 들려왔다. 빙 둘러싼 사람들 틈에서 억센 목소리와 씨근덕거리는 숨소리가 새어 나왔다.

모여 있는 사람들 틈을 비집고 들어서니 땅바닥에 엎드린 두 사람이 면전에 대고 욕을 주고받고 있었다. 한쪽은 전부터 보던 얼굴이었다. 못 쓰는 하반신에 타이어 고무를 대고 장바닥을 기어 다니며 동냥질하던 장씨라는 걸인이었다. 다른 쪽 사람은 처음 보는 얼굴인데, 그 역시 몸이 불편해 보였다. 장씨처럼 땅바닥에 엎드려 기어 다니는 형편은 아니었지만, 허리 아래를 못 쓰는 처지는 엇비슷했다. 얼굴을 벌겋게 달군 두 사람은 서로 노려보며 온갖 욕을 퍼부어댔다.

"아무리 오사리 잡탕 시장 바닥이라고 해도, 우물가의 냉수 한 바가지도 위아래가 있고, 올챙이 같은 딸딸이 난자들두 달리기 순서가 있는 벱이여. 워디서 굴러온 것이 박힌 돌 마빼기를 치구 지랄이여."

말하자면 본토박이인 장씨가 위세를 부려 상대의 사기를 꺾으려 했다.

"난자가 아니구 정자여."

곁에서 팔짱을 끼고 구경하던 야바위 킴이 북새통에 손수레에 널린 땅콩 한 줌을 집어 입에 넣으며 바로잡는다.

"네미 씨발, 남대문서 동대문까지 빤쓰 고무줄 장사에 실연당한 여자들이 애용하던 쥐약까지 팔구 댕겼지만 청계천 바닥에 돌 박아놓은 인간이 있단 소린 첨 들어보네. 바람난 처녀 먼저 먹는 게 임자구, 장바닥에 빈자리 먼저 앉는 게 임자라는 말두 못 들어봤어? 넨장, 말년에 장바닥이나 기어 다니니께 사람을 흑싸리 껍데기루 아나."

상대도 의외로 만만치 않았다. 남의 바닥에 들어와 하다못해 동냥질이라도 하려면 기가 죽어 굽실거리게 마련인데, 되로 받고 말로 주는 입심으로 대거리를 하고 나서는 품이 장바닥에서 어지간히 굴러먹은 풍신이었다.

"이런 싸가지를 바가지루 퍼 담을 인간 같으니, 샛바닥에다 가스라이타루 침 뜸을 한 방 놔야 정신을 차릴 심이여? 주객이 전도에 적반이 화장이라구 워디서 넘의 구역에 기어 들어와 깝치는 겨?"

야바위 킴이 다시 적반하장이라고 바로잡았지만 이미 장씨의 귀에는 제대로 들릴 틈이 없어 보였다.

"피차 길바닥에 엎드려 살아가는 처지에 협조적으루다 서로 돕지는 못헐망정 무슨 유세야. 막말로 이 자리 세 냈어? 여기는 엄연히 서울 시민이 쓰는 공로야. 삽질하던 노가다 십장이 뭘 해처먹는 대더니 장바닥 동냥질 자리 가지구두 병신이 육갑을 떨구 지랄이네, 씨발."

"뭐, 병신? 니미 퍽큐다, 씨발놈아."

지켜보던 사람들이 말릴 틈도 없이 두 사람은 불편한 다리를 끌며 달려들어 두 팔로 상대의 얼굴을 쥐어뜯었다. 곁에서 말려보지만, 서로 머리털을 움켜잡은 손을 풀지 않았다. 한참만에야 겨우 떨어진 둘의 손에는 한 움큼 뽑힌 상대편의 머리털이 수북했고, 얼굴에는 여기저기 터지고 긁힌 자국이 벌겋게 남아 있었다.

저 높은 곳을 향하여 날마다 나아갑니다.

장씨가 틀어놓은 카세트에서는 여전히 찬송가가 흘러나오고, 두 사람은 분을 참지 못한 채 서로 얼굴에 침을 뱉으며 씨근덕거렸다.

"병신 육갑들 떠네."

누군가 내뱉고 지나가는 소리에도 둘은 여전히 서로 노려보다가 나동그라진 돈 통에서 쏟아진 동전을 주섬주섬 줍기 시작했다.

산발을 한 채 허겁지겁 동전을 줍는 두 사람을 보자 자기도 모르게 얼굴이 달아오른 경일은 서둘러 자리를 떠났다.

어디를 가나 돈이 없으면 사람값을 못하는 세상이 되었다. 그것은 북이나 남이나 마찬가지였다. 돈 앞에서는 사상이고 인민이고 소용없었다. 자유니 민주니 떠드는 것들도 막상 돈이 없으면 사람을 사람으로 취급하지 않았다. 돈이란 세상의 어느 것보다 악랄하고 반동적인 존재였다. 그러면서도 경일은 당장 그 돈에 목을 맨 자신의 처지가 비참하기만 했다. 무슨 일이 있어도 오늘 중으로 20만 원을 마련해야 했다.

에덴 미용실 골목 안쪽에 펼쳐놓은 좌판은 여전히 시들했다. 하루에 서너 통씩은 팔리던 호랑이 기름도 날이 더워지면서 도통 찾는 이가 없었다. 경일은 쨍쨍 내리쬐는 볕을 피해 들쭉술을 그늘진 구석 자리로 옮겼다. 한동안 호기심에 불티나게 팔리던 북한산 물건도 요즘은 예전 같지 않다. 돈만 된다 싶으면 삼수갑산의 물까지 퍼 온다는 조선족이 보따리로 마구 들여오는 바람에 영 시들해져 누구 하나 거들떠보는 이가 없었다. 이따금 술 취한 것들이 김일성을 들이대며 찍자를 붙거나 하는 통에 이 장사도 오래할 만한 게 못 되었다.

어떻게든 뒤집어엎어서 배곯지 말자고 하는 일 아니냐던 우철의 말이 목덜미를 타고 흘러내리는 땀줄기처럼 끈적끈적 들러붙었다.

벌써 중천을 비스듬히 지난 여름해가 머리 위에서 이글거린다. 보도블록 사이로 겨우 숨통만 내밀고 선 은행나무는 손바닥만 한 그늘을 드리운 채 미동도 없이 가지를 축 늘어뜨리고 있다. 해가 정수리께로 올라서면서 자꾸 졸아붙는 그늘 속으로 몸을 들어앉히던 옆자리의 파스 할머니가 손가락으로 좌판 귀퉁이에 놓인 잡동사니를 가리킨다.

"값을 묻던데 알아야 팔지."

그것은 낫과 망치가 새겨진 북한의 '로력훈장'이었다. 전쟁 후에 건설 노동자에게 주던 노력 훈장을 받으려면 그야말로 허리가 부러질 정도로 영웅적인 노력이 있어야 했지만 이제는 길바닥에 내걸려 잔돈푼에 팔리는 신세가 되었다. 이따금 젊은이가 호기심에 그걸 사서 모자에 달고 다니거나, 취미로 수집하는 이가 찾기는 했지만 그것이 길바닥에 나앉기까지 있었을 사연에 대해서는 누구도 알려 하지 않았다.

"많이 받을수록 좋지요."

경일은 그냥 웃어넘기고 말았다. 입을 비죽이던 파스 할머니는 이내 붙이기만 하면 단번에 통증이 사라진다는 관절염 파스를 파느라 여념이 없다. 지나가는 사람들의 다리를 붙들고 척척 파스 조각을 붙여주건만 막상 팔아주는 손은 드물었다.

"무르팍 까진 데, 삭신 쑤시는 데, 며느리 눈치보느라 눈탱이 부은 데 붙여주기만 해봐. 돈만 받아 처먹는 정형외과, 아무 데나 찔러대는 한의원은 좆도로마이싱이여."

정말 그 파스란 것이 약효가 있느냐고 물었더니 하는 말이 걸작이었다.

"어지간히 아픈 사람은 거미줄만 동여매두 한결 낫대니께."

골 아픈 사람이 머리 싸매는 이치와 같다며 할머니는 입고 있던 치마를 홀랑 추켜올려 허벅지며 무릎이며 종아리에 덕지덕지 붙인 파스를 보여주었다.

하나라도 팔아서 끼니를 이을 생각은 안 하고 무작정 인심만 쓰는 할머니를 피해 경일은 뒤로 물러앉았다.

"마음이 아프면요?"

"마음이 거시기헐 때는 가슴패기가 직방이여. 한 장 붙여봐. 속이 뻥 뚫린대니께."

정말 그런 파스라도 있었으면 좋겠다. 벌써 3시가 넘어가고 있었다. 오늘까지 해결하지 않으면 가만두지 않겠다던 박금남의 말이 가슴을 천근만근 내리눌렀다. 경일은 며칠 전부터 밤잠을 설치며 뒤치락거리던 생각을 다시 끄집어냈다. 찢어지지도 않은 머리가 자꾸 어지럽다며 병원에 가서 기어코 MRI까지 찍어대는 바람에 안 들여도 될 검사비로 50만 원이 거저 날아갔다. 박금남은 그걸로도 모자라 명성당 한의원에서 보약이라도 한 제 지어 먹어야겠다며 20만 원을 따로 요구했다.

"남들 같으면 당장 콩밥을 멕이겠지만 이웃 간에 선처하는 거야."

한 달 벌어도 될까 말까 한 돈을 한목에 털어 넣은 생각도 아찔했지만, 얼굴 마주칠 때마다 빚쟁이처럼 손을 내밀며 닦달하는 그에게 시달리는 것도 견디기 어려운 일이었다. 당장 오늘까지 보약값을 가져다 바치지 않으면 가만두지 않겠다며 고소장을 들어 보이던 박금남의 강파른 얼굴이 눈앞을 어지럽혔다.

일이 벌어진 것은 얼마 전 야바위 킴의 딸이 한턱 낸다고 해서 골목 사람들이 노래방에 모였을 때였다. 대낮부터 얼큰하게 취한 박씨는 난데없이 오원춘 사건을 꺼내며 혈압을 높였다.

"하여간 다문화인지 뭔지가 문제야. 단군 할아버지 때의 배달민족도 옛말이 되었다니까. 지금 안산이나 수원 쪽에서는 밤이면 사람이 다니지를 못해. 방글라에 필리핀, 베트남에 오사리 잡놈이 다 몰려와서 강도질에 강간으로 야단이다, 이거야. 거, 누구야! 여자 잡아다가 이백팔십 점으로 사시미 친 놈. 으잉, 오원춘이. 그런 놈들이 버글버글하대니까."

"오원춘은 조선족인데."

가만히 듣고 있던 꺾사 송재록이 한마디 퉁기자 박씨는 대번에 얼굴을 붉히며 달려들었다.

"조선족이구 뭐구 간에 어디서 굴러 들어온 것들은 다 다문화야. 내가 월남서 있어봐서 아는데, 동남아 것들은 가랑이 벌리구 그 짓 하면서두 숟가락질하는 것들이야. 한 마디로 정조도 없고, 혈통이니 이런 것두 없어. 그냥 짬뽕으로 막 뒤섞여 오염된 거야."

오염이라는 말에 경일은 자신도 모르게 눈살을 찌푸렸다. 한쪽에 앉아 있는 비엔이 그의 이야기를 들을까 봐 신경이 쓰였다.

그러면서 박씨는 경일의 귀에 대고 은근한 목소리로 물었다.

"근데 말이야. 북쪽에선 먹을 게 없어서 사람 고기를 먹는다는 게 정말이야?"

벌써 서너 번이나 물은 말이었다. 경일은 그야말로 그가 사람을 잡아먹을 인간 같아 징그럽게 느껴졌다.

"막 잡아먹습네다. 순대도 해먹구요."

경일이 엇조로 번대는 말에 박씨는 진저리를 치며 멀찌감치 물러앉았다.

한바탕 다문화 사회를 성토하고 난 박씨는 구석에 앉아 있던 비엔을 뒤늦게 발견하고는 반색하며 달려들었다. 박씨는 전부터 비엔에게 집적거렸다. 자랑할 것이 어지간히 없는 인간이 고작 월남전에 끌려갔다 돌아온 걸 내세우며, 툭하면 비엔을 붙들고 말 같지도 않은 이야기를 늘어놓았다.

"헤이, 꽁까이 알어? 내가 월남 다낭에서 베트콩 꽁까이 셋을 홀딱 벗겨놓구 대검으로 회를 친 사람이야. 무서워? 그러니까 내 말 잘 들어. 남의 나라 돈 벌러 왔으면 봉사적으로 살아야 하는 거야. 공짜가 어딨어?"

그럴 때마다 멱살이라도 틀어쥐고 싶었지만 경일은 애써 모른 척하고 말았다. 인간 말종으로 소문난 그와 목소리를 높이는 것도 난처한 일이지만, 공연히 나섰다 싸움이라도 벌어질까 봐 조심스러웠다. 하나원에 있을 때, 자유 대한의 시민으로서 법을 준수하고 어떤 작은 일이라도 위법행위를 해서는 안 된다는 주의를 귀에 못이 박이도록 들었기 때문이다. 정기적으로 상담하는 기관에서도 매번 불법행위를 하지 말라고 주의를 주었다. 조그만 법이라도 어겼다가는 당장 나라 밖으로 쫓겨날지도 모른다는 강박이 늘 그의 주변을 그림자처럼 따라다녔다.

술에 취한 박씨는 돼먹지도 않은 베트남 말을 몇 토막 주워섬기며 비엔의 손가락에 낀 반지를 트집 잡았다.

"야, 한국 와서 돈 벌어 반지까지 장만했나 봐. 그래, 돈은 여기서 벌구 쓰는 건 베트콩한테 가서 쓰려구?"

비엔의 손을 움켜쥐고 반지를 들여다보는 모습을 경일은 그냥 두고 볼 수가 없었다. 비엔의 어머니가 세상을 떠나며 그녀에게 물려준 반지였다. 비엔은 그 반지를 목숨보다 아꼈다. 경일이 보다 못해 그만하라고 말리자 박씨는 대뜸 삿대질부터 했다.

"뭐야? 남편은 아니구, 그러면 보디가드라두 되는 거야?"

정식으로 결혼한 사이도 아니고, 어중간하게 한집에서 지내는 걸 빈정거리는 말이었다. 그러면서 박씨는 일부러 그가 보는 앞에서 싫다는 비엔을 부둥켜안고 블루스를 추기 시작했다. 경일이 중간에 끼어들어 떼어놓자, 박씨는 대뜸 눈을 부라리며 그가 가장 꺼리는 말을 내뱉었다.

"뭐야, 저 혼자 살겠다구 처자식 팽개치구 넘어온 주제에 남의 나라 여자는 보물처럼 싸구돌아?"

어지간히 걸터듬어 들이켠 소맥 폭탄주에 얼큰하게 취해 있던 박씨는 울고 싶은 김에 뺨 때려준 얼굴로 작심하고 경일에게 달려들었다. 경일이 들은 척도 하지 않고 대거리를 안 하자, 그는 대놓고 시비를 걸었다.

"자유 대한이 좋긴 좋은 나라야. 세금 걷어서 빨갱이까지 먹여살리구 대낮에 활개 치구 다니게 하니 말이야. 한번 물든 빨갱이가 세탁한다구 말끔해지나?"

빨갱이라는 말에 여태껏 참고 있던 경일이 주먹을 날렸다. 볼따구니를 한 대 얻어맞은 박씨는 쌈질에는 이골이 난 듯 히죽 웃으며 찢어진 입에서 흐르는 피를 혀로 핥아댔다.

"이런 씨발, 좆두 아닌 빨갱이 새끼가 사람 치네? 그래, 화근은 아예 뿌리째 뽑아야 하니까 일루 와봐."

박씨가 비호처럼 달려들어 경일의 사타구니 사이를 움켜쥐었다. 그는 훅 숨이 막히면서 비명도 내지 못한 채 박씨가 흔들어대는 대로 허수아비처럼 경중거렸다. 얼굴이 사색이 되어 당장 숨이 막힐 듯 컥컥거리는데, 느닷없이 '퍽' 소리가 나면서 사타구니를 잡았던 박씨의 손이 슬며시 풀렸다. 두 손으로 머리를 싸매고 주저앉은 박씨의 뒤편에서 마이크를 든 비엔이 망연히 서 있었다.

"더우 따이한!"

마이크를 쥔 손을 부들부들 떨며 비엔은 단호하게 외쳤다. 더러운 한국 놈. 그녀의 입에서 한 번도 나온 적이 없는 말이었다. 경일은 놀라서 비엔을 쳐다보았다. 곁에 있던 황 회장이 무슨 말이냐고 야바위 킴에게 물었다.

"대한민국 만세랴."

"대한민국 만세?"

의심쩍은 얼굴로 돌아보았지만 경일은 이내 입을 꾹 다물었다. 그래, 대한민국 만세다! 그는 새삼 머리를 싸매고 죽겠다고 주저앉은 박씨야말로 낯선 외계인처럼 느껴졌다. 그와 자신이 한 혈통이라는 말이 모욕처럼 느껴졌다. 야바위 킴이 박씨의 머리를 살펴보더니 비벼주는 척하면서 굳게 말아 쥔 주먹으로 사정없이 그의 머리를 문질러댔다.

"아아, 누구야! 내 머리 뽀개져."

"아따, 가만 줌 있어봐. 지혈 좀 헐랑께."

야바위 킴은 경일을 향해 한쪽 눈을 찡긋거리며 툭 불거져 나온 주먹 뼈로 있는 힘을 다해 박씨의 머리통을 사정없이 눌러댔다.

"으아악!"

술김에도 아픔을 견디지 못하고 박씨가 악을 쓰며 온몸을 벌레처럼 감아쥐었다. 베트콩 여자를 둘이나 대검으로 회를 치면서도 낄낄거렸다던 그의 입에서 비명이 터져나왔다.

100점. 축하합니다. 당신은 가수가 될 소질이 많습니다. 팡파방파바바바아앙.

혼자서 쿵작거리며 흘러나오던 노래방 반주가 끝나고 팡파르가 울려 퍼졌다. 경일은 물색없이 입에서 흘러나오는 웃음인지 울음인지 모를 소리를 애써 멈추려 하지 않았다.

해가 비스듬히 기울었지만 온종일 판 것은 호랑이 기름 한 통과 금강산 엽서 몇 장이 전부였다. 황 회장에게 돈을 꿀 심산으로 일어서는데, 누가 등을 친다. 돌아보니 언제 왔는지 비엔이 서 있었다. 콧잔등에 송골송골 땀이 밴 채 등에는 턱을 외로 꼬고 잠이 든 아이가 업혀 있었다. 가뜩이나 체구가 작은 비엔은 당장이라도 주저앉을 듯 위태로워 보였다.

돈 걱정이 되어 나온 모양이었다. 경일은 애써 웃음을 지어 보이며 그녀를 그늘 쪽으로 들어서게 했다.

"돈? 걱정 마. 오늘 중으로 해결할 테니."

수심이 깊은 그녀를 위로하려 한 말이지만, 막상 경일은 오늘 중으로 해결할 길이 막막했다. 구두쇠 황 회장이 그의 말만 믿고 돈을 내줄 턱이 없었다. 아침마다 가게 앞을 쓸어주겠다고 할까, 하루에 세 번씩 구두를 닦아주겠다고 할까.

이런저런 생각에 자신도 모르게 얼굴이 어두워지는데, 비엔이 주머니에서 무언가를 꺼내 넌지시 내민다. 경일은 영문을 모른 채 그녀가 내민 봉투를 받아들었다.

"치료비, 줘요."

봉투 속에는 신사임당 얼굴이 그려진 5만 원 권 네 장이 차곡차곡 담겨 있었다. 웬 돈이냐고 묻자 비엔은 맥없이 웃음만 지으며 고개를 끄덕였다.

어디서 났느냐고 물으려던 경일은 다소곳이 모아 쥔 비엔의 손이 평소와 달리 허전하게 느껴졌다. 얼마 지나지 않아 그녀의 중지에 늘 끼어 있던 반지가 보이지 않는 걸 알게 되었다. 희미하게 남은 반지 자국이 경일의 가슴에 서늘하게 스며들었다.

특별 서비스

창밖에 오도카니 서서 파출소 안을 들여다보고 있는 여자와 경일이 내민 진술서를 번갈아 보던 강 형사가 말없이 구석 자리를 가리켰다. 경일은 강 형사가 더 묻지 않는 것만으로도 안도하며 공손히 구석으로 가 앉았다.

"어이, 거기!"

구석에서 김명식 총무와 이번 달 곗돈에 대해 옥신각신 따지고 있던 송재록이 불려 나왔다.

"깎사님은 머리나 깎으시지, 뭘 먹겠다고 거길 나가셨대?"

"안 나가믄 벌금이 십만 원이유."

재록은 그러잖아도 속이 상해 죽겠다는 얼굴로 강 형사에게 사정조로 매달렸다.

"오늘이 젤 바쁜 날이우. 염색 손님두 오기루 혔는데 여그다 잡아놓으면 워떡헌대유?"

"그러게. 잡혀올 짓을 워째 허셨대유?"

"그러게 말예유. 증말, 미치겄네."

재록은 강 형사가 내미는 종이와 펜을 받아 들고도 선뜻 제자리로 돌아가지 않고 머뭇거렸다.

"바쁘다면서! 빨랑 저리 가서 자세히 적어."

"근디 이게 워낙 프라비시헌 거라 놔서."

"프라비시?"

비칠거리며 다가선 재록은 강 형사의 귀에 대고 뭐라고 속삭거린다.

"쓸데없는 소리 말고 빨리 쓰기나 해!"

그러고도 재록은 프라이버시를 지켜주겠다는 언질을 듣고서야 종이를 몇 장 집어 들고 으슥한 구석 자리로 갔다.

지금 재록의 귓가에는 자신을 찾는 마누라의 고함 소리밖에 들리지 않았다.

지난 월요일에도 재록은 여느 때처럼 4평짜리 미용실 안에서 하루를 시작했다. 칠이 벗겨져 허물이 일어나는 '에덴 미용실' 간판을 쳐다보며 재록은 과부에게서 달러 빚을 내서라도 간판부터 아크릴로 쌈박하게 갈아야겠다고 마음먹었다. 사람이든 가게든 얼굴이 중요한 시절이다. 온종일 찬 바람을 맞고 먼지를 뒤집어쓰며 좌판을 펴는 노점상도 밥은 못 먹어도 얼굴 가꾸러 한 달에 두어 번씩 마사지를 받으러 드나드는 걸 봐도 알 수 있다. 요즘 그의 일과는 마사지에 쓸 율무가루에 살구씨 분을 섞는 일로 분주했다. 온종일 연합기계 골목 모퉁이에 미나리며 얼갈이배추를 늘어놓고 앉은 나물 할머니도 하루 번 돈을 털어 마사지를 받으러 들르지 않는가.

얼굴이 되었든, 발바닥이 되었든 손님이 찾아오는 건 반가운 일이지만 한때 가위질이라면 누구에게도 뒤지지 않은 솜씨를 지닌 재록으로서는 마음 한구석에 착잡한 기분이 전혀 없는 건 아니었다.

동묘를 끼고 사람 하나가 겨우 드나들 만한 골목 초입에 낙원 이발소를 차릴 때만 해도 재록은 눈부시게 흰 가운을 걸친 이발사였다. 길게 매단 가죽에 면도날을 쓰윽쓰윽 문대어 갈고, 가위를 쥐고 나서면 누구도 부럽지 않았다. 지난날을 생각하면 새삼 지금 자신의 처지가 처량하게 느껴져 저절로 어깨가 움츠러들었다.

재록의 아내는 이발소에 데리고 있던 면도사였다. 고향 친척의 소개로 올라온 그녀에게 면도를 가르치며 집안일을 시키다 시나브로 정이 들어 살림을 차리게 되었다.

언제부턴가 이발소에서 안마 서비스를 시작했다. 창유리마다 선팅지를 바르고, 커튼으로 칸막이를 쳤다. 재록이 조발을 하고 나면 마누라는 칸막이를 치고 손님의 귀를 파주고, 어깨와 발가락을 주물렀다. 그런 서비스가 없으면 손님은 대번에 발을 끊었다. 재록은 마누라에게 짧은 치마를 입혔고, 칸막이 너머로 들려오는 요상한 소리를 들어야 했다.

저녁마다 재록은 마누라와 말다툼을 벌였다. 면도만 하고, 기본 안마만 하라고 했지만 그게 말이 안 된다는 건 그도 잘 알았다. 손님은 무시로 마누라의 치마 속으로 손을 넣었고, 그때마다 마누라는 귀이개로 귀를 아프게 찔러도 보았지만 소용없었다. 다른 이발소에서는 더한 서비스도 마다하지 않았다.

재록은 아내가 손님에게 '써니텐' 서비스를 하는 걸 모른 척했다. 칸막이 안으로 손님이 들어가면 그는 바깥에 나가 담배를 피웠다. 그런데 언제부턴가 마누라가 써니텐 서비스만 하는 게 아니라는 걸 눈치채게 되었다. 마누라는 손님의 성화에 못 이겨, 그리고 날로 줄어드는 이발소 수입에 못 견뎌 '쭈쭈바' 서비스도 하기 시작했다. 재록은 마누라에게 매질을 하며 써니텐은 몰라도 쭈쭈바는 하지 말라고 엄포를 놓았다. 마누라는 울면서 알았다고 했지만 지킬 수 없는 다짐이라는 건 그나 마누라나 다 아는 사실이었다. 모른 척하며 재록은 커튼 너머로 아내가 낯선 남자의 성기를 입에 물고 쭈쭈바 서비스를 끝낼 때까지 담배를 피우며 기다려야 했다. 나른한 표정으로 머리를 감고 나온 손님의 머리를 다듬는 재록의 손은 부들부들 떨렸다.

결국 마누라가 첫 아이를 낳고 나서 재록은 낙원 이발소의 간판을 제 손으로 내리고 말았다. 그리고 그 자리에 에덴 미용실이라는 간판을 달았다. 자고 나면 바뀌는 세상인지라 한 치 앞을 내다보기 어려워 마누라에게 미용 학원을 다니며 미용사 자격증을 따게 한 결과였다. 교회에 나가기 시작한 마누라가 우겨서 에덴이라는 간판을 달기는 했지만 처음에는 가게를 둘로 나눠 재록은 남자 손님의 머리를 깎고, 아내는 여자들의 머리를 다듬었다. 말하자면 이·미용 겸업인 셈이었다. 칸막이는 열어젖히고, 유리창에 붙인 시커먼 선팅지도 벗겨냈다. 그러면서 이발소에는 점점 남자 손님이 줄고 여자들이 늘었다. 바쁠 때에는 재록이 직접 커트 정도는 했지만 여자 손님이 싫어했다. 손에서 담배 냄새가 난다고 했다. 그래서 머리는 마누라가 손질하고 재록은 머리 감기는 일을 했다. 주객이 전도된 것이다.

철공소나 부품 가게가 많던 청계천변에 좌판이 생겨나고, 길 건너에 패션 상가가 속속 들어서면서 여자 손님이 눈에 띄게 늘었다. 그러면서 마누라의 목소리가 점점 높아졌고, 그에 반해 그의 어깨와 목소리는 소금 맞은 거머리처럼 졸아붙어갔다.

에덴 미용실이 인기를 끄는 요인은 무엇보다 저렴함에 있었다. 파마라고 해도 시내 미용실에서 받는 가격과는 비교가 되지 않을 만큼 쌌다. 그만큼 파마 약도 이름 없는 제품을 쓰기는 했지만 솜씨 하나는 명동 일류 미용실 못지않았다.

그날도 파마 손님이 아침부터 늘어서서 미용실 의자마다 탈바가지를 뒤집어쓰고 앉아 있는데, 오가는 말이 걸기만 하다.

"증말 하루종일 그런대요?"

"그렇다니까. 평화시장 복길이네는 밤중에 홀딱 벗은 채 응급실루 실려 갔대잖아."

"응급실은 어째서?"

"그게, 빠지지 않아서."

대접 깨지듯 까르르 웃어대는 소리에 넌지시 들어보니 요새 시장에 돌아다니는 비아그라라는 강정제 이야기였다. 비아그라가 나온 뒤로 노인들이 혼자 살기가 더 어렵게 되었다는데, 요즘은 중국에서 보따리 장사들이 가져오는 온갖 종류의 강정제가 널려 있었다. 남자의 성기에 뿌리면 몇 시간이고 사정을 억제할 수 있어 조루를 방지한다는 국소마취제, 일명 '칙칙이'가 한바탕 휩쓸고 지나가더니 이제는 한 알 먹으면 24시간 발기한 채로 버티고 서는 약들이 쏟아져 나왔다. 이곳 벼룩시장에서는 처방전 없이도 살 수 있고, 가격도 저렴한 별의별 약제가 널려 있었다. 중국산 강정제뿐 아니라 알래스카 녹용부터 아프리카 코뿔소 뿔에 말레이시아 천산갑까지 구할 수 있었다. 다만 약효에 대해서는 묻는 이도, 보증하는 이도 없으니 알아서 할 일이었다.

여자들의 농익은 이야기가 거북해 미용실 앞에 쭈그리고 앉아 객쩍게 담배만 피우던 재록은 문득 자신의 신세가 한심하게 느껴졌다. 요즘 들어 재록의 어깨는 날로 처지고 목소리는 자꾸 안으로 기어 들어갔다. 남의 사정도 모르는 이들은 그게 다 갱년기 탓이라고 했다.

"남자들두 갱년기가 있대니께."

고향이 가까워 자별히 지내는 청심회 김 총무는 벽에 걸린 달력 뒤에 남자 신체 구조까지 그려가며 갱년기 증세를 설명해주었다.

"남자가 말이여. 일생에 쏠 수 있는 정액이 쌀 한 가마니가 정량이여. 근디 그게 떨어지믄 워츠게 되느냐. 자동차에 기름이 엥꼬되는 심이여. 남자가 한 번 쌀 때마다 찻숟갈루 열두 숟가락만큼 나오는디, 평생에 칠천이백 번을 싸구 나믄 것두 바닥이 나게 되어 있다 이거여. 그러믄 워떤 증세가 나타나느냐. 열두 숟가락씩 싸댄 정액이란 것이 뭐여. 다름 아닌 남성호르몽이다 이거여. 이게 몸에서 나오지 않으믄 가랭이 사이에 아무리 말 거시기 같은 게 달려 있다 혀두 기냥 가죽 방맹이밲에 안 된다 이거여. 물이 안 나오는디 뭐에 쓰간. 방맹이는 있는디 물이 안 나오는 거, 그게 뭐여? 뭐긴 뭐여, 고자에 내시지. 내시덜이 그냥 여자츠럼 얼굴이 매끈해지구 목소리가 가느래지믄서 심허믄 가슴이 불룩허니 튀나오는 수두 있다잖여. 어, 그랴서 하리수츠럼 된다니께. 그이두 정기적으루다 여성호르몽 주사럴 맞는 겨."

필시 풍물시장 야바위 킴한테서 주워들은 얘기를 제 밑천처럼 지껄여대는 소리니 전 같으면 피식 웃고 말 이야기건만 요새 처지로는 그게 전부 자신을 두고 하는 말 같아 솔깃하고 귀 기울이게 된다.

언제부턴지는 모르겠지만 재록의 정력이 약해진 것은 사실이었다. 짐작컨대 이발소 간판을 바꿔 달 무렵이 아니었을까 싶지만 딱히 적어두지 않아 잘라 말할 수는 없었다.

밤에 잠이 안 오고, 얼굴이 숯불을 쬔 듯 벌겋게 달아오르면서, 길거리에 나뒹구는 오동잎 한 장에도 가슴이 구멍을 맞은 듯 휑하니 바람 소리가 나며, 온 천지가 쓸쓸해져서 눈가가 저도 모르게 질척거리는 게 이러다가 정말 김 총무 말대로 어느 날 가슴이 불룩해져 가리개를 하고 다니는 게 아닌가 싶어 덜컥 겁이 날 지경이었다.

야바위 킴을 따라다니며 몇 달 약을 판 티를 낸다고 김 총무는 처방까지 내려주었다.

"거그에는 여자가 젤이여. 하늘에 해가 있으믄 달두 있는 벱이여. 음이 있으면 양이 있어야 허구, 불 같은 남자가 있으믄 물 같은 여자가 있어야 허는 이치여. 남자가 허할 때는 여자가 보허야 허는 게 음양의 이치다 이거여. 여자래두 맨날 집었다 놓는 자가용은 소용이 읎어. 산뜻헌 신형 쏘나타 영업용이나 삐까번쩍헌 에쿠우스 렌트카루 새 바람을 쐬어줘야 혀. 오죽허믄 옛날 고리짝에 구선자라는 으른이 말씀허시기럴 모든 병은 마음에서 온다구 허셨을까."

귀가 솔깃해지는 말이었지만 평생 마누라 외에는 다른 여자를 꿈에도 품어본 적이 없던 재록은 언감생심 신형 쏘나타는커녕 모닝 경차로도 영업해볼 엄두를 내지 못했다.

언제부턴가 재록은 쌀 한 섬은 된다던 정량을 다 쏟아냈는지 도무지 마음도 당기지 않고, 아침마다 불끈하고 천막을 치던 물건도 번데기처럼 오그라들어 펴질 줄 몰랐다. 사정이 그렇다 보니 밤이면 마누라 목욕하는 소리가 저승사자 발소리처럼 느껴져 부러 앓는 소리를 내며 이런저런 핑계로 합방을 미루다 혹 오랜만에 힘이라도 쓸라치면 바람 빠진 풍선처럼 제풀에 쓰러지고 말았다. 이리저리 사람들이 일러주는 약도 먹어보고, 찬물에 목욕도 해보고, 아침마다 미친놈처럼 골목길을 달음박질쳐보기도 했지만 별무소용이었다.

"빠지지 않아서 응급실루 실려가?"

재록의 입에서 슬며시 한숨이 새어 나왔다. 재록은 담배를 손가락 끝으로 비벼 끄고는 여자들이 자배기 깨지는 소리로 웃는 미용실 안을 어깨를 움츠린 채 기웃거렸다. 탈바가지를 뒤집어쓴 채 양푼에 담긴 땅콩을 까먹기 분주한 등산복 할머니가 앞니 빠진 입을 우물거리며 주절거린다.

"안마긴 줄 알았대니까."

다시 자배기 깨지는 소리. 목소리를 낮춰 수군거리지만 들으라고 떠드는 소리가 틀림없다.

"그래, 시원은 헙디까?"

"콧구멍이나 쑤시면 모를까."

한쪽 구석 의자에 앉아 신문을 뒤적거리며 재록이 오가는 이야기를 주워듣자니 시장에 여성용 성인 기구가 흘러나왔나 보다. 전지를 끼워 넣으면 부르르 떨어대는 기구를 등산복 할머니가 안마기인 줄 알고 아픈 허리에 썼다는 얘기였다.

바닥에 떨어진 머리카락을 빗자루로 쓸고 있는데도 여편네들이 제자리에서 다리만 번쩍 들어올릴 뿐 비켜설 생각도 하지 않는다. 이제 그는 완전히 미용실 강아지가 된 기분이었다.

재록은 탈바가지를 벗고 제 앞으로 샴푸를 하러 온 등산복 할머니의 숱 없는 머릿속을 손톱을 곧추세워 긁어대기 시작했다.

"아이고, 아파라. 살살 줌 허여."

거기서 멈춘 재록의 진술서 밑에는 여백에 덩그러니 '이하 동문'이라는 말이 적혀 있었다.

"뭐가 이하 동문이야?"

"말 그대로 머리만 감기다 날 저물었다 이거슈, 뭐."

다른 내용은 없느냐고 묻던 강 형사는 나중에 다 조사해볼 것이라는 말을 붙이고 그의 진술서를 서류철에 끼워 두었다.

나중에 조사해보겠다는 말에 재록은 속으로 약간 켕겼지만 겉으로는 태연한 척했다. 사실 그날, 재록은 운동을 다녀오겠다는 핑계로 가게 문을 닫기도 전에 빠져나갔다. 남자들의 밤일이 시원찮은 원인은 운동 부족이라는 말에 아내도 군말 없이 재록을 동대문 근처에 있는 수영장에 보내주었다. 국내에선 유일하게 바다와 붙지 않은 충북에서 태어난 땅개답게 그는 물과 별반 친숙하지 못했다. 재록은 초급반에 들어가 손자뻘 되는 어린애들 틈에 끼어 고무판을 잡고 물장구를 치다 보니 스스로 한심하게 느껴져 며칠 나가다 그만두었다. 그렇다고 회비를 내고도 그만둔 걸 알면 마누라 성질에 밤잠을 안 재울 것 같아 그는 수영장 마칠 시간까지 거리를 돌아다니다 들어왔다.

맥없이 거리를 방황하기도 무엇하던 차에 재록은 생각지도 않던 별세계를 만나게 되었다. 그것은 길바닥에 떨어진 한 장의 전단지에서 비롯되었다. 어느 집 딸내미인지 눈은 토끼 같고, 입은 여우처럼 뾰족해 남자들 간깨나 빼먹게 생긴 젊은 처녀가 입었다기보다 벗었다고 해야 할 차림으로 입을 비죽 내밀고 있는 전단에는 '입으로 무엇이든 다 해요'라고 적혀 있었다.

입으로 다 하는 게 아니라 돈으로 다 하는 것일 터, 피식 웃으며 던져 버리려던 재록은 문득 전류처럼 머리를 스쳐 지나가는 생각에 사로잡혔다. 입으로 다 한다는 말. 이제는 지나간 추억이 되고 말았지만 그 문구가 불러일으킨 것은 다름 아니라 자신이 한창 잘 나가던 이발사 시절에 유행하던 '쭈쭈바'였다. 세상은 돌고 돌아 제자리로 오는 것이 이치 아니겠는가. 이 짓 저 짓 다 해보다가 다시 지난날로 돌아가는 게 세상의 유행일 터. 재록은 순전히 호기심으로 전단지에 적힌 번호대로 전화를 넣었다.

그곳은 동대문 건너편에 있는 쏭쏭 키쓰방이었다. 돈을 내고 들어가면 사람 하나 겨우 비집고 들어갈 쪽방으로 안내하는데, 거기에 앉아 있으니 양치 도구를 들고 인형처럼 생긴 여자아이가 들어선다. 그리고 아래로는 손대지 말라는 다짐을 받고서는 발쪽한 입을 내밀었다. 쪽방이며 그 안에서 하는 짓이 흡사 예전에 이발소 칸막이 안에서 하던 특별 서비스와 다를 바가 없었다. 다른 게 있다면 서비스를 제공하던 재록이 이제 서비스를 받게 된 것뿐이었다. 재록은 모처럼 추억에 잠겨 입으로는 무엇이든 다 한다는 서비스에 빠져들었다.

그 뒤로 재록은 사나흘에 한 번씩 수영장 대신 그곳을 찾았다. 진술서에 이하 동문이라고 적은 시간에도 그는 키쓰방에 앉아 있었다.

대개 아르바이트로 시간제 근무를 한다는 여자아이들은 수시로 바뀌었다. 단골이 있다고는 해도 재록은 이왕이면 다홍치마라고 매번 새로운 여자의 입술을 만나고 싶었다.

그날도 그는 어떤 입술을 가진 여자아이가 들어올지 설레는 마음으로 차례를 기다리고 있었다. 그날따라 평일인데도 손님들이 많아 한참을 기다려야 했다. 허벅지가 허옇게 드러난 치마를 걸치고 머리를 노랗게 물들인 여자아이가 들어온 것은 밤 10시가 넘어서였다. 재록은 집에 돌아갈 생각에 서둘러 여자를 끌어안았다.

"술 마시지 않았죠? 깨물면 안 돼요. 아래도 터치하면 안 되고요."

혼자서 종알거리는 말에 건성으로 고개를 끄덕이고는 인형 같은 아이를 품에 안고 입을 맞추려는데, 눈이 먼저 마주쳤다. 그리고 낯설지 않은 얼굴이 눈에 들어왔다. 순간 여자아이가 용수철이 튀듯 제자리에서 벌떡 몸을 일으켰다.

노란 가발을 뒤집어쓰긴 했어도 여자아이는 대학을 다닌다는 김 총무네 딸 경순이 틀림없었다. 얼마 전에도 머리를 하러 김 총무의 마누라와 함께 미용실에 들른 적이 있었다. 재록은 외국으로 유학을 가기 위해 영어 학원에 다닌다던 경순이 여기에서 자신과 입을 맞추고 있다는 사실이 당혹스럽기만 했다.

"가만 앉아봐라."

얼굴을 가리고 뛰어나가려는 아이를 다독여 앉혀놓고 재록은 무슨 말을 해야 할지 머릿속을 이리저리 휘저어봐도 막막하기만 했다.

"너두 다 사정이 있겠고, 나두 사정이 있다면 있을 테구. 여그서 만난 것도 인연이라면 인연 아니겄냐?"

할 말 없는 것들이 꼭 손바닥 주물러가며 내놓는 인연이라는 말부터 끄집어내고 나서 재록은 경순이 하는 모습을 살폈다. 처음에는 놀란 얼굴로 당황스러워하던 경순은 얼마 지나지 않아 눈웃음까지 지으며 여유를 찾았다.

“여기는 젊은 사람이나 오는 데예요. 아저씨도 참.”

“이런 데두 나이를 따지냐?”

“그럼요. 아저씨는 콜라텍 같은 델 가야죠.”

“콜라건 사이다건 간에 너두 참 딱허다. 일을 허려면 멀찌감치 가서 허든지.”

“학원도 가야 하고 바빠요. 한 달만 하고 딴 거 할 거예요.”

“딴 거 뭐?”

“돈 많이 버는 거요.”

재록은 자신도 모르게 한숨이 새어 나왔다. 돈이라면 죽은 사람도 벌떡 일으켜 세운다지 않는가.

“근데요, 아저씨. 제가 오늘 개시도 못했거든요.”

물수건으로 제 손만 자꾸 문질러대며 경순이 말꼬리를 길게 늘인다.

“그냥 모르는 애라고 생각하고 하시면 안 돼요?”

아이는 어리광부리듯 재록의 팔에 매달리며 졸랐다. 봉긋하게 솟은 가슴이 팔뚝에 보드랍게 닿았다.

“다 아는 처지에 넌 그러구 싶냐?”

“울 아빠 같은데요, 뭐.”

뭐라 대꾸하기도 전에 경순이 수건으로 재록의 불쑥 내민 입부터 닦아냈다. 그러고는 대뜸 무릎에 올라앉아서는 목덜미에 버들개지 같은 팔을 감았다. 엉덩이를 뒤로 빼고 대강 하는 시늉만 하려는데 입속으로 앵두 같은 혀가 미끄러져 들어왔다.

"특별 서비스예요."

정수리로 고압 전류가 지나가듯 온몸이 찌릿해지며, 재록은 오랫동안 축 늘어져 있던 가랑이 사이의 물건이 불끈 힘을 내어 일어서는 걸 느꼈다.

팁이라고 만 원 한 장을 더 얹어 주며 재록은 서둘러 그곳을 빠져나왔다. 행여 누가 볼세라 주변을 살피면서도 재록은 아랫도리가 빠근해지는 걸 느꼈다. 그는 모처럼 기운을 차린 물건이 힘을 잃기 전에 마누라에게 달려갈 생각에 어두워진 골목길을 서둘러 걷기 시작했다.

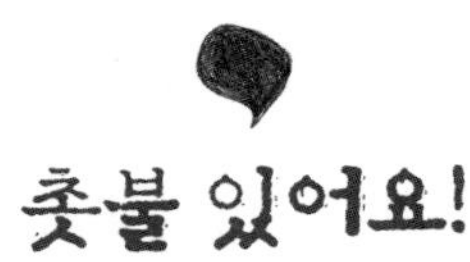

촛불 있어요!

의자 하나를 더 가져다 다리를 길게 뻗고 앉았던 강 형사는 방금 걸려온 전화를 받고 나서는 금세 낯빛이 어두워졌다.

"씨발, 급하면 지가 하지."

"누구야?"

건너편에 앉아 컴퓨터 모니터에 얼굴을 묻고 있던 차석이 고개도 들지 않은 채 누구냐고 물었다.

"본서 정보과장요. 낼 점검 나온다고 생지랄이에요."

돼지 머리통을 닮은 차석은 그 말에 벌건 얼굴을 들고 긴 의자에 쭈그리고 앉은 잉어 도둑들을 째려보았다.

"이거 개털들 아냐?"

"털어봐야죠."

강 형사는 진술서를 뒤적거리며 다시 의자 위에 길게 다리를 얹었다.

자신들을 두고 개털이니 뭐니 수군거리는 게 불쾌했지만 뭐라 대들 처지도 아니었다. 그런 중에 아까부터 종종걸음을 치던 임진근이 살그머니 다가가 강 형사에게 허리를 굽힌다.

"형사님요. 저 좀 잠깐 다녀오면 안 되겠습니까?"

"어딜?"

"나까마하구 오늘 만나기루 했는데. 지금 와 있다네요."

"쓸데없는 소리하지 말고 저리 가서 앉아."

파리처럼 연신 손바닥을 비비면서 사정해보았지만 소용없자, 진근은 풀썩 책상에 앉아 시키기도 전에 진술서 종이를 채워 나가기 시작했다.

"이것만 쓰면 내보내주는 거죠?"

강 형사는 누구 맘대로 나가느냐는 얼굴로 대답도 하지 않고 코웃음만 쳤다.

"여기가 무슨 동네 다방인 줄 알아? 맘대로 들락거리게."

노점에서 양초나 건전지를 파는 진근은 청계천 주변에서는 임촛불로 통했다. 몇 해 전 미국산 쇠고기 수입을 놓고 시청에서 밤마다 촛불 집회가 있을 때, 종이컵 씌운 양초를 팔아 재미를 톡톡히 보았기 때문이다. 몇 해가 지났지만 그는 아직도 촛불에 미련을 버리지 못하고 있었다. 그의 수첩에는 날마다 예정된 집회 일정표가 빼곡하게 적혀 있었다.

그날도 저물 무렵 서울광장에서 집회가 있어 양초가 가득 담긴 등짐을 메고 나간 진근은 광장 한 귀퉁이에서 천막을 치고 소리를 지르던 패거리 가운데 낯익은 얼굴 하나를 만났다. 덕수궁 맞은편에서 골프용품점을 하는 강 사장네 장남 민철이였다.

대학에서 행정학인지를 공부한다는 민철은 제 아버지가 바라는 행시 공부는 밀어둔 채, 매일 데모하는 곳만 쫓아다녔다. 한때 강 사장네 가게 앞에서 좌판을 깔았던 진근은 그 집에 관한 일을 시시콜콜히 꿰고 있었다. 강 사장과 민철은 부자간이라도 그렇게 다를 수가 없었다.

제 것이라면 바늘 한 땀 들어갈 틈 없이 빡빡하게 구는 강 사장에 비해 민철은 제 것을 퍼주기 바빴다. 가게 추녀 밑 한구석에 손바닥만 한 좌판을 펴는 데도 강 사장은 다달이 10만 원씩 자릿세를 챙겼다.

나라 안이 미국산 쇠고기 수입 문제를 놓고 가마솥처럼 들끓을 때도 강 사장은 촛불을 든 시민들 때문에 골프채 장사에 손해를 보았다고 소송을 냈다.

"아, 그렇게 걱정되면 한우를 사 먹으면 되지 어째 대낮부터 촛불을 켜 들고 길을 막아 남의 영업을 방해하느냔 말이야."

미국에 좋지 않은 감정이 있던 시기라 골프용품점 고객은 행여 행패라도 당할까 싶어 아예 발길을 뚝 끊고 말았다. 촛불 든 것들의 머리통을 골프채로 후려갈기고 싶다며 강 사장은 연신 분을 참지 못했다.

그러면서도 강 사장은 막상 촛불을 켜 들고 일 삼아 거리로 나서는 제 자식은 어쩌지 못했다. 수신제가치국평천하(修身齊家治國平天下)라는 말도 있지 않은가. 진근은 강 사장이 자식 때문에 골머리를 싸맬 때마다 속으로 그 말을 되뇌며 즐거워했다. 하기야 석가모니도 자식만큼은 마음대로 하지 못했다지 않은가.

그에 비하면 진근은 자식 하나는 듬직하게 잘 두었다고 자부했다. 없는 집에서 살길은 공부뿐이라고 어려서부터 입버릇처럼 이른 덕에 자식은 그 흔한 학원 한번 다닌 적 없이 내로라하는 일류대 법학과에 들어가 지금은 고시 준비를 하느라 도서관에 들어앉아 머리를 싸매고 있었다. 검사가 목표인 아들은 주변 친구들의 분위기에 휩쓸려 한 번쯤 몰려 나갈 만도 한데 돌부처처럼 진득하게 앉아서 오로지 책만 팔 뿐이었다. 이건희 회장의 자서전을 50번이나 읽었다는 아들 성규는 어쩌나 싶어 미국산 쇠고기에 대해 물었더니 길 것도 없이 단번에 잘라 대답했다.

"그럴 시간이 어딨어요? 당장 고시 준비하기도 바쁜데…… 당분간 쇠고기 대신 돼지고기 먹으면 되는 거고, 현재 쇠고기 수입 정책이 허술한 감은 있지만 저렇게 열심히 싸우는 이들이 있으니 정부도 뭔가 대책을 세우겠지요."

어디 허투루 섞은 말 한마디를 집어낼 것이 있는가. 제 자식이지만 진근은 등에 업고 다니며 자랑하고 싶은 심정이었다.

독일까지 유학을 보내면 무얼 하고 박사 학위를 따면 무얼 하겠는가. 공부를 곱으로 했다는 자식이 거리에 나가 노상 경관들과 멱살잡이나 벌이고, 물대포에 맞아 안경다리나 부러뜨리고 올 바에는 아니 낳은 만 못한 자식이 아니겠는가.

부자가 삼대를 못 간다는 말이 허투루 있는 얘기가 아니었다. 재물이라는 것이 모으기는 어려워도 새어나가려 하면 손가락 새로 흐르는 모래와 같다. 자고로 집안이 잘되려면 자식 농사를 잘 지으라던 말이 그냥 있는 말이 아니었다.

비록 당장은 남의 집 추녀 밑에 쭈그리고 앉아 있지만, 진근에게는 한칼이 있었다. 아들이 고시만 패스하면……. 입버릇처럼 외고 다니다 보니 그에게는 임고시라는 별호가 하나 더 붙었지만, 명화반점 철가방을 들고 다니는 종필이 녀석까지 불러대는 임고시라는 별호가 영 싫지는 않았다. 싫기는커녕 임고시라 불릴 때마다 은근히 뱃구레에 힘이 들어가는 것이 여간 듬직한 게 아니었다. 평생 철가방이나 들고 다니다가 변두리 임대 아파트나 얻어걸려 사는 게 꿈인 인생과는 급이 다른 삶인 것이다. 그에게는 믿음직한 아들이 있었고, 아들에게는 고시가 있었다.

속 깊은 아들이 중학교를 졸업할 때, 혼자 고생하는 아버지를 보고 한 푼이라도 거들 요량으로 공고로 진학해 기술을 배우겠다는 말에 손사래를 친 것도 다 앞을 내다보는 눈이 있었기 때문이다. 당장 아쉽다고 자식을 잔돈푼이나 벌라고 내보내는 부모치고 나중에 잘되는 일이 없었다. 당장은 어렵더라도 한 글자라도 더 가르쳐야 만년의 운이 트이는 법이었다.

"눈 먹은 토끼, 얼음 먹은 토끼가 다르구 말구."

그런 생각은 일찌감치 있었다. 하나밖에 없는 자식이지만 남들이 초등학교 때부터 유행처럼 보내는 태권도 학원을 보내지 않았다. 공부가 안 되면 몸으로라도 때우려고, 야구나 축구나 태권도를 가르쳐서 수업은 시늉만 낸 채 온종일 운동장에서 먼지바람을 쓰고 땀 흘리게 만드는 건 부질없는 짓이었다. 박지성이가 되고 이승엽이 되는 건 공부로 서울대를 들어가기보다 힘든 일이었다. 그렇게 떼돈 벌기를 바랄 것 같으면 차라리 로또 복권을 사는 편이 나았다. 뭣도 모르는 이들이 강남 사는 8학군 애들 따라잡을 사교육비 걱정부터 늘어놓으며, 어린애들을 태권도 학원으로 몰아가지만, 나중에 배운 바 없이 힘만 넘쳐나면 할 것이 뭐가 있겠는가. 이따금 신문에도 오르내리는 사시미 칼을 든 조폭 깡패밖에 더 되겠는가. 대학에 들어가기 쉽고, 하다못해 나중에 청와대 경호원이라도 될 수 있잖느냐며 없는 집마다 애를 태권도 학원으로 몰아갈 때 진근도 그런 생각이 없지 않았다. 그러나 그가 살아온 바에 따르면 이 나라에서 몸 쓰는 인간들은 평생 밑바닥에서 몸을 고달프게 쓰다 쓰러지게 마련이었고, 그래도 사는 시늉을 내려면 뭐니 뭐니 해도 머리를 쓰며 살아야 했다.

화초 같은 남의 집 딸들이 부럽지 않은 건 아니지만, 그것들은 말 그대로 한철 들여다보는 화초나 다름없었다. 철마다 예쁜 옷 갈아입혀가며 길러봐야 봄날의 벚꽃처럼 언젠가 제 갈 길로 훌쩍 떠나버릴 존재들이었다. 딸 둔 부모는 비행기 타고 아들 둔 부모는 양로원 간다지만, 부모가 자식을 꼭 뭘 바라고 기르는가. 그저 곁에만 있어도 듬직하고 멀리 떨어져 있어도 건넌방에 앉아 있는 듯 믿음직한 것이 아들이었다.

그런 믿음직스러운 아들이래도 지난봄에 있었던 일은 영 거북한 장면이었다.

며칠 기온이 오르내리며 요사를 부리던 봄바람이 푸근히 가라앉은 터에 때맞춰 핀 벚꽃이 만개해 여의도 광장은 꽃구경을 나온 사람으로 벅적였다. 꽃 소식을 듣고 진근은 출장을 가듯 여의도로 향했다. 평소에 팔던 촛불이나 잡화를 걷어치우고 시장에서 하루에 3만 원씩 삯을 주고 빌린 손수레에 음료수와 솜사탕 기계를 매달아 며칠째 여의도 주변에 자리를 잡고 쏠쏠하게 재미를 보고 있었다. '야(夜)사쿠라'라는 말이 따로 있겠는가. 만개한 벚꽃은 밤이 될수록 더욱 화사해지고, 여기저기 밝혀둔 불빛 아래 짝을 이룬 남녀가 꾀꼬리를 대신해 쌍쌍이 앉아 있었다.

그날도 혹 다른 장사치에게 자리를 빼앗길까 싶어 초저녁에 일찌감치 나가서 목 좋은 꽃나무 아래 리어카를 세워놓고 솜사탕 기계를 만지고 있는데, 느닷없이 단속반이 들이닥쳤다. 트럭에서 뛰어내린, 검은 옷을 입은 단속반원은 평소에 보던 도로정비과 공무원이 아니었다. 새파랗게 젊은것들이 어깨에 각목을 하나씩 두르고 길가에 앉아 있는 좌판을 다짜고짜 걷어치우고 있었다. 말로만 듣던 용역 깡패로 보였다. 공무원이야 그저 제 시간만 채우려고 단속을 나와도 마이크로 귀 따갑게 짖어대고는 늑장을 부리는 좌판 몇 장 걷어내는 시늉을 하고 마는데, 그날은 영 분위기가 달랐다. 마이크 소리도 없는 데다가 손에 잡히는 대로 뒤엎거나 트럭에 던져 싣고 가는 것이었다. 한번 단속에 걸리면 킬로그램당 2만 원꼴이나 되는 벌금을 치르고 찾아야 하니, 웬만한 물건은 배보다 배꼽이 커서 그냥 눈뜬 채로 빼앗기곤 했다. 좌판이나 몇 개 걷어 가고 말겠거니 여기고 무르춤하게 서 있던 진근의 눈앞으로 시커먼 옷을 입은 몇이 다가왔다. 그때서야 솜사탕 기계를 걷는 시늉을 하는데 대뜸 거친 손 하나가 손수레를 왈칵 끌어댔다. 기계 옆에 달아둔 각설탕 통이 엎어지며 길바닥에 허옇게 설탕 가루가 쏟아졌다.

"이게 뭐 하는 짓이여?"

시커먼 옷을 밀어보지만 단단한 바위에 걸린 듯 손이 맥없이 꺾이고 말았다. 손수레를 길 위로 밀어 올리려는 바람에 그 위에 얹어둔 솜사탕 기계가 당장 곤두박질칠 순간이었다. 하루에 3만 원 삯을 주기로 하고 시장에서 빌려 온 기계가 부서질까 싶어 진근은 기울어진 손수레를 손으로 잡아 일으키는 한편 시커먼 옷들의 가슴팍에 머리를 들이대고 필사적으로 악을 썼다.

"씨발, 확 밟아버려!"

뒤편에서 두목쯤으로 보이는 것이 한마디하자 다른 쪽에 있던 것들까지 우르르 달려들었다. 그때 발뒤꿈치를 들어 올려 손수레를 짓뭉개려는 것들 틈에서 낯익은 얼굴과 마주쳤다. 눈이 마주치는 순간, 온몸으로 손수레를 막아선 채 버티고 있던 진근의 몸에서 일시에 힘이 빠져나갔다.

지금쯤 도서관에서 책이 뚫어져라 공부하고 있어야 할 아들 성규였다. 놀라기는 아들도 마찬가지였다. 짓밟고 소리치고 무언가 부서지는 소리가 왁자한 틈바귀에서 두 사람은 서로 멀거니 바라볼 뿐이었다. 그래도 젊은것이 돌아가는 눈치가 있어 재빨리 제 아버지의 물건에 험한 발이 닿지 않도록 손수레를 달싹 들어서 길 위로 올려놓았다.

패들이 포장마차 쪽으로 우르르 몰려간 뒤 멈칫거리며 뒤에 처졌던 아들은 뭐라 알아들을 수 없는 말을 입속으로 중얼거렸다.

진근은 얼마 전부터 아들이 아르바이트를 한다고 편의점에도 드나들고, 학교 앞 커피점에서 시간제로 일한다는 소리도 들은 적이 있긴 했다. 그저 해줄 수 있는 건 등록금뿐이니, 저라고 어디 쓸 돈이 긴요치 않겠는가. 진근은 말수 없는 아들이 지나가는 말처럼 하던 이야기가 어렴풋이 생각났다. 아무래도 집에서 오가는 시간이 많이 걸려 고시반에 들어가야겠다고 해서 그러냐고 했을 뿐이었다. 학교에서도 고시를 준비하는 학생들만 따로 모아 절간처럼 그 안에서 먹고 자며 공부하게 하는 반이 있다고 했다. 대학이라는 곳이 회사나 다름없이 되어 아이들이 먹는 차 한 잔까지 자판기를 세워놓고 장사를 해먹는 판에 그런 반이라고 거저 먹이고 재울 리가 없을 터였다.

진근은 소금에 전 열무처럼 어깨를 축 늘어뜨린 아들에게 다가가 등을 두드려주었다.

"다치지 않게 조심해서 해."

머뭇거리는 아들의 등을 떠밀어 한바탕 아비규환이 된 포장마차 쪽으로 보내며 진근은 그저 돈이 원수라고 어금니를 깨물었다. 의무경찰로 간 셈 치자. 온갖 데모하는 데마다 불려 가 제 친구였을지도 모를, 혹은 제 친척이 끼어 있을지도 모를 사람들과 멱살잡이해야 하는 의무경찰 노릇을 하는 셈 치면 될 일이었다. 무엇보다 오늘도 무사히!

지난 생각에 잠겨 있던 진근은 '죽지 마, 쫄지 마' 라고 적힌 조끼를 뒤집어쓴 채 뭐라 알아듣기도 힘든 구호를 새된 소리로 외치는 민철을 딱한 눈으로 바라보았다. 민철은 서울광장 한 귀퉁이에 천막을 치고 거지 중에서도 상거지 행색으로 쭈그리고 앉은 한 떼의 사람들 틈에서 앙상한 팔이나마 열심히 오르내리는 중이다.

저러려고 돈 들여 공부했나. 남의 자식이라도 가슴에서 울화가 치밀어 당장 팔목을 잡아 끌어내고 싶은 심정이었다.

뒤늦게 이쪽을 알아본 민철은 쑥스러운 얼굴로 고개 숙여 인사를 했다. 진근은 마뜩잖은 얼굴로 그를 대오 밖으로 불러냈다.

"아니 공부는 언제 하구 이렇게 길거리로만 돌아다닌대?"

"이것도 공분데요, 뭐."

참 빌어먹을 공부로다. 강 사장네 집안도 이렇게 가운이 기우는가 싶었다.

"장사는 잘되세요?"

"어디 예전만 같아야지. 요즘은 데모를 해두 촛불 같은 건 쓰지두 않아."

"그러게 투표 좀 잘하세요."

"투표를 그보다 어떻게 잘해?"

진근은 누가 뭐래도 투표는 일편단심 한쪽만 눌러댔다. 수십만 명이 여름내 촛불로 불야성을 이루고 악을 써대도 그는 흔들림이 없었다.

없는 집에서 태어나 중학교도 다니다 말고 서울로 올라와 신문팔이에 중국집 배달부로 안 해본 일 없이 고생한 끝에 벼룩시장에 노점 자리 하나를 마련해 살고 있지만 그는 나랏일이라면 제 나름대로 일가견이 있었다. 뭐니 뭐니 해도 세상에는 머니가 제일이었다. 부자들이 어떻다고 욕하는 인간들도 막상 자기가 부자가 되면 입장이 달라진다. 그는 자신이 가진 게 없다 하여 부자를 미워하지 않았다. 욕할 시간에 한 푼이라도 벌어 부자가 되면 될 일이었다. 땅 투기를 하든, 사채놀이를 하든 그것도 능력이고 노력이었다. 그는 돈만 벌 수 있다면 그보다 더한 일도 할 준비가 되어 있었다. 없다고 설움을 겪을 때마다 그는 이를 악물고 부자가 되리라 다짐했다.

진근이 부엉이 바위에서 뛰어내린 대통령을 미워하는 이유도 따로 있지 않았다. 아직도 자기 집을 갖지 못하고 전셋집을 전전하고 있지만, 그의 유일한 희망은 청약적금을 부어서 아파트를 한 채 마련하는 일이었다. 쓸 것 안 쓰고 이리 굴리고 저리 불린 돈이 적잖이 쌓여 남들이 앞서 한 대로 자기도 한번 부동산 투기란 것을 해보려는데, 이 물색없는 인간이 부동산 잡겠다고 온갖 규제에 엄청난 세금 폭탄을 퍼부어댄 것이다.

"요즘은 쇠고기두 잠잠한데 뭔 일로 길거리로 나앉았대?"

"쇠고기가 당장 문제가 드러나나요? 나중이 문제지요."

"못 먹는 게 문제야."

막말로 광우병이라는 것이 20년 후에 도져서 어떻게 될지는 몰라도, 없는 사람 입장에서야 당장 입에서 살살 녹는 쇠고기를 원없이 먹어보는 게 소원이었다. 진근이 보기에 한우니 미국산 쇠고기니 따지고 나서는 것들은 모두 배불러서 지랄하는 것들이었다. 사변 중에는 수채 구멍에 걸린 국수 가닥도 손가락으로 건져 먹고 살아남지 않았던가. 광우병? 따지는 걸로 치면 양코배기들이 우리보다 못할까. 고기 먹는 걸 여기 사람들이 쌀밥 먹듯 하는 그이들이 머리에 구멍이 숭숭 뚫린다는 쇠고기를 대책 없이 먹을 리 있겠는가. 당장 찌개 냄비에 던져 넣을 두부 한쪽 변변히 없는 것들이 주제넘게 쇠고기 타령을 늘어놓는 게 가관이 아닐 수 없다. 그저 따지는 걸로는 세계 제일인 것들이 천둥에 개 뛰듯 나대더니 요즘은 언제 그랬냐 싶게 잠잠해졌다.

"근데 행정을 공부한다는 사람이 어째 나라에서 하는 일마다 반대를 하구 나선대?"

"그러게 말이에요. 하는 일마다 법에 맞지 않게 하니 답답하지요. 저도 들어앉아 공부 좀 하고 싶어요."

"어련히 알아서 할까! 아무렴 천막 치구 쭈그리구 앉은 저이들보다 못할까."

"이만큼 사는 것도 그냥 된 게 아니지요. 저런 분들이 고생을 해서……."

"누가 고생하래? 저만 고생하면 몰라. 날 더운데 맨날 말뚝으루 보초 노릇하는 경찰은 뭔 죄야?"

"그러게 말이에요. 경찰이나 노동자나 다 고생이지요. 그래도 세상을 바꾸자고 하는 고생이니……."

"누가 바꿔달랬어? 어디 그게 날 위해서야? 세상 바꿨더니 제 가슴팍에 금배지부터 달구 거들먹거리는 것들이 나를 위해줘? 그제나 이제나 민초들 살기는 매한가지야. 그럭저럭 잘 살아가고 있는 이들 부추겨서 공연히 제 공 세우려는 것들에 비하자면, 박 대통령 시절이 아싸리 나은 셈이야."

"전두환 시절은 안 낫고요?"

"솔직히 지금두 전두환을 다시 불러오라는 이들두 많아."

그 대목에는 둘러댈 말이 없는지 민철이 쓴웃음만 지으며 입을 다물었다. 진근은 일자무식인 자신이 행정학 박사를 이겼다는 생각에 흐뭇해졌다. 세상 이치가 책만 들여다본다고 체득될 일인가.

그럴 즈음에 집회장으로 발길을 옮기던 젊은 여자 두엇이 다가와 양초를 만지작거린다.

"아저씨, 이거 얼마예요?"

모처럼 손님이 들자 진근은 반색하며 짐을 펼쳐 보인다.

"천 원! 종이컵까지 다 있어요."

"많이 살 건데 좀 깎아주실 거죠?"

"많이 얼마나?"

"열 개요."

열 개라는 말에 진근은 자기도 모르게 콧방귀가 나왔다. 한창 때에는 하루에 몇백 개를 팔던 그였다.

"이거 팔아봐야 얼마나 남는다구. 민중을 돕는 분들이 그러면 안 되지."

곁에서 지켜보던 민철이 좀 깎아주라고 했지만 진근은 들은 척도 하지 않고 여자가 내민 만 원짜리 지폐를 그냥 주머니 속에 우겨 넣는다.

마수걸이를 하고 난 진근은 얼굴 표정이 아까보다 훨씬 누그러졌다.

"비정규직 없애라구 하지만, 당장 그 뒤를 누가 감당하려구?"

양초 도막 하나까지 중국에서 헐값으로 들어오고, 종이컵도 여기서는 만드는 이들 품을 주고 나면 남는 게 없는 장사였다. 여기서는 연중행사로 임금을 올려달라고 악을 쓰지만, 중국이나 베트남 같은 데서는 반의반도 안 되는 품삯으로 일할 사람이 줄지어 대기 중이었다. 여기보다 훨씬 잘사는 미국이나 일본에도 비정규직이 널려 있는데, 개뿔도 없는 나라에서 비정규직 없는 세상? 일거리가 없어 굶어 죽어봐야 그 소리가 쏙 들어갈 것이다.

"손끝 하나 안 움직이고 돈 버는 이들이 좀 내놔야겠지요."

"손끝보다 더 힘든 게 돈 끝이야. 그이들이라구 거저먹는 게 아니라구."

"그리 힘들면 좀 바꿔서 해보면 어떨까요? 노동자들도 돈 끝 좀 움직여보게."

이 사람이 과연 멀리 낯선 나라까지 날아가서 공부를 하고 온 사람이 맞나. 진근은 코앞에 마주앉은 민철의 얼굴을 멀거니 들여다보고는 길게 한숨을 내쉬었다.

"돈 끝 움직이면 그이가 노동자야? 비록 지금은 사정이 난처해

저렇게 쭈그리구 앉아 있지만 저이들두 돈방석 위에 올라앉아봐. 언제 내가 서울광장에 나와 앉았더냐 싶게, 아마 제 공장에서 부리는 비정규직 봉급 깎을 생각부터 할걸?"

"그러지 말자고 이렇게 나와 있는 것 아니겠어요?"

어지간해선 아버지뻘인 이가 알아듣게 타일렀으면 구순하게 따르는 척이라도 해야 할 것이 아닌가. 말랑말랑한 두부처럼 생겨가지고, 사근사근한 목소리에 웃음마저 섞어 내놓는 겉보기와 달리, 민철은 한마디도 굽히려 들지 않았다. 저러니 산도 들었다 놓을 만큼 기가 센 제 아버지도 자식에게만은 어쩔 도리가 없던 터였으리라.

"고약을 떨더니 벌을 받는 거지."

모든 게 자업자득이었다. 촛불 장사가 좀 된다 싶으니 강 사장은 가게 앞에 좌판을 벌인 그에게 자릿세를 더 내라고 했다. 가게 문을 가로막는 것도 아니고 추녀 밑 귀서리에 편 좌판에 다달이 10만 원이 적어 곱을 더 올려 받으려 했다. 외제 골프채 한 세트만 팔아도 몇백이 떨어진다고 제 입으로 자랑을 늘어놓던 이가 없는 이의 주머니를 털어내려는 수작이 착살맞기 짝이 없었다. 어차피 양초를 들고 돌아다니며 하는 장사인 터라 군말 없이 좌판을 걷고 나왔던 것이다. 아무래도 사람들이 모이는 광장 근처라 목은 좋은 자리였기에 요즘처럼 장사가 안 될 때는 자꾸 그 자리가 마음에 남았다.

"내 자리엔 누가 들어왔나?"

"에어라이트를 세워놨던데요."

혹 누가 거저 좌판이라도 펼까 봐 그 자리에 광고물을 세워둔 모양이었다. 있는 것들이 더하다는 말이 하나도 그르지 않았다. 그러나 진근은 그런 강 사장을 욕할 마음이 없었다. 자신도 부지런히 돈을 모아 그 틈바귀에 끼어들면 될 일이었다.

부자 감세. 지난번 선거 때도 진근은 대뜸 그 정당을 위해 표를 꾹 눌러주었다. 그게 어디 저 혼자만의 생각일까. 지난번에 부자당 후보가 서울시장에 나섰을 때, 그를 찍어준 이들을 직업별로 나눈 신문 기사를 읽은 적이 있다. 우선 농사짓고 고기 잡는 농림어업자들이 62.2퍼센트로 가장 많았고, 집에서 알뜰히 살림하는 주부가 57퍼센트나 되었다. 그 뒤를 이은 것이 자신과 같은 자영업자로 54.2퍼센트나 되었다. 손발 움직여 먹고사는 생산직이나 하루 품팔아 하루 사는 일용직도 절반에 가까운 49.2퍼센트가 그이를 찍은 것만 봐도 없는 이들일수록 부자 편이었다. 공연히 자발머리없는 인간들이 입만 까져가지고 민중이니 연대니 입바른 소리를 늘어놓지만 세상은 그렇게 움직여지는 게 아니었다. 세상을 움직이는 건 촛불이 아니라 돈이라는 걸 진근은 굳게 믿는 사람이었다.

그러면 저 인물은 과연 무엇인가. 진근은 촛불을 늘어놓은 광장 바닥에 쭈그리고 앉아 뭐라 구호를 외치는 민철의 모습을 딱한 눈으로 바라보았다. 가만히 있어도 제 아버지의 재산을 물려받아 평생을 아쉬움 없이 살 인간이 뭐가 모자라 거적때기 둘러쓴 노동자의 편을 드느라 길거리에 나와 쉰 목소리로 외치고 있단 말인가. 이리저리 가로 세우고, 세로 눕혀봐도 진근은 행정학 박사와 자동차 만드는 노동자 사이에 서로 이가 맞아 들어가는 구석을 도무지 찾을 수가 없었다.

"박사는 책이나 무섭게 파구, 노동자는 죽어라 망치질이나 하면 만사 오케이야."

어느 결에 광장 주변은 어둑해지면서 비렁뱅이 움막처럼 엎드린 천막 주변에는 촛불 여남은 개가 바람에 속절없이 흔들리고 있었다. 멀리서 보면 켰는지, 껐는지 분간이 되지 않을 정도로 보잘것없는 촛불에 진근이 도리어 조급해졌다.

요새는 무엇이든 대량으로 쏟아부어야 했다. 구멍가게든 빵집이든 우선은 번듯하고 큼지막해야 손님이 꾀는 시절이니, 촛불도 광장이 훤해지도록 몇백 개쯤 밝혀야 지나가는 사람들이 잠깐이나마 눈길을 주는 법이었다.

진근은 희미한 촛불 몇 자루를 밝혀놓고, 맥없이 들여다보고 앉아 있는 꼴들이 한심하기만 했다.

"노래두 좀 틀구 구호두 좀 외쳐봐."

며칠 전 재능교육 본사 앞에서 투쟁 문화제가 열리던 날, 제법 사람이 북적거려 촛불이나 팔아볼까 싶었는데 느닷없이 소나기가 퍼붓는 바람에 공을 치고 말았던 것이다.

"단결만이 살길이요, 노동자가 살길이요.

내 하루를 살아도 인간답게 살고 싶다."

마지못해 몇몇이 일어나 튼 음향기에서 〈철의 노동자〉 노래가 흘러나온다. 지나가던 행인 두엇이 그 소리에 다가와 천막 앞에 붙은 현수막을 들여다본다. 기회다 싶어 진근은 외상으로 떼어 온 양초가 묵직하게 담겨 있는 가방을 들어 올리며 바짝 목소리를 높인다.

"자-아, 비정규직 없는 세상! 촛불 있어요, 촛불!"

인생은 야바위판

진근이 몇 번이나 고쳐가며 적어낸 진술서를 강 형사가 들여다보는 동안, 한쪽 구석에 쭈그리고 앉아 이리저리 돌아가는 사정만 살피던 김노천이 비로소 입을 열었다.

"근디 시방 여그 있는 우리가 피고인 입장이 되아부렀는가 보요?"

가스러진 목소리로 야기죽거리는 노천을 고깝다는 표정으로 돌아보던 강 형사가 거칠게 그의 앞에 의자를 던져준다.

"피고고 원고고 간에 앉아보셔."

"아따 앉는 거야 다리 꼬부라진 앉은뱅이두 잘만 허는 일인게 걱정을 꽉 붙들어 매두시랑께요. 근디 워떤 입장으루다 거그 앉느냐 이 말씀부터 잠시 청취헐 줌 해야 허지 않겄소?"

"짧게 할 말도 참 요지가지로 늘여 붙이네, 참."

"참은 지가 헐 말이랑께요. 전에 아홉 시 뉴스를 보니께 사람을 둘이나 때려쥑인 살인범두 잡으러 와서는 깍듯이 존댓말루, 귀하는 몇 조 몇 항에 따라 잡아가겄소 통지를 허구, 변호사럴 부를 권리, 불리허믄 입 다물 권리까정 죄 일러주든디, 워째 여그는 국민핵교두 아닌 데서 받아쓰기만 줄창 허란디요?"

"아는 게 많아서 드시고 싶은 것도 많으시겠어."

"오메. 그라구 보니께 아츰부터 불려 나와 즘심두 못 허구, 발써 두 시가 넘어가는디, 참말 사람을 쌩으루 굶겨 쥑일 모양이요. 그라지 말고 어디 단골집 철가방이래두 불러 짜장면이래두 비벼가며 헙시다요."

여태껏 그 입이 어떻게 쉬고 있었을까 모두들 의아해하는 한편, 넉살 좋은 입심에 힘입어 비로소 오그라든 어깨를 펴며 한마디씩 꺼내놓으니 조용하던 파출소 안이 금세 장바닥처럼 시끌벅적해진다.

"지금 장난하는 거야?"

오래 묵은 오이지처럼 오만상을 짓고 있던 차석이 책상을 손바닥으로 내리치며 몸을 솟구쳐 고함을 지른다.

"워매, 놀래라. 아그들도 아니구 여그 있는 이덜 나이를 평균해보믄 대한민국보덤 다 길게 살아온 사램들인디 헐 일이 읎어 실없는 장난을 헌당가요? 조사가 길어지는 관계로 조사허는 양반이나 조사받는 사램들이나 때가 되았응께 쪼깐 먹어가며 허는 편이 능

률적으루 도움이 되겄다 허는 건의를 드리는 것이제라."

노천의 말에 한결 누그러진 차석이 의자에 다시 주저앉으면서 무언가 석연찮은 얼굴로 그를 향해 한마디 던지기를 잊지 않았다.

"당신, 전번에 구민회관 앞마당에서 야바위하다 잡혀 왔었지?"

"아따, 차석 님두 뭔 말을 그리 섭허게 헌당게요? 잽혀 온 게 아니라 째깐 참고 말씸을 디리러 왔던 것이제라."

김노천의 별명은 야바위 킴이었다. 트위스트 킴은 몰라도 청계천 바닥에서 야바위 킴을 모르는 이는 없었다. 그가 있는 곳에는 언제나 돈이 몰렸고, 그가 떠난 자리에는 뒤늦은 원성만 수북히 쌓였다.

"복불복이여. 인생 벨 거 있간? 벌이 꽃을 빨아 묵고, 벌을 참새가 잡아묵고, 그 참새럴 독수리가 잡아묵는 게 자연의 이치 아니겄소. 돈 놓구 돈 묵자는디 어느 싸갈머리 없는 종자가 잡소리를 헌당가? 예수님 뫼신 예배당이건 석가님 뫼신 법당이건 다 돈 통부텀 앞에 세워놓는 것만 봐두 돈 놓구 돈 묵는 게 천지간의 이치다이 말씸이랑께. 자, 오가는 현찰 속에 싹트는 우정이여."

야바위 킴의 재간을 모르는 사람이 없으며, 매번 그에게 돈을 털리면서도 여전히 그 앞에만 가면 지갑을 열게 하는 것이야말로 그의 재주가 아닐 수 없었다.

그날도 그는 구민회관 앞을 지나는 길에 마침 담배가 떨어져 거기 모인 노인들에게 심심풀이 삼아 잠깐 박보 장기판을 펼쳤다. 앞주머니엔 화투짝, 뒷주머니에는 마분지로 접은 장기판을 항상 넣고 다니는 터수지만 한동안 펼치지 않은 박보였다.

노천은 낯선 얼굴 서넛이 맥없이 앉아 있는 정자에 비집고 앉아 뒷주머니에 넣었던 종이 장기판을 꺼내어 펼쳤다. 아무 말도 하지 않고 이리저리 손가락을 짚어가며 골똘히 그걸 들여다보고 있는데, 남의 일에 넘성거려야 직성이 풀리는 인간 하나가 고개를 황새처럼 빼고 아는 체를 한다.

"테레비에서 한번 봤는디 당체 수가 생각이 나지 않네잉."

노천의 말에 나머지 노인까지 덤벼들어 수전증 걸린 손으로 이리저리 훈수를 두었다. 옳으니 그르니 떠들썩할 무렵에 노천은 안주머니에서 슬며시 장기 알을 몇 개 꺼내놓았다. 조자룡이 말을 탄 듯 저마다 장기짝을 집어 들고 이리저리 수를 내어 떠드니 주변에 있던 노인까지 생선 씻은 물에 파리 꾀듯 모여들었다. 과연 그중에 하나가 오래가지 않아 수를 풀고 만다.

"아따, 여그 장기 도사가 기셨구만이라잉. 시방 본께 테레비에 나온 양반 겉은디."

한참을 추어올린 뒤에 노천이 텔레비전에서 나온 문제라며 본격적으로 박보를 펼쳐놓는다.

"요거 풀믄 참말로 참피온이지라. 지가 사흘 밤을 꼴딱 새우고도 못 푼 문제랑께."

마와 상에 병으로, 사(士) 두 개의 초왕을 잡아야 하는 수다. 쪽수가 몇 되지 않아 대번에 서넛이 다투어 달려든다.

"가만, 가만. 아무리 친목이래두 그냥 허믄 심심허구만이라잉. 지두 즉잖은 월사금 갖다 바쳐 배운 장기니께 쪼께만 겁시다. 짜장면 값이래두 걸어야 재미가 나지 않겄소?"

설레발치던 노인들은 그 말에 주춤하더니 선뜻 나서지 못하고 손가락으로 짚어가며 떠들 뿐이다. 그럴 즈음에 노천은 슬며시 장기 알을 담았던 상자를 밀어 초왕 밑의 자리를 가려둔다. 이리저리 손가락으로 더듬던 노인 하나가 상자에 덮인 자리를 가리키며 떠들어댄다. 짐짓 목소리를 높여 성난 표정을 짓지만 속으로는 옳다구나 쾌재를 부른다. 상자로 가려놓은 곳이야말로 무덤 자리였다.

"뭐여 시방. 암만 친목이래두 박보 장기에 훈수 두는 이가 워딨당가. 그렇게 자신 있으믄 앉아서 깝족거리지 말고 즘잖게 만 원짜리 한 장 걸구 해보드라고. 이기면 삼만 원 줄 텐께."

졸지에 깝죽거린다는 말을 들은 노인은 얼굴이 벌개져 주머니에서 만 원짜리 한 장을 꺼내 장기판 위에 팽개치며 호기롭게 덤벼들었다. 결과는 물을 것도 없다. 노인은 치과에 갈 돈으로 꿍쳐두었던 만 원짜리를 두 장이나 털리고 나서야 뒷전으로 밀려났다. 그렇다고 판이 끝나겠는가. 곁에서 지켜보며 혀를 차던 이들이 줄줄이 노천의 앞에 돈을 갖다 바쳤다.

그날 노천이 구민회관에서 잠깐 사이에 거둬들인 돈이 10만 원이 넘었다. 빈손이 된 네 명의 노인 가운데 하나가 분기를 참지 못하고 112로 전화를 넣는 바람에 노천은 남화루에서 짜장면을 먹다 말고 파출소에 끌려온 터였다.

"피차 늙어가는 처지에 노인들 돈 뺏어먹으면 기분이 좋소?"

"오메, 차석 님도 보기보덤 입이 와일드허시요잉. 아무리 시장바닥 장기판이래두 엄연히 민속 게임에 두뇌 스포쓰인디, 뺏어먹다니라? 그라믄 맨일에 지가 져서 삼만 원을 내주고 일일이 신고허믄 워쩐대요? 그이들 붙들어다가 야바위혔다구 잡아들이실랑가요?"

차석이 대꾸할 말을 찾지 못하자 노천은 어깨를 한껏 추어올리며 쭈그리고 앉은 사람들을 돌아본다.

"근디, 참말루 궁금혀서 허는 말인디, 워쩐 일루 여기루 죄 불러들였대요?"

강 형사는 들은 척도 하지 않고 그의 앞에 볼펜과 종이를 던져주었다.

"징혀부러. 나가 눈알이 샛별츠럼 반짝거릴 무렵에, 뜻헌 바 있어 계룡산에 들어가 논어, 맹자, 중용, 대학에 성경, 불경, 소녀경까정 사서삼경을 이태 동안 베껴 쓰느라 손가락에 못이 배긴 사람인디, 또 쓰라네. 암만 해도 내가 까막눈으루 살다 죽은 쌍놈으 귀신이 씌었나 보요."

"정말 한번 털려보고 싶어?"

강 형사가 벌떡 몸을 일으키며 노천에게 눈을 부릅떠 보인다. 그 말에 찔끔해 노천은 침 먹은 지네처럼 대번에 조용해진다.

요즘 나이가 들면서 노천은 한층 처량해진다. 세상이 바뀌어, 난다 긴다 하던 그의 재주도 어느새 빛을 잃고 말았다. 어디를 가나 돈지갑을 들고 다니지 않던 시절이 있었다. 타고난 언변과 몇 가지 손재주만으로 남의 호주머니에 든 돈을 제 것처럼 여기고 살았다. 그러던 그도 자고 나면 하루가 다르게 바뀌는 세상을 당할 수가 없었다. 요즘 사람들은 바둑은 알아도 장기는 차포가 가는 길도 모르고, 바둑이에 깜깜이와 하이로까지 서양 카드 노름은 빠삭해도 콩콩팔에 철철륙 도리짓고땡은 알지 못했다.

지난 월요일이라……. 이리저리 걸터듬어볼 것도 없었다.

요즘 노천은 가방 부자재를 파는 연씨네 가게 청계 재료 앞에 옹색하게 쭈그리고 앉아 좌판을 벌이고 있었다. 불그죽죽한 배경에 벌거벗은 그림책이나 야동 시디를 펼쳐놓았지만 장사가 예전 같지 않았다. 사실 그가 잔돈푼이나 바라고 길바닥에 앉아 있게 된 데에도 다 사정이 있었다.

딸 미진이가 맡겨놓은 돈을 주식에 밀어 넣었다가 물리고 만 것이다. 동네 은행을 드나들며 알게 된 창구 직원이 권유한 대로 시작한 주식은, 야바위로 난다 긴다 하는 그도 맥을 쓸 수가 없었다. 자신의 혼수 비용이라고 미진이 맡겨놓은 5천만 원이 반의반 토막이 나는 건 한순간이었다.

G20 서울정상회의란 것이 열리면 국가 브랜드가 상승해 수출이 대폭 증가하고 경제 전반에 활기를 불어넣는다는 신문·방송의 말만 믿고 덜커덕 수출 효자 품목인 철강 쪽에 몰빵했다가 상투를 잡고 만 것이다. 한국무역협회가 무얼 하는 곳인지는 몰라도 G20 회의의 경제 효과가 31조 원이나 된다고 했다. 기연가미연가하던 차에 청와대 대변인이라는 여자가 라디오에 나와서 회의에 참가하는 나라들이 세계에서도 경제적으로 가장 영향력이 큰 나라라며 경제 효과가 31조 원이라는 말을 되뇌었다. 결정적으로 그를 고무시킨 것은 한국무역협회 대전 충남본부라는 곳에서 내놓은 450조 원이라는 말이었다. 절반만 에누리해서 들어도 200조 원이 넘는 돈이요, 대강 나눠도 국민 한 사람 앞에 500만 원씩 돌아오는 돈이었다. 기어 다니는 돌맞이 아이건, 지하도에 엎드려 있는 노숙자건 간에 한 사람 앞에 500만 원씩 돌아온다니, 과연 그 돈이 풀리면 어떤 일이 일어나겠는가. 노천은 단번에 미진의 5천만 원을 주식에 밀어 넣었던 것이다. 더도 말고 한 달만 빌렸다가 이자까지 붙여서 갚아주면 되리라 믿었다. 그러나 믿는 건 자유였지만 날아간 돈은 돌아오지 않았다.

그 일로 마누라와 딸에게 당한 수모는 이루 말로 설명할 수가 없었다. 여태껏 밑천 한 푼 안 받아가며 거저 먹이고 재우며 입힌 덕은 지나가는 말로도 한마디 이르지 않고, 그저 나가 죽으라는 소리뿐이었다.

"아빠가 평생 땀 한번 흘려봤어요?"

남들 다 다니는 고등학교를 중도에 엎어버리고 가수인지 뭔지를 한다고 한동안 불 맞은 소처럼 껑충거리며 뛰어다니다가 요즘은 노래방에서 도우미 노릇을 하는 딸년이 면전에 삿대질을 해가며 아비에게 한 말이었다. 땀이 이마빡에서만 흘러내린다고 생각하는 걸 보면 나이 서른을 넘겨도 아직 세상물정을 모르는 천둥벌거숭이였다. 노름판에서 손에 쥔 화투짝을 소매 밑에 숨긴 것과 바꿀 때 애간장에 스미는 진땀에 대해 알 턱이 없었다. 태백의 어느 시커먼 탄광촌에서 사흘 밤을 꼬박 새워가며 판을 벌였다가 짝 바꿔치기 기술이 들통 나 탄 캐는 삽으로 맞은 허리께가 아직도 궂은 날이면 새근새근 쑤셔대서 잠을 설치는 건 알려 하지도 않았다.

아직 집에서는 풍물 시장에 얻은 가게마저 팔아넘긴 사실을 모르고 있었다. 미진의 돈을 찾아줄 생각으로 세를 준 박금남에게 조금씩 얻어다가 주식에 털어 넣었는데, 결국은 가게 문서까지 넘기고 말았다.

제대로 한 번만 아다리가 맞으면 꾼 돈도 말끔히 털고, 징징거리는 미진이 돈까지 보란 듯이 갚아주려던 것이 깡통을 차고 말았다. 주식이란 게 밑 빠진 독에 물 붓기요, 도박꾼이 맨 나중에 들르는 고택골이나 다름없다는 사실을 나중에서야 알게 되었다. 누구는 파친코에 경마가 제일이라지만 노천이 겪어보니 나라에서 하는 주식에 비하면 그건 아무것도 아니었다. 그런 걸 나라에서 허가까지 내주고 세금까지 챙기는 걸 보면 평생을 장바닥에서 야바위로 굴러먹은 노천은 순진한 하수에 불과했다.

이런 사정이 있기에 노천은 정말 나가 죽는 심정으로 등을 떠밀려 길바닥에 쭈그려 앉아 요사스러운 물건을 펼쳐놓게 되었다. 구멍 속 쥐도 환히 보일 만큼 화창한 대낮에 벌그죽죽한 사타구니를 돌 맞은 개구리처럼 벌린 여자들의 사진이 츱츱스럽게 나붙은 야동 시디를 펼쳐놓고 앉아 있다 보면 노천은 저절로 신세 한탄이 나왔다. 아무리 말하기 좋아하는 이들이 야바위, 야바위라 낮춰 불러도 그것은 엄연히 승부를 내걸고 하는 게임이었고, 각자의 지각을 겨루는 두뇌 스포츠였다. 세태가 감주 맛 변하듯 아침저녁으로 바뀌어가고, 컴퓨터라는 물건이 나와 남녀노소 가릴 것 없이 온 국민이 거기 들러붙는 바람에 잠시 뒷전으로 밀려나 있기는 하지만, 청계천에서 서울역까지 뜨르르하니 손 기술을 자랑하던 인간 김노천이 뒷골목에서 점잖지 못한 춘화나 팔고 있을 줄 누가 짐작이나 했겠는가.

아버지가 땀 흘려 벌어 온 돈으로 밥 좀 얻어먹고 싶다는 딸의 말에 정처 없이 떠밀려 나오기는 했지만 길바닥 장사가 그리 만만한 게 아니었다. 야동이 인터넷에 마구 널려 있다 보니, 시대에 처진 노인네들만 이따금 들러 잔돈푼이나 떨어뜨리고 가는 정도였다. 그런 판에 물색없기로 소문난 연씨는 공짜로 얻어 간 시디를 하루가 멀다 않고 바꿔가며 일일이 관람평까지 늘어놓아 남의 속을 뒤집었다.

"양키들 건 징그럽기만 하고, 그저 일본 것이 쌈박하니 스고이데스야."

야동 장사를 시작하게 된 계기는 풍물 시장의 가게를 떠안은 박금남이 권했기 때문이다. 아직 인터넷의 인 자도 등장하지 않던 시절에 세운상가 다리 밑에서 리어카에 〈플레이보이〉니 〈펜트하우스〉니 하는 도색잡지를 팔면서 쏠쏠하게 재미를 보던 그는 일명 '빨간책'으로 불리던 음란 서적을 찍어다 팔며 한몫 잡았다. 지금은 노천이 넘긴 가게에서 독일군이나 미군 군복을 늘어놓고 파는 밀리터리 숍을 하고 있지만 바로 전까지도 좌판에서 야동이나 도색 비디오를 팔았다.

"경기를 타지 않는 건 이거뿐이라니까요."

그의 말에 따르면 요즘 것들은 허기가 질수록 색을 밝히고, 대가리에 피도 마르지 않은 초등학생부터 머리 허연 노인까지 대놓고 단골로 드나든다고 했다.

"오죽하면 성경에도 나올까, 막달라 마리아라고 몸 파는 여자가 나오잖아요. 세상이 망하는 날까지 불황이 없는 게 이 장사라니까."

공연히 팔다 남은 물건을 떠넘기려는 수작으로 보여, 그 좋은 것을 왜 계속하지 않느냐고 묻자 그는 중학교에 다닌다는 아들 핑계를 댔다.

"돈도 좋지만 아이 교육상 안 되겠더라고요."

매일 밤 방에 들어앉아 복사본을 찍어내는 모습을 보고 자란 아이에게 문제가 생겼다고 했다. 자신도 모르게 야동 시디를 복사해서 반 아이들에게 장당 2천 원씩에 팔다가 걸려 박씨가 학교에 불려갔다 왔다고 했다.

"암만 해도 친구들을 잘못 사귀었나 봐요."

친구가 아니라 아비를 잘못 사귀었던 모양이라고 속으로 중얼거리면서 노천은 점잖게 일러주었다.

"옛부터 맹모삼천지교란 말이 악세사리루 전해 내려오는 게 아니란 말이시. 자라나는 애기덜헌티 환경이 을매나 중요헌 것인디, 예전에는 개천에서 용이 나왔지만 이제는 강남에서 나온다는 말은 암만 귀가 어둡다 혀두 한 번쯤 들어봤을 테고. 그랴서 워츠게든 강남 팔학군으루 입성허려구 모다 눈 까뒤집구 뎀벼든다 이 말씸이야. 개천에서 용이 나와? 지랄, 암만 파봐라 지렁이만 나올 테니."

그렇게 돌려 말하는데, 저도 지각이란 것이 머리에 들어 있는 종자라면 조신하게 헤아려 듣고 마음에 새겨야 할 것이 아닌가. 그런데도 빗소리에 개구리 뛰듯, 토방 가마솥에 민물 새우 튀듯 들까불고 나선다.

"그 대신 청개천에서 대통령이 나왔잖아요."

하도 기가 막혀 노천은 우선 글자 공부부터 시켜야 했다.

“개천이 아니라 계천이여, 청계천.”

“맑을 청에 개천, 청개천이라고요!”

금남은 이것만은 자신 있다는 듯 바득바득 목소리를 높여 우겨댄다.

“개그 삼행시두 있다니까요? 청와대 개 뭐시기가 나온 천, 청개천. 맞잖아요.”

노천은 기가 막혀 더는 대거리하지 않고 그냥 웃어넘기고 말았다.

지난 월요일에도 노천은 풍물 시장에 들러 박금남에게 물건을 받아 들고 연씨네 가게 앞에 쭈그리고 앉아 있었다. 사정이 어떻게 돌아가는지 모르는 노천의 아내는 전기료며 주민세를 내야 한다며 이번 달치 가겟세를 꼭 챙겨 들고 일찌감치 들어오라고 당부했다. 이미 남의 손에 넘어간 가게에서 세가 나올 턱이 있겠는가. 노천은 땅이 무너지게 한숨을 내쉬며 집을 나선 길이었다. 혹 색에 굶주린 것들이라도 떼로 몰려와 가겟세를 벌충하게 해주기만 간절히 바랄 뿐이었다.

맞은편 만물상회에서는 황 회장이 벽에 걸린 박정희 대통령 내외 사진을 손으로 가리키며 어느 늙수그레한 노인을 어르는 중이었다.

“각하만 살아 계셨어도 나라가 이리 개파이 안 됐을 낀대.”

지지리 궁상이던 시절에 피차 밥 한술 먹는 것만으로도 감지덕지하며 살아온 시절이 무엇이 그리 미련이 남던지 황 회장은 아직도 박 대통령 뒤에 반드시 각하를 빠짐없이 붙였다. 기어이 흑백사진 한 장을 천 원짜리 다섯 장과 바꾼 황 회장은 내친 김에 가게 안에서 낡아빠진 서책을 탁탁 먼지를 털어가며 내온다.

"이기 마 참말로 귀한 겁니데이. 아무캐도 영감님께서 관심이 있을 것 같아 보여디리는 긴데……."

황 회장이 어리바리한 노인에게 내민 것은 《새마을운동 약사》라는 책인데, 표지 안쪽에 '유비무환'이라는 글씨와 박정희라는 서명이 적혀 있었다. 노천이 먼 거리에서도 소상히 알 만한 책이었다. 노천은 황 회장이 낡은 책마다 일 삼아 먹을 갈아 이승만이니, 박정희니 하는 이들의 이름을 제 손으로 써대는 걸 익히 보아온 터였다. 돋보기를 꺼내 쓴 노인은 쥐 오줌인지 빗물인지 누릿누릿 얼룩이 진 책을 이리저리 뒤적이더니 풀썩 땅바닥에 엎드려 절이라도 할 것처럼 감격해했다. 노인은 필시 며느리에게 눈치를 보며 얻어냈을 만 원짜리 석 장을 황 회장에게 바치고 만다.

"박 대통령 하모 새마을 아입니꺼."

저도 늙어가는 처지에 아침부터 물정 모르는 노인네 눈퉁이를 쥐어박고서는 황 회장은 한껏 기분이 좋아져 건너편 노천이 앉은 자리에까지 들릴 정도로 주절거리며 떠들어댄다.

"노인네들한테는 박 대통령이 쥐약인 기라."

팔려나간 사진 자리에 똑같은 게 내걸렸다. 바짓단을 걷고 논에 들어가 모내기를 하는 박 대통령이 농민과 막걸리 잔을 기울이는 흑백사진은 파고다 사진관에서 장당 550원씩에 대량 인화해 오는 물건이었다. 그 사진을 보고 눈물을 글썽이며 거수경례를 올리는 이가 있는가 하면, 땅바닥에 엎드려 절을 올리는 영감도 있었다.

“낮에는 농민과 막걸리 마시고, 저녁이면 여대생 끼고 시바스 리갈을 마시는 줄을 누가 알았겠소?”

노천은 은근히 배알이 뒤틀려 가게 쪽으로 건너가 한마디 질렀다. 막힌 하수구를 뚫느라 엎드려 있던 경일을 붙들고 한창 설레발을 치던 황 회장은 노천을 돌아보고는 이맛살부터 찌푸렸다.

“육 녀사 돌아가삐고 썰썰허게 지내실 때 아이겄나.”

“우리 회장님도 요즘 쓸쓸허실 턴디 여대생 불러야 쓰겄네?”

“싸나들 배꼽 아래 야그는 허는 기 아이다.”

“김정일이는 배꼽이 없었나 보네. 여름내 기쁨조 이야기로 깨를 볶았으니.”

북쪽 이야기라면 우선 얼굴부터 붉히고 보는 황 회장이 가만히 있을 리가 없었다.

“요새 김 슨상님께선 지하에서 잘 기신다카더나?”

“워째 면회라도 갈라요?”

이 세상 사람이 아닌 전직 대통령까지 끄집어내어 이죽거리는 황 회장이 칙살맞기만 하다.

"거선 사방천지 암흑인데 햇볕정책 몬해서 우짠다더노. 퍼다 줄 돈도 떨어졌을 낀대."

"딸라 벌러 월남 땅으로 내몬 용병정책은 워쩌고?"

말로는 노천을 당해내지 못한다는 걸 아는 황 회장이 그쯤에서 못 들은 척하고 슬그머니 고개를 돌린다.

노천도 지금 실없이 말다툼이나 할 때가 아니었다. 어떻게든 가겟세 명목으로 벌어 가야 했다. 하루라도 지체되면 성미 급한 마누라가 당장 박금남에게 전화를 걸어 악을 쓸 게 뻔한 일이었다. 생각만 해도 끔찍했다.

마누라는 요즘 이름도 외기 힘든 주상 복합 상가로 일을 다니느라 가게에 들를 경황이 없었다. 허름한 봉제 공장이며 움막 같은 집들을 밀어내고 하늘이 보이지 않을 정도로 높이 쌓아 올려 지은 무슨 캐슬 베네치아라는 곳은 말 그대로 그림의 떡이었다. 그 언저리에 살던 이들 가운데 거기 들어가 사는 사람은 몇 되지 않았다. 움막이든 판잣집이든 멀쩡히 살아온 집을 빼앗기고 망우리 고개 너머 경기도 도민이 되어 살거나, 졸지에 남의 집에 세를 얻어 사는 신세가 되고 말았다. 보상금이라고 받은 것으로는 턱도 되지 않을뿐더러 당장 무얼 한다고 껍적거리다가 털어먹고 말았다. 노천으로 말하면 후자에 속했다.

청상과부가 머슴방 기웃거리듯 남의 눈 속여가며 모은 돈을 풍물 시장 안의 가게 자리에 밀어 넣은 것이 잘못이었다. 난데없이 복개된 청계천을 뜯어 고친다는 바람에 그 주변에서 벼룩처럼 붙어살던 사람들은 그야말로 벼락을 맞은 셈이나 다름없었다. 자그마치 6만 5천여 상가에 20여 만 명의 밥줄이 달린 일이었다. 제 가게를 가진 이야 신장개업 삼아 꾹 참고 기다리면 되겠지만, 하루 벌어 하루 먹고사는 노점상은 그야말로 앉아서 죽으라는 통첩이나 다름없었다.

노점상을 동대문 구장에 모아 들였다가 청계천 8가에 따로 자리를 만들어 본격적으로 명물 장터로 만들겠다는 말을 액면 그대로 믿지는 않았다. 제 말로 4천 번이나 상인을 만나 설득해 청계천 공사를 했다는 전임 시장은 준공식이 끝나자 코빼기도 볼 수 없었고, 대통령이 되어서는 청계천의 청자도 입에 올리지 않았다. 자고로 관 언저리에서 어정거리는 인간이 하는 말은 액면가의 하한가로 대폭 할인해 들어야 했다. 물정 모르는 이들은 활생암(活生庵)의 묘적선사(妙寂禪師)가 혹세무민한다고 하지만, 그걸로 따지면 정치하는 것들이 질로 보나 양으로 보나 한 수 위였다.

그런 중에도 노천의 마음을 끈 것은 청계천이 새롭게 꾸며지면서 관광버스까지 대절해 놀러 오는 사람들이었다. 하나같이 선글라스를 눈에 걸친 이들이 꽃나무 아래서 사진을 찍고, 개천에 돌아다니는 잉어를 구경하며 환호를 하고는 그냥 돌아가는 것이 아니었다. 주변에 널린 옷가게에서 티셔츠 쪼가리라도 몇 장 사 들고, 걸을 때마다 펼쳐져 있는 좌판으로 젖은 바가지에 깨 들러붙듯 떼

지어 모여들었다.

알다가도 모를 일이었다. 세상이 변하면서 지니고 있는 걸 오히려 창피스럽게 여겨 앞다퉈 엿장수에게 모개로 넘기던 놋쇠 대접이며, 다듬잇돌이며, 아침저녁으로 쌀을 퍼내던 뒤주며, 심지어 지린내 나는 요강이 무슨 골동품이나 되는 듯이 팔려나가는 모습을 보면 상전벽해가 따로 없었다. 세상이 하도 최신형만 찾으며 하루가 다르게 바뀌다 보니, 퀴퀴하게 손때 묻은 고물에서 사람 냄새를 그리워하는 줄도 몰랐다. 난지도 쓰레기장에서 주워 온 잡동사니가 돈값을 하면서 펼쳐놓은 좌판마다 하루 매상이 백이니 이백이니 하는 소리가 흘러나왔다.

그런 호황에 한 가지 흠이라면 남의 가게 앞에 펼친 자리가 문제였다. 뭘 하는 곳인지는 몰라도 상인연합회라는 단체에 회비까지 바치면서도 가게가 쉬는 주말에나 눈치를 봐가면서 자리를 펼 수 있고, 눈비가 내려도 안 되고, 춥고 더운 날씨에도 지장이 많다 보니 정작 장사를 하는 날보다 공치는 날이 더 많았다. 좌판이랄 것도 없이 골목 후미진 구석에 자리를 펴면 되는 게 야바위 노릇이지만 나이가 먹어갈수록 그는 남의 눈이나 속이며 사는 자신이 추레하게 느껴졌다. 그럴 듯한 가게를 얻어 한자리에 눌러앉아 노후를 편히 보내고 싶었다.

그런 터에 건설 회사를 다니다가 시장이 된 이가 청계천을 말끔히 꾸며놓고 그 곁에 따로 자리까지 만들어 풍물 시장을 연다니 귀가 솔깃해지는 일이었다. 적잖은 웃돈을 밀어 넣고 가게 자리 하나를 얻어 들어가 '이스탄불'이라는 앤티크점을 차렸다. 평생을 술집이나 찻집 언저리만 맴돈 딸이 카페나 고급 술집에서 인테리어를 하는 데 비싼 값으로 사들인다며 마도로스 돛대에 뻐꾹이 시계 같은 물건을 다루는 가게를 차리게 했다. 노천이 보기에 서양 놈들이 쓰다가 내다 버린 고물이 틀림없을 것을 돈 주고 사 갈까 싶었지만 장사는 수월찮이 되었다. 평생 주사위나 굴리고 화투짝이나 섞던 그보다는 일찌감치 물장사로 나선 딸의 눈이 밝았다. 딸 미진이는 제 신혼여행 때 꼭 가보련다는 이스탄불이라는 곳을 박박 우겨서 가게 이름으로 정하더니 아예 간판까지 만들어 내걸었다.

좀 되는가 싶던 장사가 시들해진 것은 간판을 걸고 서너 달쯤 지날 무렵이었다. 관광버스로 떼를 지어 몰려오던 이들이 얼마 되지 않아 슬금슬금 줄기 시작했다. 요란하게 나팔을 불어대던 방송이 잠잠해지면서 청계천은 그냥 집에 있기 눈치 보여 나온 노인들이 물가에 앉아 객쩍게 흐르는 물그림자만 하염없이 바라보며 담배꽁초나 수북이 내버리고 가는 곳이 되었다.

무엇보다 한군데 모아놓으면 불 일어날 듯하던 풍물 시장도 눈에 띄게 사람이 줄고 썰렁해졌다. 학교가 있던 자리에 보란 듯이 들어선 새 건물은 페인트 냄새도 가시기 전에 쓸쓸해지고, 그에 비해 길가에 쭈그리고 앉아 펼친 좌판은 사람들로 들끓었다.

당장 무너질 듯 허름한 초가에서 끓여대던 보신탕도 양옥으로 지으면 손님들 발길이 뚝 끊긴다더니, 딱 그런 짝이었다. 고물 시장은 아무래도 길거리에 너저분하게 널려 있어야 제격이었다. 쓰레기처럼 쌓여 있는 잡동사니 틈에서 마음에 드는 물건을 고르는 즐거움을 알지 못했던 것이다. 아마 알았을지도 몰랐다. 다만 길거리에 지저분하게 널린 고물이 보기 흉했고, 거기 벼룩처럼 붙어사는 인생이 꽃나무를 심고 깔끔하게 단장한 청계천 풍경에 거슬렸는지도 몰랐다. 그냥 눈에 안 띄게 서울 밖으로 쫓아내거나, 오달지게 들러붙어 악쓰는 것들은 운동장에 포로수용소처럼 가둬두었다가 이렇게 후미진 곳에다 풍물 시장이란 걸 만들어 처박아둬야 마음이 놓였는지도 몰랐다.

이제 와 생각하면 야바위야말로 관 것들을 따를 수가 없었다. 고작 골목에 쭈그리고 앉아 화투짝을 놀려 꾸깃거리는 지폐 몇 장 훑어내는 데 비할까. 분칠을 하고 신문이며 방송에 얼굴 내밀고는, 말끝마다 내놓는 얘기가 국가고 민족뿐인 것들치고 애국 애족하는 이들을 보지 못했다. 나라에 난리가 날 때마다 쇠스랑 들고 나가 싸운 것은 개털들이었고, 있는 것들은 뒤에서 열심히 싸우지 않는다고 발만 탕탕 굴러대지 않았던가.

인생은 어차피 야바위판이었다. 힘센 놈이 약한 놈 잡아먹고, 있는 놈이 없는 놈 놀려먹고, 높은 놈이 낮은 놈 부려먹는 게 이치였으니 누구를 원망하겠는가.

그래도 아무리 화투 한 장으로 '쇼부'를 보는 야바위판이라도 돌다 보면, 개평 얻은 놈이 준 놈을 이기는 경우도 있는 법인데, 어떻게 이놈의 나라는 평생을 그 모양 그 꼴로 살아야 하니, 야바위 판치고는 낙장불입, 삼세판도 아닌 단판 내기가 영락없었다.

이런저런 생각에 시름없이 앉아 있는데, 어느새 점심 무렵이 되어 물색없는 허기만 찾아온다. 문득 오전에 가겟세를 받아 챙기던 황 회장이 생각나 밀가루 음식이라도 한 그릇 얻어먹을까 하고 주변을 살피는데, 모처럼 지나가던 늙은이 하나가 비적비적 걸음을 늦추며 바닥에 깔린 야동 시디를 힐끔거린다. 유난히 흰 얼굴에 검버섯이 도드라져 보이기는 해도 야들야들한 손이며, 주름 하나 없이 펴진 양복을 걸친 품이 평생 고생 모르고 서책이나 붙들고 얌전히 살아온 인생이다. 노천은 공연히 심술이 사나와져 모처럼 울대에 힘을 주고 목소리를 높인다.

"아무리 쌓아놓은 돈이 많으믄 뭘 혀고, 고관대작 벼슬을 허믄 뭘 헌당가. 대명천지(大明天地)가 좋다 허나 불 꺼진 방보다 나을쏘냐. 월하설경(月下雪景)이 좋다 혀도 원앙금침(鴛鴦衾枕) 이불 속보다 따슬쏘냐. 두 눈이 있어도 질끈이나 감아놓구, 두 발이 있어두 무릎으로 기어가구. 도망치믄 쫓아가구, 아프다고 소리쳐두 약 안 주구 처녀 총각이 앵겼구나. 외야 품바가 품품품. 흐으 품바가 품품품. 한 치 콧구멍에 손가락이 들락날락. 두 치 자물통엔 열쇠가 들락날락. 세 치 쥐구멍에 쥐새끼가 들락날락. 절구질헐 때는 쿵쿵쿵. 모 심는 논에서 모춤을 빼구 박구. 침선을 헐 때는 바늘을 빼구 박구. 목수의 장도리는 대못을 빼구 박구. 절구질헐 때는 쿵쿵쿵. 들락날락 빼구 박구. 들락날락 빼구 박구. 절구질헐 때는 쿵쿵쿵. 들썩인다 들썩인다. 원앙금침이 들썩인다. 올러올 게 분명허믄 내려오지 않으믄 되구. 내려올 게 분명허믄 오르지 않으믄 될 일인디. 내려올 게 분명헌디 용을 쓰면서 올러가고. 올러올 게 분명헌디 허망허게 내려간다. 구름이 모이믄 비 내리고, 비 내리믄 꽃이 피고, 꽃이 피믄 열매 맺어 풍년가를 부를 테니. 이리 좋을 일이 어디 있나. 어허이 품바가 얼씨구*."

노인의 얼굴에 빙긋이 웃음이 돈다. 지나가던 사람들까지 무슨 구경인가 싶어 바쁜 걸음을 멈추고 빙 둘러싼다. 모처럼 만난 풍경에 노천은 절로 힘이 난다.

"사람이 말이시, 사는 재미가 여럿이지만 그중에서두 운우지정, 음양희열에 남녀상열지사가 최고의 희락이랑께. 근디 한창 때는 아침마담 누가 시키지 않어두 잣것이 홍부네 내려앉은 지붕 떠받치는 작대기츠럼 빳빳허니 일자직립허야 날아가는 참새 거시기만 봐두 북한 미사일츠럼 발딱 솟구치는디, 그 누가 알았으랴 소년이노학난성(少年易老學難成)에 일촌광음불가경(一寸光陰不可輕)**이라, 연못가의 봄풀은 안즉도 꿈 깨지 않았는디, 마당돌 앞의 오동

* 충남 공주의 민요 〈운우지정 사설〉 전문.

** 주자(朱子)의 《주문공문집(朱文公文集)》 권학문(勸學文)에 나오는 시구.

잎은 발써 가을 소리를 내드랑께.”

노천은 노인이 탄복한 얼굴로 고개를 끄덕이며 좌판 앞에 쭈그리고 앉는 걸 곁눈으로 살피며 한층 목소리에 힘을 더한다.

“연자방아도 수명이 있고, 보신각 종도 치다 보믄 빵꾸가 나게 마련이듯, 천하를 호령허던 변강쇠 가루지기도 늙어지믄 짚 검불이요, 사람의 거시기도 정량이 있는 벱이다 이 말씸이여. 하늘이 남자를 내놓을 때, 쌀 한 가마니 양의 정액을 주셨는디, 방사 일 회에 따악 열두 숟가락맨키로 방정이 된단 말이시. 평생에 남자가 사정허는 횟수가 칠천이백 번에, 사정 속도가 서울 시내버스보덤 빠른 시속 사십오 킬로가 되아부러. 메이드 인 코리아 남정네들 거시기 길이가 평상시 팔점칠오 센치에 유사시 십이점칠오 센치요, 하루에 발기허는 최대 기록이 열한 번인디 나이를 먹을수록 떨어지는 게 상례라 이거여. 복중에서 태어날 때 남자의 정력이 단전에 모여 있어 배꼽으로 힘을 쓰다가 젊어서는 성난 고추루 몰리고, 중년에는 손으로 몰려서 룸싸롱을 드나들며 피아노 치느라 바쁘고, 노년에는 입으로 몰려서 모이기만 허믄 ‘와이당(猥譚)’에 ‘이디피에스’로 푼다 이 말씸이여. 그다음은 뭐여? 남은 정력이 죄 눈으루 모이는디 여그서 지나믄 정수리를 넘어가, 나 돌아가네, 문 나서니 북망길에, 굿바이 사요나라데스네다 이거여. 그라서 워떠케든 눈에 모인 정력이 정수리를 넘지 않도록 관리를 잘혀야 부부 금실도 좋고 가정도 원만할뿐더러 건강 장수에두 좋다 이 말씸이여. 나가 허는 말이 아니고《동의보감》내경편 이십팔 쪽에 적혀 있다 이거여. 뭐시?《동의보감》책 안 파느냐고? 아자씨, 산부인과 가서 포경수술 소리 허덜 말고 쪼께 기다려보셔.《동의보감》책보덤 더 좋은 거 나오니께. 바쁘셔? 그럼 일절만 하고 잘 가보셔. 하야튼 제삿날 과객 든다고 어델 가나 저런 양반이 꼭 하나썩 있더랑께. 그랴믄 눈에 모인 정력을 으쭈고 잡어두느냐, 예전엔 기방이다 요정이다 드나들며 대들보를 휘청거렸지만 요즘은 세상이 좋아져서 디지털 세상이 되았다 이거여. 요거 한 장 사다가 심심허고 잠 안 오실 때 콤퓨타에 살짝 들이밀어봐. 무릉도원이 따로 없고 홍콩 라스베가스가 벨거 아니랑께. 탈렌트 이순재 그 양반이 안즉두 현역으로 뛰는 비결이 바로 요거 야동이여. 거그 아줌씨, 샐샐 웃지 마셔. 정들믄 곤란혀. 내 말이 웃자고 허는 소리가 아니래니께. 오죽허믄 야동순재란 말이 있겄소? 자, 남성분들은 다리에 힘 빠지고 오줌발 꺾어질 때부텀 미리미리 관리덜 허셔. 비아그라, 누에그라, 인삼, 홍삼 다 필요없당께. 요거 한 장이믄 잠자든 거시기가 벌떡 솟구쳐부러. 먹는 약은 반짝 그때뿐이여. 사람의 병이란 게 다 맴에서 오는 벱이여. 일체유심조 아시지? 몰러? 모르믄 그냥 끙끙 앓으며 살어. 병을 제대루 고치려믄 맴부텀 고쳐야 혀. 이게 뭐여, 한번 디다만 보믄 마음에 꽃이 피여. 칙칙허니 꺼칠헌 여든 노인네덜 가슴팍에도 연분홍 복사꽃이 화사허니 만발헌당께. 메마른 가심에 꽃비를 뿌려요, 사랑이 싹틀 수 있게, 나는 나는 꽃을 든 남자, 맨날 서 있는 남자, 오매 죽겄네. 위에서도 죽겄지만 밑에 있는 사모님은 좋아 죽고 못 산당께. 자, 장당 오천 원. 안 되믄 에이에스 되고 이천 원씩 가져오믄 교환 서비스도 해드려여. 야, 거그 아그들은 가서 엄마 찌찌 먹고 쪼께 큰 담에 와라잉."

노래까지 섞어가며 어깨춤을 덩실거리는 노천은 이때만은 오늘 중으로 가지고 들어갈 가겟세며, 마누라가 질러댈 악다구니를 까맣게 잊고 있었다.

애국과 매국 사이

야바위 킴이 내민 진술서를 다 읽고 난 강 형사가 실실 웃음을 흘리더니, 이내 자신을 둘러싸고 기웃거리는 사람들을 모개로 몰아붙인다.

"다들 여기 적은 거 말고는 딴 건 없다 이거야?"

으름장에 모두 몸을 움츠리는데 야바위 킴이 되바라지게 목을 곧추세우고 따져 묻는다.

"글씨, 뭐 땜시 그라는지 우덜두 알어야 협조적으로 허든 말든 헐 것 아니겄소. 으째 돌아가는 사정인지 쪼께 알려주고 조사헙시다."

버럭 소리를 지르려고 몸을 일으켜 세우는 강 형사를 차석이 불러 구석으로 데려가 뭐라 수군거린다. 한결 누그러진 말투로 강 형사가 모두를 불러 모은다.

"일단 공유수면에 들어가 잉어를 잡아먹은 건 엄연한 범법행위니 그냥 넘어갈 일이 아니고, 다만 여태껏 보아온 낯도 있어서 법대로만 한다는 것도 야박한 일이고……."

한참 뜸을 들이던 강 형사가 목소리를 낮추고 사정이란 걸 주섬주섬 들려주었다.

"지난 월요일에 어떤 인간이 명판을 뜯어갔단 말이오."

명판이라는 말에 모두들 고개를 치켜든다.

"명판이라니?"

강 형사의 말을 정리해보면, 청계천 공사를 마치고 두물다리 부근에 완공 기념으로 명판을 붙여둔 곳이 있는데 당시 공사를 지휘한 전임 시장이 뿌듯한 마음으로 박아둔 명판을 어느 인간이 뜯어갔다는 것이다. 문제는 시장은 비할 바 아니게 높은 자리에 앉은 그이가 조만간 청계천을 둘러보러 올지도 모른다는 정보가 들어왔다. 임기를 마치기 전에 아무래도 제가 한 일 가운데 가장 생색이 나는 곳을 둘러보러 오지 않겠느냐는 얘기다. 그렇다면 제 이름이 박힌 기념 명판도 둘러볼 게 뻔한 일인데, 서산 김갑돌이며, 강원도 산골 노인네가 박아놓은 명판도 온전하건만 하필이면 그이 것만 쏙 집어서 뜯어 갔다고 했다.

전임 시장이 들를지도 모른다는 정보를 접한 파출소장이 사전 점검차 직원을 풀어 청계천 주변을 둘러보게 했다가 명판이 뜯긴 사실을 인지한 때가 지난 화요일 아침이었다. 이틀 전인 일요일에 그 부근에서 열린 출판업자의 집회 때문에 경비를 서러 나간 차석의 말에 따르면 그때까지 명판이 온전히 제자리에 박혀 있는 걸 직접 눈으로 확인했다고 했다.

그러니 사건은 일요일 밤부터 월요일 사이에 일어난 셈이었다. 소장은 소 내 모든 인력을 동원해 명판을 찾아 나서는 한편, 인근 파출소에 지원 병력까지 요청해 주변을 샅샅이 뒤지고 있다고 했다. 이런 일이 바깥에 알려졌다가는 당장 옷을 벗고 집에서 애나 봐야 할 판이었다. 그러기 전에 하루라도 빨리 잃어버린 명판을 찾아야 했다.

"아니, 요즘 살기 힘들다고 다리 난간이고, 전깃줄도 끊어가는 판에 그런 도둑놈을 잡아야지. 애먼 사람을……."

그런 조사도 안 해본 바가 아니었다. 돈이 아쉬워 한 짓이라면 바로 곁의 맨홀 뚜껑이며 스테인리스로 된 철제 의자를 남겨둘 리 없었다. 소장을 비롯해 소 내 경관들이 머리를 맞대고 짜낸 결론은 기념품이라면 제 집안 족보까지 내다 팔 벼룩시장 고물상들이 첫 손에 꼽혔다. 청계천을 새롭게 만든 시장이 남긴 명판이니 몇 해 묵혀두면 적잖이 돈이 되고도 남을 물건이었다.

벼룩시장 안에서 일어난 일이라면 누구네 집 숟가락이 방바닥에 떨어지는 소리까지 놓치지 않는 이들을 털어대는 수밖에 없었다.

사실 내놓고 말은 하지 않았지만 용의자를 짚어준 이는 박금남이었다. 소장에게 닦달당한 강 형사가 이런 일이 있을 때마다 첩보를 전해 듣던 박금남을 은밀히 불러들인 것이다. 방범협의회원으로 일하는 박금남은 오래전부터 그와 가깝게 지내며 관할 구역 내에서 일어나는 정보를 시시콜콜 물어다 주었다. 주사가 있어 술만 취하면 크고 작은 소란을 일으켜 강 형사 신세를 지기도 하지만 박금남은 제 나름대로 경찰관이나 된 듯이 제가 하는 일에 자부심을 품고 있었다.

"한 가지 짚이는 데가 있기는 한데."

오만상을 쓰고 한동안 코를 큼큼거리던 박금남이 짚어준 것이 청심회였다. 일요일에 청심회 계원들이 그 부근에 모여서 술판을 벌이며 다리 밑에서 머리를 맞대고 쑥덕공론을 했다는 제보였다. 며칠째 인근 고물상이나 수집상을 뒤지고 다녔지만 딱히 짚이는 게 없던 터에 지푸라기라도 잡는 심정으로 강 형사는 오늘 아침 청심회 계원들을 모두 불러들인 것이다. 우선 그들이 모였다는 다리 밑 장소가 사건 현장에서 가까웠고, 시간도 얼추 맞아 들어갔다.

"자, 어쩔 거요. 공유재산 훼손죄로 본서로 넘어가 고생할 테요, 아니면 명판을 찾는 일에 협조할 거요?"

공유재산 훼손죄라는 말에 잔뜩 긴장한 청심회 계원들은 협조라는 말에 단번에 고개를 끄덕였지만 무얼 어떻게 협조해야 할지 몰라 서로 얼굴만 살폈다.

"주변에 이상한 점이 있거나, 최근 거동이 수상한 이를 찍어보시오."

거동이 수상한? 모두들 얼굴만 쳐다보며 꿀 먹은 벙어리 노릇을 하자, 강 형사가 진술서 뭉치로 책상을 치며 소리쳤다.

"요즘 들어 평상시와 행동이 다르다거나, 씀씀이가 헤프다거나, 갑자기 행방이 묘연해졌다거나, 밤늦게 돌아다닌다거나, 새벽에 이슬을 맞고 다니는……."

어리둥절한 눈으로 멀뚱거리던 청심회 계원들은 새벽에 이슬을 맞고 다닌다는 대목에 퍼뜩 얼마 전 담벼락에 나붙은 간첩 식별 요령을 떠올렸다. 야바위 킴은 그 가운데서도 '군부대 상황을 알려고 하거나, 현 정부에 불평불만이 많은 자'란 항목이 번개처럼 머리를 스쳤다.

모두들 머리를 맞대고 의견을 모아보지만 북에서 넘어온 간첩도 아니고 갑자기 거동이 수상한 자가 퍼뜩 머리에 떠오를 리가 없었다. 곁에서 강 형사는 목소리를 높여 채근하고, 짚이는 구석은 없고…….

이리저리 수군거리며 의견을 모은 것이 특수 임무 박금남이었다. 그이가 거동이 수상한 것이야 어제오늘 일이 아니었지만, 늘 미군 부대 주변을 어정거리고, 한 달에 몇 번씩 평택이나 동두천을 다녀온다든가, 어떻게 빼 오는지 군용품을 한 차 가득 싣고 올뿐더러, 무엇보다 요즘 들어 술만 취하면 정부가 하는 일마다 토를 달고 구시렁거리는 일이 잦았다.

풍물 시장 안에서 군복이나 하이바, 군화 같은 군용품을 파는 밀리터리 숍을 운영하는 박금남은 장사보다 객쩍게 오토바이를 몰고 사람들로 붐비는 시장 바닥을 누비고 다니는 것이 일이었다. 언젯적 물건인지 빛이 허옇게 바랜 군복 비스름한 옷을 걸치고 등짝에 '특수 임무'라는 글자를 박고 다니는 것도 예사롭지 않았다. 그래서 장바닥에서는 박금남이라는 이름보다는 '특수 임무' 로 통했다.

어찌해서 상인연합회 기동대장을 맡았는지 몰라도 금남은 툭하면 입에 호루라기를 물고 좌판을 이리 가라, 저리 가라 몰아대기 일쑤였다. 어디서 구했는지 허벅지까지 올라오는 말가죽 장화를 신고, 시커먼 색안경을 걸친 금남은 장바닥 사람이라면 누구나 마주하기를 꺼리는 인물이었다. 군대에 있을 때 월남전에 파병되어 베트콩 머리 가죽을 벗겨 허리띠를 만들어 차고 다녔다는 그는 술에 취하면 제 험담을 늘어놓은 이를 찾아가 행패를 부렸다. 파출소에 가도 무슨 영문인지 하루도 넘기지 않고 풀려나는 바람에 모두들 그만 보면 마마 호환 대하듯 했다.

박금남은 청계천 공사를 앞두고 노점상이 못 나가겠다고 버틸 때 대책위원인가를 맡아 한창 머리에 띠를 두르고 돌아다니더니, 풍물 시장이 들어서고 나서는 상인연합회 기동대장을 맡아 위세를 부리고 다녔다. 들리는 말로는 그가 대책위원을 할 때 시청 직원과 어울려 룸살롱을 제집처럼 드나들었다고 했다. 길바닥에 나자빠져 버티던 노점상이 동대문운동장으로 들어가는 데 그가 적잖은 역할을 했다는 소리도 있었다.

청심회 계원들이 한참을 수군거리며 서로 미루던 끝에 야바위 킴이 등을 떠밀려 강 형사 앞으로 나섰다.

"확실한 증거는 읎지만, 요즘 들어 거동이 수상헌 이를 굳이 찍으래니 벨 수 읎이 드리는 말씸인디요."

한참을 뜸 들이고, 빙빙 돌린 끝에 야바위 킴의 입에서 나온 인물이 특수 임무 박금남이라는 사실에 강 형사는 난감한 표정을 지었다.

"나라에서 허는 일이래믄 여당 의원보담 앞장서서 솔선허든 이가 요즘 들어 뭐에 틀어졌는지 사사건건 반동이래니께요."

"반동이라니?"

"전번에 핵 회의가 뭐신가 헐 때도 평소 같으믄 새벽부텀 횡단보도 가운데 틀어막고 호르래기를 귀 찢어지게 불며 교통정리를 헐텐디, 으쭈고 된 일인지 팔짱만 끼고 볼멘소리로 타박만 늘어놓드랑께요."

"타박이라니?"

야바위 킴은 행여 나중에 돌아올 해코지가 두려워 선뜻 말을 하지 못하고 미적거리다가 강 형사의 채근에 못 이겨 마지못해 몇 마디 내놓았다.

"뭐 땀시 그러는지 하여간에 불만이 많습디다. 쓸데없이 회의만 허믄 뭘 허느냐, 여그서도 핵폭탄을 맹글고 미사일도 쏴 올려야 허지 않겄냐, 뭐 이런 소리를 허더랑께요."

야바위 킴이 입을 열자 눈치만 보던 황 회장이 그제야 건기침을 하며 한마디 거들고 나섰다.

"사상이 변한 기라. 청계천 홍보 대사란 말까지 듣던 사람이 돌아댕기모 개천 베리놨다꼬 사방 천지로 떠들고 다닙디다."

한번 터진 말문은 닫힐 줄을 몰랐다. 여기저기서 한마디씩 헤쳐놓으니 박금남은 그야말로 당장 잡아들여야 할 불순분자가 되고 말았다.

청계천 공사를 놓고 노점상과 연일 밀고 당기던 무렵부터 경찰 쪽에 쓸 만한 정보를 물어다 주고, 바람잡이 노릇도 하던 박금남이 이번 일의 용의자로 지목되자 묵묵히 듣고 있던 경관들로서는 입장이 아주 난처해졌다. 그러나 발등에 불이 떨어진 판국에 안면을 따질 계제가 아니었다.

"일단 불러들여."

어제 먹은 술이 덜 깬 박금남은 파출소에서 전화가 걸려올 때까지 느지막이 잠을 자고 있었다. 아침을 거른 채 내처 잔 뒤끝이라 허기가 들어 머리맡에 신문지로 덮어놓은 밥상으로 다가갔다. 대접 가장자리로 콩나물 대가리 몇 개가 빠져나온 토장국이 시큼한 김치를 옆구리에 거느리고 시서늘하게 식어가고 있었다.

"음식 솜씨 없는 년 만나면 평생 고생이라더니."

파출소에서 들어오라는 말에 금남은 혹 얼마 전 코 풀어준 명판 건이 잘되어 점심이라도 사려는가 싶어 들었던 수저를 내려놓고 일어섰다. 싱크대에서 대충 낯에 물 칠을 하고 나갈 채비를 하면서도 내심 의아한 구석이 없지 않았다. 잘될 리가 없는 일이라는 건 누구보다 자신이 잘 알고 있었기 때문이다.

사실 애먼 청심회에 덤터기를 씌운 데는 따로 이유가 있었다. 개뿔도 아닌 것들이 친목회라는 모임을 만들어 회장이니 총무니 서로 찧고 까부는 모습도 고까웠고, 아무리 맹물에 멸치 삶아 마시는 술자리라도 자신만 빼놓고 저희들끼리 얼굴 벌게져 해롱거리는 꼴도 비윗살이 상했다. 언제고 술 한잔 걸치고 나면 한 놈씩 넌더리가 나도록 손을 봐주려던 차에 명판 건의 용의자를 물어왔다. 파출소 강 형사가 이따금 보신탕을 사주며 노점상연합회 패거리의 동정을 묻거나 어디서 장물이라도 주고받는지 탐문하러 심심찮게 들르는지라 새삼스러운 일은 아니었다. 어지간히 코가 빠진 듯 경황없이 서둘러대는 꼴에 금남은 퍼뜩 머리에 떠오르는 대로 얼마 전 자기만 빼놓고 술판을 벌인 청심회 계원들을 찍어준 것이다.

파출소에 들어서는 순간 금남은 당혹스러웠다. 봇도랑에 모인 개구리처럼 오글거리며 앉아 있던 청심회 계원들이 문을 열고 들어서는 자신을 일제히 바라보고 있었기 때문이다.

"웬일들이래?"

시치미를 떼고 일견하니 모두들 눈을 피하기 바쁘다.

"이리 들어오쇼."

강 형사가 금남을 복도 끝 외진 방으로 데려간다.

담배 냄새가 찌든 숙직실로 들어선 강 형사는 어색한 웃음을 지으며 명판 이야기를 꺼낸다.

"지난 월요일에 뭘 했는지 좀 들어야겠는데."

난데없는 물음에 금남은 황당한 표정을 지었다.

"지금 날 조사하는 거요?"

"만장일치로 찍던데."

강 형사가 겸연쩍은 얼굴로 둘러댔지만 청심회 계원들이 입을 모아 자신을 지목했다는 말에 불끈 주먹을 말아 쥐었다.

"하긴 뭘 해요. 오토바이 타구 순찰 한 바퀴 돌았지요, 뭐."

"일단 조사는 받아둬야 하니까 자세히 여기다 적어봐."

점심이나 얻어먹을 줄 알고 왔던 금남은 빈속이 싸하게 쓰려왔다. 진술서라고 적힌 종이를 받아 들고 보니 거기에 무얼 적어야 할지 막막하기만 했다.

"그렇게 이를 악물구 잡아댕겨서 안 뜯어지는 게 워딨간?"

바람난 과부 속곳처럼 쩍 벌어진 옷감을 집어 들고 솔기를 들여다보던 마누라는 글그렁글그렁 푸념을 늘어놓았다. 걸친 것보다 벗은 게 많은 몸뚱이를 총천연색으로 드러낸 여자들이 다투어 가랑이를 벌리고 있는 스포츠 신문을 들여다보느라 아까부터 밥 얹은 숟가락이 입으로 들어가는지, 눈으로 들어가는지 넋이 나가 있던 금남은 그 소리에 움찔하고는 서둘러 볼이 미어지게 밥을 퍼 넣었다.

"이번엔 어느 종자가 속을 썩여?"

모른 척하고 있다가 지난번처럼 고등관 노릇이나 하느냐고 한소리 들을까 싶어 누구를 향한 말인지도 알지 못한 채 일단 마누라 역성부터 들고 나섰다.

"누구는 신형 기계 좋은 줄 몰러? 시방 돌리구 있는 미싱들 사들이느라 새마을금고에다가 밥이다 술이다 사 멕여가며 읃어 쓴 장기 저리 할부두 눈 똥그랗게 뜨구 살아 있는 판에 한 대두 아니구 열 대를 워뜨케 말끔히 개비허느냔 말이여."

"그러니까 약을 좀 쓰라니까 그러네. 조선 것들은 사람 종자건 개새끼건 그저 입안에 들척지근한 것이 들어가야 잠잠하다니까."

"얼래, 내만큼만 허라구 혀. 설이다 추석이다 꼬박꼬박 챙겨서 굴비 두름에 부안 젓갈루 한 번두 거르덜 않구 챙겨 보내지, 어쩌다 공장에 들르믄 만사 제쳐놓구 갈빗집으루 횟집으루 뫼셔다가 배지에서 장구 소리 날 때꺼정 처멕이지, 떠날 때는 용채루 쓰라구 시퍼런 배춧잎을 두툼허니 쟁긴 봉투꺼정 봉창에 슬며시 질러 넣었구만."

"성에 안 차게 처먹었나 부지."

"아, 지난번에는 디자인이 뭐 워쨌대나? 가물치 콧구멍만 한 공장에서 디자인꺼정 두구 옷 맨들자믄 그 돈은 다 워디서 나오느냐 말이여. 디자인이 따루 있댜? 백화점에 나온 것들 본떠다가 얼추 시늉 내서 내논 것이 워디 한두 해 일이여?"

"너나없이 배지가 불러서 그러는 거여."

"너는 알겄는디, 거그에 워째 애먼 내는 끼워 늫는댜?"

아직 볼에 남은 밥덩이를 미처 씹어 넘기지도 않은 채 금남은 서둘러 상에서 물러앉았다.

"하청 입장에서 별 수 있어? 내치지 않는 것만으로두 감지덕지지."

"그깟 레떼루 빌려주는 감지덕지?"

미싱 한 대 없이 그 잘난 상표 하나로 온갖 유세를 부리는 본사 흉을 작심하고 늘어놓아보려는데, 금남은 어느 결에 갯가의 장어처럼 미끈둥하게 빠져나갈 채비 중이다. 혼자 써늘한 밥상 가장자리에 쭈그리고 앉아 몇 숟가락 뜨던 마누라는 남편의 손을 잡아채더니 공장으로 재게 발을 놀렸다.

"납기가 낼모렌디 맥없이 오도바이나 끌구 돌아댕기지 말구 한 손이라두 거들어여."

바깥에 나가서는 백두산 호랑이 소리를 들어도 안에서는 형편없이 맥을 잃는 금남이었다. 군소리 한마디 하지 못한 채 그는 마누라를 따라나선다.

공장이라고 해봐야, 살림하는 안채에서 문짝만 밀고 나서면 드르륵드르륵 미싱 돌아가는 소리가 귀 따갑게 들려오는 지척이었다. 왜정 때 방공호로 쓰던 유서 깊은 지하실이라며 먼저 살던 집주인 여편네가 자랑을 늘어놓았지만, 새우젓이나 김장 담은 독을 쟁여놓는 토굴이나 다름없던 곳을, 사람을 사서 넓히고 발라서 여남은 평짜리 공장으로 꾸며놓았다.

창문이라고는 코딱지만 한 것이 뚫려 있기는 하나, 옆집에서 안이 들여다보인다는 바람에 합판으로 비스듬히 막아 공장 안은 온종일 형광등을 밝혀야 할 만큼 침침했다. 게다가 옴팡하게 들어앉은 지하실이다 보니, 통풍이 되지 않아 여기저기 곰팡이가 푸르스름하게 피어 눅눅했다. 노상 천을 만지는 일이니 매캐한 먼지가 가라앉을 틈이 없지만, 그야 미싱 돌리는 처지라면 팔자처럼 겪는 일이니 돈 안 드는 입으로 들이마시면 될 일이었다. 그보다는 밤낮으로 켜놓는 형광등 때문에 전기요금이 곱으로 나오는 것이 뭣에 얹힌 듯 속을 무지근하게 만들었다. 천장에 여덟 개나 달린 형광등을 반은 끄라고 기회 있을 때마다 잔소리하건만 공원들은 바늘 자리가 보이지 않는다며 통 말을 듣지 않았다.

"시퍼런 눈깔들은 테레비 연속극 들이다볼 때만 애용허나 베. 젊은것들이 벌써부텀 눈이 침침허다니 어항 속의 금붕어가 혀를 차겄네."

공장 안으로 발을 들여놓기 무섭게 눈앞에 보이는 형광등 스위치부터 꺾어 내린 마누라는 미싱에 코를 박고 있던 파주댁이 들으라는 듯 부러 목소리를 높였다. 한창 미싱 박는 소리로 들끓어야 할 공장 안이 한산하기만 하다. 납기가 턱밑이라고 입에 침이 마르도록 지껄여댔건만 공원들은 오뉴월 쇠불알 늘어지듯 늑장을 부렸다.

"점심 먹으러 가서 여적지 안 들어온 겨?"

"회읜가 뭔가 한다구 김밥나라루 몰려갔어요."

회의라는 말에 마누라의 얼굴이 일시에 붉게 달아오른다. 금남의 눈앞에 당장 얌통머리 없는 얼굴 하나가 떠올랐다.

"또 그 여우 같은 년이 바람 넣은 거로구만."

뒷전에 서 있던 금남의 고함 소리에 파주댁은 제 잘못이나 된 듯 몸을 웅그리며 고개를 끄덕인다. 처음 볼 때부터 알아봤어야 했다. 머리 검은 짐승은 거두는 게 아니라는 말이 조금도 그르지 않았다. 턱을 발쪽하게 쭉 내민 상판에 야기죽거리며 말대답을 콩콩 해댈 때부터 언젠가 생긴 값을 하리라 여기긴 했다. 그럼에도 워낙 납품 물량에 쫓겨 일손 하나라도 아쉬울 때인지라 마지못해 들여놓은 것이 화근이었다.

"대가리 처박구 미싱이나 펄찐(열심히) 돌리믄 되는 것이지, 맨날 빨갱이처럼 회의는 무신?"

마누라가 입가에 버캐를 물고 당장 물어뜯을 듯이 쏘아댄다. 금남은 행여 자신에게 화살이 날아올까 싶어 뒵들이도 못한 채 지켜보고만 서 있다.

늙은 소처럼 시키는 대로 고분고분 따르던 공장 아줌마들까지 요즘 들어 시큰둥한 표정에 입 내밀고 딴전을 부리는 것도 모두 그년 탓이라고 했다. 얼마 전부터 시키지 않은 반장 노릇을 자청하려는 듯 누가 몸이 편치 않다는 말을 하기 무섭게 제가 나서서 조퇴를 시켜주라느니, 병원에 보내라느니 깝죽거리기를 마다하지 않았다. 여태껏 점심 먹고 나면 제 밥그릇에 물 헹궈 숭늉 삼아 마시고도 군소리 한번 없었는데, 난데없이 커피를 사다놓아라, 녹차를 준비해두어라, 꼴 같지 않은 주문을 하고 나선 이도 같은 인물이었다. 인심은 자기가 쓰고 돈은 남에게 턱턱 내놓으라니 도둑년 심보가 따로 없었다. 커피야 요즘 노인정의 이빨 없는 노인네들도 끼니마다 안 먹으면 큰일 나는 줄 아는 추세니 두말없이 마트에서 덕용봉지로 사다 주며 졸지 않고 일하기만 말없이 기대했다. 그런데 뭐, 생리 휴가? 예전 같으면 달거리하는 게 남우세스러워 입에도 못 꺼내던 얘기를 무슨 벼슬이나 하는 듯이 달력에 빨간 펜으로 동그라미까지 쳐가며 을러대는 데에야 가만히 보고 있기 아까웠다. 남정네가 한마디 눌러놓아야 찍 소리도 못한다는 말에 금남이 나서고 말았다.

"젊은 여자들 달거리허는 거야 밥 먹구 물 마시는 일이나 매한가진데, 그때마다 휴가를 내구 쉬겠다?"

법으로 보장된 휴가라는 말에, 하루뿐이 아니고 아주 집에서 푹 쉬라고 어깃장을 놓았지만 영 뒤가 개운치 않았다. 언제나 미꾸라지 한 마리가 웅덩이를 흐리고, 구더기 한 마리가 잘 담근 장맛을 버리는 법이었다.

"뭘 줌 알아냈어?"

아무래도 눈치가 심상치 않다며 마누라가 뒤를 캐보라고 파주댁에게 시킨 모양인데, 물색없는 이 여편네가 온종일 한데 어울려 수다만 떠는 게 일이었다.

"뭐, 노조를 만든대나 공장을 옮기겠대나. 난 뭔 말인지도 모르겠어요."

파주댁은 옴팡하게 들어가 새알 꼽재기만 한 눈만 끔벅이며 우물거린다.

노조? 기가 막힐 노릇이다. 다 해봐야 한 축도 안 되는 것들이 노조를 만들어? 그나마 여기 아니면 꼼짝없이 집에 들어앉아 솥뚜껑 운전이나 하고 있을 주제에.

요즘 것들은 한마디로 배가 불렀다. 봉급이 나오면 제 얼굴에 찍어 바르고, 옷 사 입는 걸로 며칠 만에 거덜을 내면서도 늘 봉급이 적다고 투덜거렸다. 처음 노조 이야기가 나왔을 때만 해도 마누라가 쥐 잡듯 닦아세워 한동안 잠잠하던 터였다.

"노동자의 권리? 노동자라믄 내헌티 말허질 말어라."

마누라는 졸면서 야근하다가 기계에 짓눌린 손가락이며, 미싱 바늘에 꿰어 지금도 두 쪽이 난 엄지손톱을 들이대며 악을 썼다.

"니들 아티반(신경안정제) 먹으면서 올 나잇 뛰어봤어?"

촌에서 한 입이라도 덜 요량으로 서울로 올라와 남의집살이를 한 마누라는 눈물로 찬을 삼는 눈칫밥 3년을 견디다가 청계천 요꼬(스웨터 가내수공업) 공장을 찾아왔다. 설움받는 것이야 타고난 팔자에 고향 떠난 타관살이로 으레 겪는 일이거니 삼을 수 있었지만, 주인아저씨가 밤마다 슬며시 기어 와 이제 막 부풀기 시작한 젖가슴을 함부로 주물러대는 데는 견딜 도리가 없었단다.

말이 좋아 공원이지, 온종일 먼지를 밥처럼 들이마시며 석유에 적신 털실로 스웨터를 짜는 일을 배우는 설움도 적지 않았다. 뒤치다꺼리나 하면서 봉급 한 푼 없이, 밥 얻어먹고 기술 배우는 것만으로도 감지덕지 여기라는 말에 마누라는 2년을 돈 한 푼 안 받고 개떡 같은 기술 배우는 데 헌신했다.

요꼬 기술자가 되어 밤낮없이 기계를 흔들어대면서 그녀는 이를 악물고 돈을 모았고, 늙다리처녀일망정 같은 공장에서 배달 기사 노릇을 하던 금남과 짝을 이뤘다. 비만 오면 자다가 물벼락을 맞는 반지하 사글셋방에서 아이 둘을 낳아 기르면서 버둥거린 끝에 나이 마흔을 훌쩍 넘기고서야 겨우 독립하게 되었다. 대한 독립 만세보다 더 감격스러운 일이었다. 미싱 10대를 사들여 청계천 쪽방에 하청 공장을 차렸다. 어엿한 사장이 된 것이다.

마누라가 벌써 여남은 번은 하고도 남은 사연을 외로운 청취자 파주댁에게 재방송하고 있으려니, 회의를 다녀온다는 공원들이 떼를 지어 들어선다. 독이 오른 마누라의 얼굴을 대하자 주걱턱 여우를 앞세우고 모두 그 뒤로 주뼛거리며 숨는다. 오늘은 아주 정신이 버쩍 나도록 닦아세워야겠다고 마누라는 단단히 마음을 다져먹은 눈치다. 아닌 게 아니라 곁에서 보아도 섣불리 다루었다가는 머리 꼭대기에 기어오를 것들이었다.

"누가 근무 중에 맘대루 싸돌아댕기래? 여그가 워디 심심허믄 커피나 타먹는 다방인 줄 알어?"

"밥 먹고 오는 길이에요."

"무슨 밥을 똥구멍으루 먹는댜? 회의허랴 밥 퍼담으랴 그 입두 어지간히 고달프겄어."

주걱턱이 한쪽에 웅크리고 있는 파주댁을 쏘아보더니, 고개를 바짝 치켜들고 마누라 앞으로 다가섰다.

"긴말할 것 없이 계산이나 해줘요. 다른 데로 옮기기로 했으니."

듣던 중 반가운 소리에 마누라는 치밀어오르는 화도 쏟아낼 틈 없이 반색부터 했다.

"자-알 생각허셨어. 피차 피곤치 않은 결정이여."

오래전부터 작정했던 듯 주걱턱은 가방 하나뿐인 제 짐을 챙겨 들고 종이쪽지 하나를 들이민다. 오늘까지 일한 임금을 넣어달라는 통장 계좌겠거니 생각하고 들여다보던 마누라는 누에처럼 줄지어 누워 있는 이름을 보고 기겁을 한다.

"뭐여, 단체루 파업이래두 허겄다는 겨?"

뒷전에서 눈치만 살피던 공원들이 고개를 외로 돌린 채 부산히

짐을 챙기기 바쁘다.

마누라는 며칠 전, 파주댁에게서 공원들이 동대문 근처에 있는 무슨 수다 공방인가로 옮길지도 모른다는 말을 전해 들었을 때만 해도 코웃음을 쳤다. 전태일인가 뭣인가의 누이가 한다는 공장으로 옮기겠다니, 거기서는 일 안 하고 커피 마셔가면서 수다나 떠는 줄 아느냐며 웃어넘겼다.

미싱 돌리는 처지라면 대한민국 어디를 가나 여전히 바늘에 손가락 찔려가며 먼지를 됫박으로 들이마셔야 한다는 것쯤은 알아야 했다. 그나마 요즘 같은 불경기에 일감이라도 끊어지지 않게 이어가는 곳은 몇 군데 되지 않았다. 때가 되면 꼬박꼬박 통장에 봉급 넣어주는 곳을 만나기가 쉬운지 어디 한번 나가서 겪어보라고 등을 떠밀고 싶었지만, 납기일이 코앞인데 이렇게 떼 지어 나가겠다는 데에는 마누라도 후끈 달아오르지 않을 수 없었다. 두더지 사돈 찾듯이 멋모르고 따라나선 것들이라도 주저앉힐 양으로 마누라는 악을 쓰며 오금을 박았다.

금남도 전태일이라는 이름을 들어본 적이 있다. 마누라가 청계천에서 시다 노릇을 하고 그가 배달 일로 고생할 때, 전태일인가 누군가가 몸에 불을 붙여 죽었다는 소문을 들은 적이 있다. 그 덕인지 야근 수당이 쥐꼬리만큼 올랐고, 철야 작업 후에는 골방에 들어가 잠깐 눈을 붙일 수도 있었다. 스스로 목숨을 내놓았다니 딱하다는 생각은 했지만 남의 딱한 사정을 오래 두고 생각할 여유가 없었다. 제가 딱한 처지가 되지 않기만 바라던 시절이었다.

그때는 그때고, 전태일은 전태일이었다. 지금은 이쪽이 죽느냐 사느냐가 중요한 것이다. 마누라는 부들거리는 어금니를 질끈 물고는 짐을 꾸리는 공원들 뒤통수에 대고 소리쳤다.

"전태일이구 뭐구 간에 누가 거덜나는지 해보자구그려. 한 시간에 누가 많이 뽑느냐가 말해주는 거 아니겄어. 거그 노동자는 처먹지두 않구 산다?"

주춤거리며 문 밖으로 빠져나가는 공원들에게 마누라는 눈을 부라리며 악을 썼다. 마누라는 만만한 게 뭐라고 앉지도 서지도 못한 채 눈치만 살피는 파주댁에게 밀린 옷감을 왈칵 밀어 던지고는 공원들이 떼 지어 빠져나간 문짝에 대고 악담 비스름한 말을 퍼부어 댔다.

"전태일이 밥 멕여주대? 그동안 니들 아가리루 밥 들어간 건 다 내 덕인 줄이나 알구 가셔."

한껏 독이 오른 마누라에게서 빠져나온 금남은 서둘러 오토바이에 몸을 얹었다. 부르릉. 굵직한 굉음과 함께 엔진의 떨림이 올라앉은 허벅지를 타고 온몸으로 퍼져 나간다. 이때가 그는 가장 기분이 좋았다. 오토바이의 엔진 소리를 따라 자신의 심장이 고동을 치면서 몸이 하늘로 날아갈 듯 생기를 찾았다. 헬멧을 뒤집어쓰고 짙은 검정색 안경을 쓰고 나면 말 그대로 보이는 게 없었다. 옆구리에 권총만 채워준다면 더 바랄 게 없었다. 금남은 천안함이 동강나고, 연평도에 포를 맞고도 만날 입으로만 엄중 경고한다고 지껄이는 것들이 불만이었다. 포를 맞았으면 당장 미사일을 쏘든지 비행기를 날려 평양 한복판을 싹 쓸어버려야 할 것이 아닌가. 입으로만 나불거리는 인간들이 자리에 앉아 좌포청 우포청만 찾고 있으니 나라가 제대로 돌아갈 리가 없었다. 미싱이나 돌리는 것들이 노조를 만들어? 긴말 할 것도 없이 한 두름으로 엮어다가 구덩이에 모개로 파묻어야 했다.

'나라 꼴이 어떻게 되려는지.'

금남은 하루가 멀다 하고 서울광장에 모여 악을 쓰는 패들도 마뜩잖았지만, 그걸 멀거니 바라보고만 있는 정부에도 불만이 많았다. 얼마 전 표창 건만 해도 그랬다.

저와 같은 애국 시민을 두고, 허깨비 같은 노인네들에게 상을 내려준 보훈처나, 그걸 받아 들고 세상을 다 가진 듯 위세를 부리는 황 회장이나 모조리 오토바이에 매달아 정신이 번쩍 나게 끌고 다녀야 했다.

한국전쟁 62주년을 맞아 애국 시민들에게 내려주는 표창 추천에 자신의 이름이 올랐다는 소식을 특수 임무 지구대장에게서 전해 들었을 때만 해도 금남은 분명 애국자였다. 표창을 받으면 청와대로 초청되어 대통령의 격려를 받는다는 말에 그는 한껏 들떠 있었다.

그런데 한 달 만에 내려온 표창 서훈 명단에는 어디서 잘렸는지 금남의 이름만 쏙 빠져 있었다. 심지어 하는 일이라고는 탑골공원에 모여 쉰내 나는 연설이나 지껄이는 애국 어버이 회원인 만물상회 황치산도 떡 하니 끼어 있다는 소식을 들었을 때는 화가 치밀어 견딜 수가 없었다. 홧김에 포장마차에서 소주를 거푸 두 병을 비운 뒤 쫓아간 지구대에서 들은 말은 불난 집에 기름을 끼얹은 격이었다.

"그러니까 이제 술 좀 작작 마시고 자기 관리 좀 잘해."

구청별로 한 명씩 올리게 되어 있는 표창 대상자 추천이 어디에서 걸렸는지 반려돼 내려왔는데, 금남을 격분시킨 것은 거기 적힌 반려 사유 때문이었다. 자세한 설명도 없이 '기피 인물'이라는 말만 동그마니 적혀 있었다는 것이다. 기피 인물이라니? 금남은 사상이 불온한 사람도 아니고, 밥 먹으면 하는 일이 지역사회를 위해 헌신적으로 봉사했을 뿐인데 자신이 기피 인물이라는 사실에 몸이 떨릴 만큼 모욕감을 느꼈다.

토끼 잡고 나면 사냥개 삶는다는 말이 건성으로 있는 게 아니었다. 청계천의 좌판들을 밀어낼 때에도 애국하는 마음으로 시청 공무원이나 된 듯 앞장서서 힘을 보탰건만 이제 와서 기피 인물?

애꿎은 지구대장 앞에 특수 임무대 신분증을 내동댕이치고 나오면서 그는 앞으로는 애국의 애 자도 아니할 것이며, 그 대신 매국에 앞장설 터라고 어금니를 질끈 깨물었다.

진술서 끝에 서명을 하는데 너무 힘을 주는 바람에 종이가 찢어지고 말았다. 숙직실에서 풀려 나온 금남은 쭈그리고 앉은 얼굴들에게 공연히 화풀이부터 했다.

"어느 인간이 날 찍었어?"

"찍기는 무슨…… 그냥 죄 불러 조사를 허는 긴디."

하필이면 애국 어버이 황 회장이다. 금남은 숯검정 같은 눈썹을 위아래로 부라리며 대놓고 엇먹는 소리를 내뱉었다.

"네미, 요즘은 유치장 불려 다니는 것까지 애국한다구 표창을 주나 부네."

불끈 일어서서 한마디하려는 황 회장을 곁에 있던 김 총무가 재빨리 눌러앉혔다.

밖에 나갔던 소장이 돌아와, 진술서를 펼쳐놓고 저들끼리 수군덕거리더니 불려 온 계원을 모두 한자리에 불러 앉힌다.

"진술서는 다 조사해보겠지만 지금이라도 빠지거나 숨긴 거 있으면 자진 신고하는 게 신상에 이로울 거요."

소장이 점잖게 어르는 말에도 누구 하나 답이 없자, 차석이 나서서 은근한 목소리로 타이른다.

"혹 그러면 다리 부근에서 수상한 행동을 보이거나, 남의 물건에 손을 대는 이를 본 적 없소?"

여전히 묵묵부답이다. 소장은 금세 얼굴을 굳히며, 차석에게 그들을 모두 유치장 안에 집어넣으라고 소리친다.

"범인 잡힐 때까지는 못 나갈 줄 아시오."

구시월 돼지우리 호박 꼴이 된 청심회 계원들은 난감한 얼굴로 서로 번갈아 쳐다보았지만 묘안이 없다. 유치장 안에 있으나 파출소 안에 있으나 마찬가지건만 쇠가 절거덕거리며 걸리는 소리에 모두 얼굴빛이 어두워진다. 엉겁결에 묻어 들어간 금남이 잠긴 철창문을 흔들며 악을 쓴다.

"씨발, 난 왜 잡아 가두는 거야!"

그 말에 차석이 서류 뭉치를 집어 들고 시큰둥하게 대답한다.

"이게 다 그동안 거기 앞으로 들어온 진정 서류야. 음주 난동, 무단 침입에 영업 방해……."

한참을 씨근덕거리던 금남은 어떻게든 나가고 싶으면 용의자를 찾아내라는 강 형사의 말에 별 수 없이 조용해졌다. 생각도 없이 불려 왔다가 유치장 안에 갇히는 신세가 된 나머지 사람도 초조하기는 마찬가지였다.

"그냥은 안 보내줄 기 같은디, 어데 짚이는 사람 없나?"

황 회장의 말에 모두 머리를 맞대고 수군거려보지만 딱히 찍어 댈 사람이 없다.

"아까부터 나까마가 기다리고 있다는데, 큰일 났네."

임춧불이 시계를 들여다보며 안절부절못했다.

"시방 나까마가 문제가 아녀유. 난 염색약 사러 나왔다가 붙들려 왔슈."

깎사 송재록이 울상을 지으며 중얼거렸다. 청소복 차림으로 앉아 있던 심씨도 여간 걱정이 아니었다. 자리를 비운 동안 구청 공무원이라도 나와 보면 알량한 자리마저 속절없이 뺏길 판이었다.

창밖에서 까치발을 딛고 벌써 몇 시간째 기다리고 있는 비엔을 향해 경일이 돌아가라고 손짓했지만 여자는 고개를 비틀며 자리를 떠날 생각을 하지 않았다.

다급하기는 금남도 마찬가지였다. 오늘 중으로 납기를 맞춰 본사에 배달해야 한다던 마누라의 당부가 머릿속을 미싱 바늘처럼 쪼아댔다. 공원이 한꺼번에 그만두는 바람에 왕십리에서 일당 10만 원씩 주고 새로 직공을 불러다가 퇴근 시간 전까지 물량을 맞춰놓기로 한 것이다. 당장 눈앞에 도끼눈을 뜨고 발을 구르는 마누라의 얼굴이 어른거려 금남은 좌불안석이다.

"어떻게들 해봐!"

주변의 면면들에게 버럭 소리를 질러보지만 모두 꿀 먹은 벙어리 행세뿐이다. 이러다간 영락없이 유치장 안에서 며칠을 붙들려 있을 판이었다. 이리저리 빠져나갈 궁리를 해보지만 뾰족한 수가 떠오르지 않는다.

"묘적선사래두 있으믄 대통이래두 흔들어보랼 텐디."

똥 마려운 강아지처럼 아까부터 종종걸음을 치던 명식이 기껏 내놓은 묘안이 맞는 것보다 그른 것이 더 많은 묘적선사의 점 타령이다. 개똥도 약에 쓰려면 없다고, 하릴없이 장바닥을 어정거리며 말추렴이나 하고 다니던 묘적선사는 얼마 전에 말도 없이 오대산에 들어간 터였다.

"명판 쪼가리나 뜯어간 걸로 보믄 큰 도둑이 헐 짓은 아니란 말이시. 필경 자질구레한 좀도둑 짓 같은디……."

약기로는 칠월 귀뚜라미 같은 야바위 킴이 눈을 깜박이며 중얼거리는 소리에 금남은 퍼뜩 한 얼굴을 떠올렸다.

"혹시 그 양반이 한 짓 아닐까?"

금남의 말에 모두들 눈을 동그랗게 뜨고 쳐다본다.

"거, 있잖아. 꽃 도둑."

꽃 도둑이라는 말에 모두들 뜨악한 표정을 짓자 금남은 이름이 쉽게 떠오르지 않아 답답한 얼굴로 더듬거린다.

"노인네 있잖아. 동묘 앞에서 화초 파는……."

화초 파는 노인이라는 말에 재록이 아는 척을 한다.

"아, 안 목사?"

안 목사라는 말에 모두 생뚱맞다는 표정을 짓는다.

"그 양반은 법 없이두 살 노인네여."

심씨의 말에 금남은 대뜸 눈을 부라리며 삿대질이다.

"법 좋아하시네. 돈 앞에 양반이 어딨구 목사가 어딨어. 절간에서 목탁 치는 것들두 그랜저 타구 다니며 룸싸롱만 드나드는 세상에."

동묘 뒤편의 허름한 쪽방에서 사는 안 목사는 여든이 넘은 내외가 종이 박스나 빈 병을 주워 근근이 살아가는 처지였다. 한때는 청계천변에서 교회를 세워 목사 노릇을 했다는데, 어떤 영문인지 지금은 그렇게 궁색하게 지내고 있었다. 아들이 하나 있는데 온전치 못해 병원에 오래 있어 차라리 없는 것만 못하다고 했다. 생활보호 대상자로 보조를 받으려고 해도 서류에 자식이 올라 있어 그마저 제대로 챙기지 못하는 걸로 알려졌다.

사정을 아는 동네 반장이 공공 근로 일을 끌어다 주어 할머니가 쓰레기도 줍고, 봄이면 천변에 새로 이식하는 꽃모종을 심는 일을 나가기도 했다. 바깥양반은 그마저 근력이 모자라 동묘 부근에 화초를 내다 놓고 앉아 있는 모습이 가끔 눈에 띄었다.

"그이들이 내다 파는 화초가 다 어디서 난 것인 줄이나 알아?"

두 노인네는 유난히 화초를 좋아했다. 손바닥만 한 봉당에 화분을 늘어놓고 이따금 아는 이에게 나눠 주기도 했다. 그래서 인근에서는 그들을 꽃집 노인이라고 불렀다.

그이가 꽃 도둑이라니.

금남이 씨근덕거리며 들려준 말로는, 안주인이 낮에 공공 근로를 나가 천변에 꽃모종을 심고 나면 바깥노인이 밤에 나가 모종을 캐다가 장거리에서 판다고 했다. 안 목사에게 화분 한두 개씩은 얻은 적이 있던 터라 모두들 놀란 얼굴이었다.

"하긴 머 그 양반들이 어디서 화초를 길러다 내는 것도 아일 끼고……."

황 회장이 한마디 얹고 나서자 모두 그런가 싶어 솔깃해서 귀를 기울인다. 아까부터 말없이 듣고만 있던 경일이 고개를 가로저으며 끼어들었다.

"목사님은 그럴 분이 아닙네다."

금남이 코웃음 치며 경일을 향해 눈을 부라렸다.

"뭘 안다구 끼어들어? 어디서 굴러들어온 지 얼마 되지두 않은 주제에."

"그 노인네들이 무슨 심으로 명판을 뜯갔시오?"

경일은 여느 때와 달리 물러서지 않고 제 생각을 굽히지 않았다. 하기야 비칠거리며 걸을 힘도 없는 노인들이 명판을 어떻게 뗄 수 있단 말인가.

"하려구만 하면 못할까. 빠루루 찍어 올리면 툭 떨어지구 말걸."

그도 그럴 만하다. 아무리 힘없는 노인이라 해도 연장을 쓴다면 겨우 시멘트로 발라놓은 명판을 뜯어내지 못할 법은 없었다. 이러지도 저러지도 못하고 고개만 갸웃거리던 사람들은 두 사람의 얼굴만 번갈아 바라볼 뿐이었다.

"지금 그게 문제가 아냐. 일단 찍어주고 나가야 할 거 아니냐고."

파출소 안에 갇혀서 하루를 고스란히 허비한 사람들은 금남의 말에 이내 입을 다물었다.

"아니면 풀려나겠지, 뭐."

안 목사 내외가 파출소로 불려 온 것은 두어 시간 지난 뒤였다.

동묘 앞에 펼쳐놓은 화분까지 거둬 온 경관의 뒤를 따라 두 노인네가 불려 온 뒤에야 청심회 계원들은 파출소에서 풀려날 수 있었다. 의자에 옹송그리고 앉은 노인네 곁을 지나며 그들은 알은체하지 않았다.

"걱정 마시라요."

경일이 목구멍 안으로 기어 들어가는 소리로 한마디 건넸을 뿐이었다.

벌써 바깥은 어둑해지며 여기저기 노란 가로등이 켜졌다.

"별일 있겠나?"

찜찜한 얼굴로 파출소를 돌아보며 황 회장이 중얼거렸다. 액씻이나 하자는 황 회장을 따라 모두들 줄레줄레 호프집으로 향했다. 한나절이나 갇혀 지내느라 걸쩍지근한 기분에 다투어 맥주를 두어 잔씩 비우고 난 뒤에야 지나가는 말처럼 안 목사 내외 걱정을 내놓았다.

"나 살겠다구 애먼 사람 고생시키는 거 아녀? 어쨌든 풀려난 건 다행이지만서도."

청소부 심씨가 뭔지 께름칙한 얼굴로 중얼거리자, 곁에 있던 총무 명식이 동감이라는 듯 고개를 주억거린다. 불에 구운 노가리를 탁자 모서리에 탁탁 두들겨대던 금남이 볼멘소리로 쥐어박는다.

"어차피 대한민국은 복불복 개인 플레이야. 거 텔레비전두 못 봐? 〈1박2일〉이건 〈무한도전〉이건 잡히면 죽는 거구, 지는 것들은 한뎃잠을 자잖아.”

“그랴두 사람 사는 시상에 서로 챙기믄서 살아야제. 그리 살믄 그게 워디 사람 사는 세상이여? 서로 물구 뜯어먹는 짐승들 판이제. 사람 인 자가 뭐서? 서로 기대구 부둥켜 안구 평화롭게 살라는 거 아닌가 말이시.”

입에 허옇게 묻은 맥주 거품을 옷소매로 야무지게 문지르며 야바위 킴이 금남의 말에 딴죽을 걸었다.

“네미, 내 앞에서 평화 찾지 말어. 글자두 깨치기 전부터 보구 들은 말이 평화였던 사람이야. 평화 시장 봉제집에서 졸다가 미싱 바늘에 손가락 찍어봤어? 난 지금두 평화라구 누가 씨불이면 손마디부터 뜨끔거리는 사람이야.”

그런다고 물러설 야바위 킴이 아니었다. 말끝마다 평화 시장 이력을 내세워 터줏대감 행세를 하는 금남이 밉상스러워 전부터 벼르던 차였다.

“그깟 놈의 미싱 바늘? 이짝 공구 골목에 가믄 손가락 똥강 잘라뿔구두 아까징끼 한번 쓱 문지르고 쇠 깎든 선반쟁이덜이 안즉두 즐비혀. 쇳밥 먹은 이들에 비하믄 봉제는 하이칼라 급이제.”

“공구 골목 좋아하시네. 개천가에 움막 치구 살아온 본토백이 앞에서 개 족보를 들이미는 거야?”

“여그서 채이구 저그서 쫓겨난 것들이 꾸정물처럼 떠내려와 살던 청계천에 본토가 워디 있구, 펼쳐놓을 족보가 워디 있간디? 애견 센터 갱아지 족보라믄 모를까."

한바탕 불뚱거리며 설전을 주고받던 두 사람은 심씨가 끼어들며 간신히 수그러들었다.

"노인네들이 건강도 좋지 않아 보이던데."

구석 자리에 앉았던 심씨가 혼잣말처럼 중얼거렸다. 그는 안 목사가 심장이 좋지 않아 조금만 걸어도 숨이 가빠 공공 근로 일도 안주인이 나간다는 사실을 알고 있었다. 그러나 그의 말을 귀담아 듣는 사람은 아무도 없었다. 모두들 하루 종일 자리를 비워둔지라 여기저기 전화를 걸기 바빴다.

"살다 보이까네 유치장꺼정 들갔다 나오고, 어쨌든동 고생들 많았소."

황 회장의 말에 일제히 잔을 부딪치며 숨도 안 쉬고 잔을 들이켰다. 그가 안주로 노가리를 구워달라고 하자, 모두들 손사래를 쳤다. 거저 생긴 잉어로 곤욕을 치른 청심회 계원들은 당분간 비린 물고기는 쳐다보지도 않을 기세였다.

"보소. 쫄깃한 닭발이나 매콤하이 무쳐 퍼뜩 내오소."

꽃 도둑

파출소에 불려 온 안 목사는 화초 이야기가 나오자 대뜸 잘못했다는 말부터 내놓았다. 곁에 있던 신명선 권사도 꾀죄죄한 손수건으로 눈가를 짓누르며 고개를 조아렸다. 취조할 것도 없이 잘못을 비는 바람에 강 형사 쪽이 외려 멀쑥해졌다.

"그러니까 꽃을 가져간 게 맞습니까?"

안 목사가 그렇다고 잘라 말했다. 구구한 변명도 없었다. 바지춤에 모아 쥔 손이 삭풍에 흔들리는 가시나무 가지처럼 떨리고 있었다.

"목사님이 아니고……."

곁에서 눈물을 흘리던 신 권사가 울먹이며 말을 꺼내자 안 목사가 슬그머니 그녀의 손을 잡아끌었다. 서로 자기가 꽃을 훔쳤다고 하는 바람에 강 형사는 잠시 혼란스러웠다.

자세한 사정을 적으라고 진술서를 내밀자 두 사람은 서로 손을 잡고 기도를 올렸다.

'저는 죄인입니다.'

안 목사는 종이 위에 이렇게 적었다.

어쩌다 이 지경이 되었는지 안 목사는 아까부터 딛고 선 땅 밑이 푹 꺼지며 끝없는 어둠 속으로 곤두박질치는 기분이었다. 욕심이 잉태한즉 죄를 낳고, 죄가 장성한즉 사망을 낳는다는 성경 구절이 머릿속을 맴돌았다. 입술이 닳도록 읽어온 야고보서의 말씀이었다.

허리가 꺾어질 듯 닥쳐오던 허기도 견디기 어려웠지만, 배를 곯는 아내를 바라보는 고통은 더욱 힘겨웠다. 안 목사는 이를 악물고 몸을 꼿꼿이 세우려 애썼다. 어찌 보면 배고픔도 죄였다.

이따금 들여다보던 동네 반장의 주선으로 아내가 공공 근로 일을 나가게 된 것은 올봄이었다. 봄을 맞아 청계천 주변에 꽃모종을 심는 일이었다. 작년까지만 해도 안 목사가 나가던 일이었지만 요즘 들어 가슴이 울렁거리는 병이 도져 집 안에 누워 지내야 했다. 천천히 걸어도 가슴이 울렁거리고 머리가 어지러워 당장 길바닥에 쓰러질 것만 같았다.

화초를 워낙 좋아하는 아내였지만 처음부터 그걸 욕심낸 것은 아니었다. 모종을 옮겨 심다 보면 시들해 버려진 것들을 딱히 여겨 아내가 주워 와 집에서 하나둘 길러낸 것이었다. 개중에는 신통하게 힘을 내어 되살아나는 것도 있었다. 아내는 주워 온 꽃모종을 옹색한 집 주변에 내다 놓기도 했고, 남은 것은 주변 사람에게 나눠 주기도 했다.

안 목사가 그걸 들고 동묘 앞에 나가 앉기 시작한 것은 사흘을 굶고 난 뒤였다. 눈발이 유난히 잦던 꽃샘추위 탓에 손수레를 끌고 다니기도 힘겨웠다. 며칠 눈보라를 뒤집어쓰고 다니며 종이 박스나 빈 병을 줍다가 심한 감기에 걸려 죽다 살아났다. 별 수 없이 손수레를 팔아 쌀을 샀지만 독은 얼마 가지 않아 바닥이 났다. 아내 혼자서 골목을 돌아다니며 손수레도 없이 주운 종이 박스로 라면을 하나 끓여 둘이 나누어 먹어도 오래가지 못했다. 부슬거리며 내리는 진눈깨비 탓에 박스 줍는 일마저 여의치 않아 두 사람은 불도 때지 못한 냉방에 자리를 펴고 누워 한기와 허기를 견뎌야 했다.

공공 근로 수당이 나오려면 아직 달포는 기다려야 했다. 한 차례 호되게 앓고 난 끝이라 걸어 다닐 기운조차 없게 된 안 목사가 궁여지책으로 생각한 것이 화초 장사였다. 아내가 정성으로 살려낸 화초는 다행히 잘 팔렸다. 집에 있는 화초를 팔아 쌀을 사서 고비를 넘기게 되었다. 기쁘고 다행한 일이었다. 아내는 시든 화초들을 열심히 가져와 보살폈고, 이따금 생생한 것도 섞여 들어왔다. 안 목사는 그걸 알고도 아무 말 하지 못했다. 그가 알지 못하는 동안 아내는 낮에 자신의 손으로 심은 꽃모종을 밤에 나가 한 무더기씩 뽑아 왔다. 비가 몹시 퍼붓던 어느 저녁에 문득 잠에서 깬 안 목사는 비에 흠뻑 젖은 채 꽃모종을 한 아름 안고 들어오는 아내와 마주쳤다. 두 사람은 아무 말도 하지 못하고 부둥켜안고 울었다. 울면서 기도하고, 다시는 죄를 짓지 않게 해달라고 하나님께 빌었다.

죄는 면할 수 있었지만 배고픔은 해결할 길이 없었다. 조경 작업이 끝나면서 공공 근로 일마저 끊긴 터라 살길이 막막했다. 누워 지내는 일이 잦아진 안 목사는 장바닥에서 폐지를 줍는 일도 제대로 할 수가 없었다. 골목마다 구역을 정해놓고 트럭이나 손수레로 폐지를 주워 가는 사람들이 늘어서 그마저 끼어들 틈이 남아 있지 않았다. 며칠을 배고픔에 시달리던 두 사람은 그대로 방에 누워서 함께 죽자고 했다. 그러나 그들에게는 죽음마저 쉽게 선택할 수 없는 짐이 남아 있었다.

안 목사는 밤늦게 아내가 비닐봉지를 들고 천변의 꽃모종을 가지러 나가는 모습을 망연히 지켜볼 수밖에 없었다.

"지난 월요일에는 무얼 하셨는지도 자세히 적으세요."

안 목사가 내민 진술서를 읽은 강 형사가 한껏 누그러진 말투로 말했다. 안 목사는 다시 책상 앞에 쭈그리고 앉아 아내와 함께 가물거리는 기억을 되짚어갔다.

아들을 보러 가기로 한 날이었지만 밀린 입원비를 마련하지 못해 미루고 말았다. 아들을 못 본 지도 벌써 넉 달째 접어들고 있었다. 전철을 타고 근 두어 시간은 가야 하는 정신병원에 지난번 면회를 갔을 때는 채 녹지 않은 눈이 수북이 쌓여 있었다. 아마 지금쯤은 그곳에도 녹음이 짙게 드리웠을 것이다.

넉 달 전에 만난 아들은 더 나빠진 것도, 좋아진 것도 없었다. 입속말로 중얼거리는 '유신 철폐'라는 말도 여전했고, 초점을 잃은 눈빛도 변함없었다. 30년 넘게 대해온 아들의 그런 모습이 이제는 익숙해질 만도 했지만 안 목사에게는 여전히 낯설었다. 올려다봐도 끝이 보이지 않는 깎아지른 절벽에 가로막힌 기분이었다. 차라리 더 나빠지더라도 무언가 변화가 있는 편이 나을 성싶었다. 유난히 반짝거리던 아들의 눈을 안 목사는 이제 다시 만날 자신이 없었다. 아들은 부부에게 너무 무거운 십자가였다.

"아버지는 아버지의 십자가를 메세요. 저는 제 십자가를 멜 테니까."

집을 떠나며 아들이 한 말이었다. 안 목사는 그 말을 영영 잊을 수가 없었다.

신학대학을 마친 안 목사는 청계천변에 천막을 치고 목회를 시작했다. 판잣집이 즐비하던 청계천변에 봉제 공장과 공구점이 들어서던 무렵이었다. 돼지우리보다 못한 움막에 살면서도 천변 사람들은 그가 울리는 종소리를 듣고 천막 교회로 모여들었다. 대개가 넝마를 주워서 연명하거나, 허리도 펴지 못하는 봉제 공장의 다락방에서 밤낮으로 미싱을 돌리는 사람들이었다. 그들이 굶으면 함께 굶고, 그들이 울면 함께 부둥켜안고 울었다. 비가 오면 바닥이 질척거려 가마니를 깔고 예배를 보는 천막 교회였지만 행복한 시간이었다.

아이를 가진 아내가 수제비로 끼니를 잇다가 거푸 유산을 하고 어렵게 아들을 얻은 것도 그 천막 안이었다. 아내는 그 후로 아이를 더 갖지 못하게 되었다. 그들은 하나님이 주신 아들의 이름을 반석이라고 지었다. 내가 저 아이 위에 하나님의 나라를 세우리라.

아이는 총명했고 믿음이 깊었다. 천막으로 시작한 교회가 번듯한 성전으로 변할 무렵, 아이는 대학에 들어갔다. 신도는 날로 늘고 교회 살림도 눈에 띄게 좋아졌다. 아이는 그들에게 해와 같고 별과 같았다. 안 목사는 아브라함이 아들 이삭을 하나님께 번제로 바치던 창세기 22장을 읽을 때마다 마음이 흔들렸다. 과연 하나님이 자신에게 아들을 내놓으라고 하면 아브라함처럼 할 수 있을까. 유감스럽게도 그는 그리할 수가 없었다. 그들 부부는 자신들에게 그런 날이 오지 않기를 사랑이 많은 신에게 빌 뿐이었다. 간절히 기도했지만 신은 그들의 자식을 바치게 했다. 그들이 전혀 예상하지 못한 제단을 예비하고 있었다.

당시는 유신헌법의 서슬이 시퍼렇던 시절이었다. 그의 교회는 신도 300명을 거느릴 만큼 부흥되었다. 넝마를 주우며 세운 하나님의 장막은 그 수고의 수확을 몇 배로 갚아주었다. 대학을 다니던 아들이 거리로 뛰쳐나간 시기도 그 무렵이었다. 아들은 잔악한 독재자를 벌하지 않고, 그 밑에서 신음하는 백성의 고통에 침묵하는 신에 대해 분노했다. 가이사의 몫은 가이사에게 돌리라는 아버지의 말에도 그는 코웃음을 쳤다. 아들은 그러한 순종이야말로 이 땅에 독재를 이어나가는 우민화라고 대들었다. 아들은 눈물로 기도하는 부모에게 말했다. 눈에 보이는 이웃의 고통을 외면하면서 어찌 눈에 보이지 않는 하늘나라를 보겠느냐며 비난했다. 아들은 안 목사가 신도들에게 뜻 없이 무릎 꿇지 말고 정의가 강물처럼 흐르게 싸우라고 권면하기를 원했다.

그러나 그는 아들이 하나님의 품으로 돌아오기를 기도할 뿐이었다.

아들은 긴급조치법 위반 혐의로 경찰에 쫓겨 다녔다. 경찰은 수시로 안 목사의 교회를 들락거리며 예배 시간에도 뒷전에 앉아 감시했다. 교회에 좋지 않은 말들이 돌기 시작했다. 신도들의 본을 보여야 할 목사가 자식도 훈도하지 못해 아들이 범법자가 되어 경찰에 쫓기고 있다는 비난의 소리였다. 마침 청계천 고가도로 공사를 앞두고 제법 많은 보상금을 받은 교회는 새 부지를 구해 성전을 건축하는 일로 부심할 때였다. 교회의 신축 공사가 막바지에 이를 무렵, 성도 가운데 적잖은 무리가 새로 옮길 교회에 다른 목사를 청했다. 경찰에 쫓기던 아들이 교회로 몸을 피했다가 어느 장로의 신고로 체포된 직후의 일이었다. 경찰에 체포된 아들은 모진 고문 끝에 정신이 온전하지 못한 채 풀려났다.

빨갱이 자식을 두었다는 이유로 교회에서 쫓겨난 뒤에도 안 목사 내외는 청계천 주변에 머물렀다. 목사직을 버리고 노동판을 전전하거나, 고물을 모으며 어렵게 살아오면서도 그들은 정신병원에 있는 아들이 건강한 모습으로 돌아오기만 간절히 기다렸다.

두어 달에 한 번씩 찾아보는 아들의 흐린 눈에는 여전히 분노가 가득했다. 어깨에 손을 얹으면 진저리를 치는 아들의 떨림이 그의 손을 타고 전기처럼 전해졌다. 이제 그만 내려놓거라. 앙상한 몸을 끌어안고 다독거리며 건네는 말에 아들은 무표정한 얼굴로 중얼거렸다. 유신 철폐.

아들을 보러 가지 못해 마음이 무거운 안 목사는 동묘 옆 골목에 화분 너덧 개를 놓고 앉아 있었다. 늘 보는 풍경으로 거리는 북적거렸고, 장마가 걷히면서 쏟아져 나온 사람들의 움직임과 호객 소리로 골목은 여느 때와 다름없이 소란스럽기만 했다.

묘적선사는 아직 소식이 없었다. 흐릿해지는 눈을 감은 채 안 목사는 묘적선사가 떠난 날을 헤아려보았다. 닷새가 지나고 있었다. 늦어도 열흘 안에는 돌아오겠다고 했다. 하루가 여삼추였다. 자꾸 그에게 건넨 돈이 거스러미처럼 마음에 걸렸다. 아내가 봄부터 공공 근로를 나가 모은 돈이었지만 너무 약소한 금액이었다. 요즘 들어 안 목사는 새삼 자신이 무력하게만 느껴졌다.

그때였다. 매일 보던 골목의 풍경이 어딘가 바뀐 느낌이 들었다. 아무리 눈을 뒤집고 살펴봐도 골목은 여전히 너저분한 잡동사니와 사람들로 들끓을 뿐이었다. 헌 옷 아줌마가 의자에 올라가 발을 구르며 "무자껀 천 원!"을 외치고 있는 장면이나, 유효기간 지난 수입 과자를 늘어놓고 "오늘만 반값!"을 외치는 땡과잣집 박씨도 여느 날과 다를 바 없었다. 안 목사는 뭔지 모를 변화의 정체를 찾으려 이리저리 두리번거렸지만 알 수가 없었다.

무얼까.

그 정체를 밝힌 것은 눈이 아니라 귀였다. 조심스레 지나가도 어깨가 부딪칠 만큼 좁고 복잡한 골목에서 행인들이 일제히 걸음을 멈추고 입에서 내놓는 탄성의 방향을 따라가던 안 목사의 눈에 나무 한 그루가 들어왔다.

만물상회 담장 옆의 배롱나무가 활짝 꽃을 피우고 있었다. 그 나무가 난데없이 하늘에서 떨어진 것도 아닐 테고, 1년 내내 그 자리에 서 있었건만 안 목사는 그 나무가 거기 있었다는 사실이 새삼스러웠다. 지나가던 이들이 내던지는 담배꽁초며, 술에 취한 껄렁패들이 가래침이나 내뱉던 자리에 나무가 서 있었다는 사실이 경이로웠다.

꽃이라고 해봐야 불그레한 것이 몇 개 들러붙어 자세히 보지 않으면 눈에 띄지도 않을 만큼 소박했다. 가죽을 벗겨놓은 것처럼 매끈거리는 알몸만 남은 나무줄기도 빈약하기만 했다. 그런데 그 자리에 있었는지조차 미처 알지 못했던 그 나무가 피워낸 볼품없는 꽃들이 세상을 바꾸고 있었다.

골목 안이 꽃 몇 송이로 훤해질 수 있다는 사실이 안 목사는 믿기지 않았다. 그러나 분명 그 꽃들로 골목의 풍경은 전과 다르게 느껴졌다. 저마다 한푼이라도 속이거나 깎느라 눈이 벌게진 사람들이 그 나무가 소리도 없이 꽃송이를 터뜨리는 순간, 일제히 소란을 멈추고 탄성을 지르는 것도 신기한 일이었다. 시멘트 덩어리뿐인 도심에 그동안 어디에서 몸을 숨기고 살아왔을지 모르는 벌들이 밥풀 같은 꽃송이마다 들러붙어 열심히 꿀을 빨며 잉잉거리는 소리도 생생했다. 아주 짧은 시간이기는 했지만 그 꽃들이 세상을 고요한 평화와 정적으로 데려갔다.

지나가던 행인 하나가 안 목사와 눈이 마주치자 임의롭게 말을 건넨다.

"그래도 나무라고 꽃을 매달았네요."

그런 말도 예사롭지 않게 들려왔다.

"아무짝에도 쓸모없는 나무예요. 나무라면 뭐니 뭐니 해도 열매를 달아얍죠. 벌레 이름은 몰라도 제 입에 들어가는 과일 이름 모르는 이는 없지 않습니까? 살구나무만 해도 어디 버릴 데가 있습니까? 꽃은 화사하게 피어 보기 좋고, 열매는 행인(杏仁)이라 해서 개고기 먹고 체한 데 특효지요. 나무는 살이 붉고 단단해서 목탁으로 깎아 쓰면 천년을 두드려도 변함이 없습죠."

그 말을 듣고 보니 배롱나무란 것은 참 쓸 데가 없는 나무였다. 안 목사는 그 쓸모없는 나무가 흙이라고는 한 줌 찾기 어려운 이 골목에 어떻게 뿌리를 박고 서 있는지 의아할 뿐이었다.

안 목사는 담장 밑에 가까스로 붙어선 배롱나무를 오래도록 바라봤다. 그리고 그 나무가 바로 자신과 같지 않을까 생각했다. 그래도 저 나무는 잠깐이나마 세상을 고요하게 만드는 데라도 쓰이지 않던가. 자신에게는 어떤 쓸모가 있었을까.

"뭐니 뭐니 해두 봄날 꽃나무라면 목련을 따라올 게 없습죠. 돌아가신 육 여사께서 사랑하던 나무라지 않습니까? 그나저나 세상 좋아졌어요. 청계천에서 잉어를 보고 꽃나무를 구경할 줄이야 누가 알았겠습니까? 태평성세입죠."

아직까지 길을 가지 않고 곁에 붙어 섰던 행인이 무르춤한 채 배롱나무가 선 골목을 바라보며 중얼거렸다. 그가 떠난 뒤에도 그 말이 여운처럼 귀에 남았다.

태평성세라. 꽃이나 훔쳐서 거리에 앉아 있는 이 인생에도 무슨 쓸모가 남아 있을까.

안 목사는 부글부글 끓는 가마솥처럼 이내 북적거리기 시작한 골목을 가느스름하게 뜬 눈으로 바라보며, 앞에 놓인 화초를 팔아 아들 면회를 가게 될 날을 간절히 기다릴 뿐이었다.

저희를 용서하소서

안 목사 내외는 이튿날이 되어도 풀려나지 못했다. 주민 청소의 날이라고 빗자루 하나씩 들고 건성으로 골목을 어정거리던 청심회 계원들은 서로 보고도 선뜻 말을 건네지 않았다. 청소가 끝나고 만물상회 앞에 모인 계원 몇몇은 근심 어린 얼굴로 안 목사를 걱정했다. 경황이 없어 금남이 하자는 대로 안 목사를 찍어대고 풀려나오기는 했지만 마음이 편치 않았던 것이다.

"별일 없일 끼라더만."

황 회장이 구석에서 여느 때와 달리 풀이 죽어 있는 금남을 가리키며 한마디 쏘아붙였다.

"죄가 없으면 어련히 풀려날까."

입속으로 중얼거리는 금남의 말에 곁에 있던 경일이 불끈 목소리를 높였다.

"목사님이 죄 지을 분입네까?"

"목사는 무슨…… 알지도 못하면 잠자코 입 닥치고 있어!"

경일의 얼굴이 붉으락푸르락하는 걸 보고 곁에 있던 야바위 킴이 재빨리 끼어들었다.

"근디 벨일 없는디 워째 안 풀어줄까잉?"

"그 노인이 전부터 사상적으로다 문제가 있으니까 조사받는 거야. 아무 일 없으면 이번 기회에 말끔히 털구 나오면 되는 거구……."

"사상적으루 문제가 있다꼬?"

가만히 이야기를 듣고 있던 황 회장이 사상이라는 말에 눈을 동그랗게 뜨고 금남을 쳐다보았다.

"아, 그 아들부터 다 빨갱이 아니우? 그래서 목사질두 하다 만 거 모르셔?"

"암만, 무슨 빨갱이가 먹을 게 없어 길가의 꽃을 훔칠까잉? 요새 빨갱이는 공작금도 안 주나 보요?"

중간에 끼어든 야바위 킴의 우스갯소리에 사상 이야기는 흐지부지 중동무이되고 말았다.

"우리래두 한번 들여다봐야 하는 거 아녀유?"

몇 발짝 떨어진 곳에서 청소를 마무리하던 심씨가 빗자루를 든 채 다가와 황 회장에게 물었다. 그 물음에 우두커니 서서 신발 끝으로 땅바닥만 후벼 팔 뿐 누구 하나 선뜻 대답이 없었다.

"지금 가보이 뭘 할 끼고? 때가 되면 풀어주겠제."

하루를 묵지근하게 보낸 심씨는 저물녘에 내린 비로 축축해진 보도에 들러붙은 전단지를 떼느라 곤욕을 치렀다. 노곤해진 다리를 쉬려고 청혼의 벽이 있는 두물다리 쪽으로 올라갔다. 사랑을 호소하는 연인들이 이벤트를 벌이는 이 부근은 평상시엔 사람이 뜸한 편이었다. 다리 밑으로 내려가면 구석진 곳에 남의눈에 띄지 않는 은밀한 장소가 있었다. 쉬고 싶을 때마다 잠깐씩 누워 눈을 붙이거나 집에서 싸 온 도시락을 펴고 점심을 먹는 자리였다.

한 차례 지나간 소나기로 축축해진 구석 자리에 빗자루를 깔고 앉아 있으려니 제법 건듯하게 부는 바람에 등줄기에 흘러내린 땀이 말끔히 사라진다. 행여 구청 직원 눈에라도 띌까 싶어 그늘 깊숙이 몸을 숙이고 앉아 있으려는데 어디선가 저벅거리며 발소리가 다가온다. 대낮에 사랑을 호소하는 이라도 있나 싶어 슬그머니 목을 빼고 내다보니, 뜻밖에도 금남이 무언가를 옆구리에 낀 채 다리 아래로 걸어 내려오고 있다. 금남은 주변을 두리번거리더니 옆에 끼고 있던 푸른 비닐봉지를 개천 쪽으로 집어 던진다. 깡. 뭐가 들었는지 비닐봉지는 개천가에 박힌 바위에 부딪치며 쇳소리를 낸다. 제가 던져놓고도 놀랐는지 금남도 움찔하고, 몰래 지켜보던 심씨도 놀라서 퍼뜩 몸을 일으켰다.

심씨를 본 금남은 당황한 얼굴로 자신이 내던진 비닐봉지를 건지러 개천으로 내려간다. 호기심에 끌려 심씨가 다가가자 서두르는 바람에 말 장화를 신은 금남이 주르르 미끄러졌다. 심씨가 다가가 빗자루를 뻗어 개천에 빠진 비닐봉지를 건져 올렸다. 생각보다 묵직해 빗자루가 휘어질 정도다. 가까스로 그걸 건져내는데 금남이 허겁지겁 달려들어 가로챈다. 그 바람에 비닐봉지에 담긴 것이 빠져나와 보도에 절그렁 소리를 내며 떨어졌다.

명판이었다. 청소를 하느라 청계천 주변을 안 간 데 없이 돌아다닌 심씨의 눈에 들어온 그것은 청계천 주변에 박아둔 기념 명판이 틀림없었다. 그렇다면?

명판에 적힌 내용을 살피려는데 금남이 왈칵 달려들어 빼앗아 간다.

"씨발, 청소는 안 하구 여기는 웬일이야?"

"시방 청소가 문제여?"

"뭐가 문젠데?"

"애먼 사람이 옥에 갇혀 있잖여."

"옥이고 좆이고 간에 그게 나와 무슨 상관이야!"

아무리 빗자루나 들고 다니는 인생이라고 사람을 우습게 보는 모양이라고 심씨는 불끈 화가 치밀었다. 길에서 마주칠 때마다 매번 "청소!"라고 부르던 금남을 그는 전부터 별러오던 터였다.

"그려. 나두 들를 데가 있으니 맘대로 해봐!"

발길을 돌리던 금남이 그 말에 뒤가 켕기는지 가던 걸음을 멈추고 비긋이 돌아선다.

"씨발, 뭘 어쩌겠다구? 정말 누구 뚜껑 열리는 거 보구 싶어?"

당장 품에서 사시미 칼이라도 내뽑을 기세다. 술만 취하면 자신의 배를 면도칼로 그으며 난리를 치던 금남이 생각나 심씨는 조금 목소리를 눅였다.

"어쩔 셈이여. 노인네들이 생으로 고생하는데."

"그래서 가지구 나왔잖아."

금남은 들고 있던 비닐봉지를 보도 곁에 내려놓으며 두덜거렸다.

"누군 맘이 편한 줄 알아? 좆도 나두 고향 가면 노인네가 있는 몸이야."

경찰이 눈이 빠지게 찾아 헤매던 명판을 곁에 두고 금남이 주절거린 이야기는 다음과 같았다.

기대하던 대통령 표창에서 미끄러진 뒤로 다시는 애국하지 않기로 작정한 금남은 그걸로도 분이 안 풀려 술에 취한 채 밤중에 청계천으로 나왔다. 그때 마침 눈에 띈 게 명판이었다. 그중에서도 청계천 공사를 진두지휘하던 전임 시장의 명판이 눈에 꽂혔다. 한때 그를 위해 음지에서 일하며 양지를 지향하던 금남의 입장에서는 배은망덕한 이름이 아닐 수 없었다. 무얼 어쩌겠다는 생각은 없었다. 다만 그걸 뜯어내겠다는 생각뿐이었다. 명판 때문에 그리 난리가 날 줄 누가 알았겠느냐고 그는 오히려 신경질을 냈다.

"이걸 찾으면 노인네들두 풀어주겠지. 좆도."

발밑에 연신 침을 뱉으며 금남이 중얼거렸다. 그는 심씨의 코앞에 얼굴을 들이대고 어금니를 부드득 갈아붙였다.

"씨발, 어차피 막가는 인생이야. 조용히 살자구."

금남이 요란한 소리를 내며 오토바이를 타고 떠난 뒤에도 심씨는 길바닥에 팽개쳐진 명판을 들여다보며 망연히 서 있었다.

신고를 따로 하지 않았는데도 과연 경찰은 명판을 찾아냈다. 찾아낸 명판은 제자리를 찾았고, 의경 둘이 번갈아가며 그 주변을 지켰다. 안 목사는 곧바로 풀려났다.

"참, 요상스럽네잉."

심씨가 아침 청소를 마치고 황학동 쪽으로 내려가는데 야바위 킴이 개울을 내려다보며 고개를 갸웃거리며 서 있었다. 그렇게 찾던 명판이 제발로 돌아온 것이며, 안 목사가 혐의를 벗고 풀려난 것을 보면 범인은 따로 있다는 말이었다.

"잘되었지, 뭐."

서둘러 얼버무리려는데 야바위 킴은 여전히 석연찮은 표정이다. 얼핏 일은 모두 제자리로 돌아온 셈이다. 잉어들은 여전히 비에 불어난 개천을 따라 올라왔다가 길을 잃고 풀밭에 널려 있었다. 지난번 일이 있고 나서 심씨는 잉어를 모조리 쓰레기봉지에 담아버렸다. 그 가운데는 채 목숨이 끊어지지 않아 봉지 속에서 펄떡거리는 것도 있었다. 동여맨 봉지 속에서 아가미를 벌룩거리며 가쁜 숨을 몰아쉬는 잉어를 음식물 쓰레기통에다 넣는 것도 꺼림칙한 일이었다. 그러나 지난번 파출소에 불려간 일로 용역 회사에 호출받아 들어가 경위서까지 쓰고 온 터라 심씨는 달리 할 일이 없었다. 그저 나무토막을 쓸어 담듯 비닐봉지에 주워 담을 뿐이었다.

안 목사는 집으로 돌아왔지만 그의 아내는 풀려나지 못했다. 공유재산인 청계천 하천 부지의 초화류를 절취해 판매한 죄목으로 입건되었다. 이른바 꽃 도둑이었다.

"꽃 도둑이나 책 도둑은 잡지 않는다든 말두 이제 소용이 없는가 부네."

야바위 킴이 혼잣말처럼 중얼거렸다.

보안등 설치 문제로 파출소에 들른 황 회장이 들은 말로는 안 목사 내외가 서로 자신이 꽃을 훔쳤다고 우겼다고 했다. 안 목사가 자신이 남게 해달라고 통사정했지만 경찰은 꽃을 훔친 부인을 구금했다는 것이다.

"꽃 몇 송이 훔쳤다구 노인네를 가둬? 디런 놈덜! 몇백 억을 해먹어두 국민덜헌티 반성허라구 큰소리치는 것들은 고스란히 풀어주고."

자식에게 헐값에 주식을 넘겨준 혐의로 옥살이를 하다가 대통령의 사면으로 풀려난 한 재벌 총수가 국민들에게 정신을 차릴 때라고 훈수를 둔 걸 이르는 말이었다. 윗물이 몇 번이나 바뀌어도 아랫물은 여전히 퍽퍽한 것이 세상이었다. 문민정부니, 국민의 정부니 툭하면 가만히 있는 국민을 걸터듬어도 막상 힘없고 가진 것 없는 서민은 그제나 저제나 고달프기는 매한가지였다.

"그래두 시장이 바뀌구 나서 장사하기가 아무래도 좀 낫지 않여?"

"낫긴 개뿔. 솔직히 우리네야 언 놈이 시장을 해먹든 뭔 상관이여. 그저 단속이나 안 허구 배짱 편허게 장사나 허게 혀주면 감사헐 일이제. 이번 시장은 고물 출신이라 혀서 쪼께 다를 줄 알았더니 웬걸, 한 수 더 떠야."

"고물 출신이라니?"

"아, 헌 옷 갖다가 파는, 거 뭐여, 아름다운 가겐가 뭐시 허든 이 잖여? 아름답든 아니든 고물은 고물이잖능가."

그 뒤로 안 목사가 어떻게 지내는지는 알 수 없었다. 저마다 하루 벌어 하루 먹고사는 처지인지라 남의 일에 오래 머리를 쓸 겨를이 없었다. 동묘 앞에서도 안 목사의 모습은 보이지 않았다. 걱정이 되지 않는 것은 아니었지만 얼굴을 마주하면 자꾸 마음 한구석이 무지근하고 불편해져 청심회 계원들은 누구라고 할 것도 없이 안 목사에 대해서는 입도 벙긋하지 않았다.

들리는 말로는 본서로 넘겨진 꽃 도둑 할머니가 검찰로 넘어가게 될 것이라고 했다. 검찰까지 갈 줄은 아무도 예상하지 못한 일이었다. 너무하다고 두덜거려봤지만 정상을 참작해 풀어주더라도 일단 검찰로 송치해 검사가 검토하는 게 법적 절차라는 야바위 킴의 말에 고개를 끄덕였다.

"그러면 다행이고."

막연히 잘될 것이라고 주절거리며 더 이상 그 문제는 입에 올리지 않게 되었다. 해봐야 누구 하나 검찰청 담장을 넘어 노인을 빼올 주제도 못 되고, 그럴 만큼 남의 일을 오지랖 넓게 챙길 여유도 없었다. 며칠 지나지 않아 골목 안에 시끄러운 일이 벌어져 온통 신경이 그리 쏠린 것도 이유가 될 만했다.

사달은 엉뚱한 데서 터졌다. 장맛비가 오락가락 흩뿌려 하루에도 서너 번씩 길바닥에 깔아두었던 물건을 거둬들이느라 노점상이 곤욕을 치를 즈음이었다. 새벽부터 일하느라 온몸이 비에 흠뻑 젖은 심씨는 으슬으슬 감기 기운이 있어 평소보다 일찍 집에 들어가던 길이었다. 전날 밤 이불 속에서 파인애플이 먹고 싶다던 박 여사의 말이 생각나 시원치 않은 몸을 이끌고 청과 상가까지 찾아간 심씨가 성보 여인숙에서 나오던 박 여사와 마주친 것이다. 얼마 전 귀가 아프도록 늘어놓는 옷 타령에 동대문 밀리오레 상가까지 가서 새로 사 입힌 꽃무늬 블라우스를 걸친 박 여사는 어깨 위로 황 회장의 시커먼 팔을 두르고 있었다. 순간 심씨의 눈에 번쩍 불이 튀었다. 그야말로 눈이 뒤집히고 만 것이다.

"대낮에 붙어다니며 뭔 짓들 하는 거여?"

심씨의 다그침에 적잖이 당황하던 황 회장은 이내 빈정거리며 남의 비위를 긁어댔다.

"내사마 멀 하던……."

"아무리 내외가 없는 세상이라 해두 사람이 경우가 있구, 셈이 있는데."

"갱우는 머고 셈은 먼대?"

오히려 배를 내밀며 천연덕스럽게 딴전을 부리는 황 회장이 괘씸해 심씨는 남들이 보건 듣건 신경 쓰지 않고 목소리를 높이고 말았다. 이날만은 지나가는 바람결에 옹송그리는 거미 새끼가 아니었다.

"몰라서 물어? 하늘에 지나가는 그늘배기두 임자가 있구, 추녀 밑에 깃든 제비두 내 집, 네 집이 있는 법이여."

"그래가꼬 지금 니 꺼 내 꺼 따져보자는 기가?"

"아니면, 담장 넘어온 감나무래두 된다는 말이여?"

민망한 얼굴로 서 있던 박 여사가 당장 멱살잡이라도 벌일 듯한 두 사람 사이에 끼어들어 뜯어말리기 바빴다. 대낮부터 얼마나 부둥켜안고 뒹굴었는지 입에 바른 연지가 반은 벗겨져 얼룩덜룩하고, 눈가는 움푹 들어가 퀭하다. 순간 심씨는 얼굴이 후끈 달아오르고 가슴이 울렁거리며 분이 끓어올랐다. 뒷짐을 진 채 저는 모르겠다는 얼굴로 딴전을 부리는 황 회장의 겹쳐진 뒷덜미가 유달리 번질거렸다. 가만히 생각해보니, 황 회장이란 작자가 귀찮은 시봉은 남에게 들게 하고 뒷구멍에서 슬금슬금 재미는 제가 보고 다닌 꼴이었다.

"감이고 탱자고 간에 얼라들도 아이고, 다 큰 성인이 교제하는데 니가 먼 상관이고?"

"교제를 할 데가 없어서 제가 밖으루 내돌린 여자를 집적거려?"

"하이고 마, 남의 여자 꾀송거려 한 코 얻어먹은 주제에."

"뭐, 얻어먹어?"

"거기 아이모 돈 내고 사 문나? 같은 계원이라꼬 오냐 오냐 해줬더니 맞묵자는 기가? 땅바닥에 비질이나 지대로 해라 마."

개살구 지레 터진다고 회장이랍시고 거들먹거리기나 하고, 쓴 커피 한잔 거저 주는 법이 없는 황 회장이 전부터 고깝던 터였다. 심씨는 길바닥 비질이라는 말에 참지 못하고 대뜸 황 회장이 아까부터 긁적거리던 사타구니 어름을 냅다 발로 찼다.

"어이쿠."

불시의 발길질에 덩치가 산만 한 황 회장이 사타구니를 부여잡고 바람에 쓰러지는 짚단처럼 풀썩 주저앉는다. 곁에 서 있던 박 여사가 놀란 얼굴로 주저앉은 황 회장을 쳐다보며 사타구니 부근을 연신 주물러댄다. 꼴에 황 회장의 물건이 실한가 보다는 생각에 잠시 주춤거리던 심씨는 저런 여편네를 두고 잠시나마 백년해로를 생각한 자신이 어리석어 풀썩 웃음이 나왔다.

그날로 심씨는 박 여사를 보따리 하나를 들려 내쫓았고, 황 회장은 진단서를 떼느니 상해치상죄로 고소하느니 을러댔다. 사정을 전해 들은 친목계원들이 사태를 수습하려고 보신탕집에서 자리를 마련했지만 일은 더 어긋나고 말았다.

"옥고꺼정 함께 치르며 미운 정, 고운 정 쌓아온 우리 친목계에, 전대미문의 하극상 사건이 일어나게 된 것에 대해 일단 회장으로서 심각한 책임감을 느낍니다. 거간에 지내온 정으로 볼 때는 참말로 몬할 일이지만, 장차 우리 친목계의 장구한 발전과 미래를 위해서 읍참마속의 심정으로……."

제가 아는 어려운 말은 총동원해 한참을 장황하게 둘러대던 황 회장이 내놓은 결론은 심씨를 친목계에서 영구 제명한다는 것이었다. 황 회장의 입에서 제명 소리가 나오자 심씨는 더 듣고 말고 할 것도 없이 자리에서 벌떡 일어나 그간 부은 친목계 곗돈이나 돌려달라고 했다. 나중에 알프스로 해외여행을 가자며 10년 기한으로 부어오던 여행계 한몫과 다달이 심지를 뽑아 100만 원씩 타던 낙찰계 한몫에 경조사를 위해 다달이 5만 원씩 거둔 회비도 정산해 돌려달라고 했다.

미처 그것까지는 생각하지 못한 듯 황 회장이 즉답을 하지 못한 채 우물거리자, 심씨가 바짝 달려들어 조목조목 셈을 늘어놓았다. 이럴 경우를 대비해 미리 집에서 작정하고 나온 눈치였다.

"지난번에 내가 뽑은 낙찰계 돌려준 것까지 싹 정리하고, 일 원 한 푼 받아본 적 없이 꼬박꼬박 갖다 바치기만 한 경조비도 공평하게 계산해주고.”

그 말에 당장 총무 명식의 낯빛이 어두워졌다. 심씨가 지난 달에 뽑은 낙찰 곗돈 100만 원을 빌려 쓴 일 때문이었다.

“말이 그렇대는 것이지 설마 회장님이 제명꺼정 허겠다는 것이겠슈? 심씨께서두 섭섭히 생각지 말구, 그냥 쇠주 한잔 허시구 말깜하니 풀어유.”

요즘 들어 마누라가 하는 먹도날드 분식도 장사가 예전 같지 않아 여간 살림이 조이는 게 아니던 명식은 그야말로 고래 싸움에 새우등 터진 격이었다.

“근데 경조비 계산은 무슨 말이야?”

앞에 놓인 소주병만 부지런히 비우던 임춧불이 요양원에 모신 늙은 부모가 어느 분이 앞설지 오늘내일하는 차에 행여 애써 부어온 계가 파투 날까 싶어 한마디 끼어든다.

“그간 계원마다 칠순에 초상에 자식들 결혼까지 꼬박꼬박 경조비를 타 갔지만, 다 알다시피 홀몸으루 지낸 나야 다달이 경조비로 오만 원씩 바치기만 했지, 한 번두 타먹은 적이 없으니 남들 타먹은 만큼은 돌려달라 이 말이우.”

“아, 그건 경우가 아니지. 경조라는 게 언제 생길지도 모르는 일이고, 다 때가 되면 돌아오게 될 일인데.”

“때는 어느 때여, 시방 짐 싸들고 나가라는 판에.”

돌아가는 눈치가 심상치 않자, 남의 일처럼 듣고만 있던 계원마다 서로 의견을 내놓느라 분분해졌다.

“친목계에 경조비 중간 정산을 해달라꼬? 그럴 바엔 아싸리 계고 친목회고 다 깨삐라 마.”

가만히 돌아가는 추세를 살피던 황 회장은 불끈 성질을 내며 윽지르려 했다. 회장의 입에서 계를 깨버리자는 소리가 나오자 눈치만 살피던 회원들은 크게 동요하며 각자 자신에게 돌아올 손익을 따지느라 분주해졌다.

“말은 보태구 떡은 뗀다구 그리 따지자믄 내두 마찬가지여. 내두 장인상 났을 때 딱 한 번 조의금 조루 삼십만 원 받은 거 외엔 일체 읎으니께.”

꺾사 재록이 점잖게 헛기침을 한 뒤에 한마디 보탰다. 그에 비해 2년 전에 부모상을 달거리로 치르고, 딸이 결혼을 두 번이나 하는 바람에 축의금을 곱으로 타먹은 야바위 킴은 경조비를 일일이 셈하자는 소리가 여간 불편하고 거북한 일이 아니었다.

“경사건 애사건 복불복이지 그걸 으쭈고 일일이 따져서 정산을 헌당가? 여태 부은 곗돈이라면 모를까.”

곗돈이라는 말에 이리저리 눈치만 눈 돌아가게 살피던 명식이 제발이 저려 대번에 불 탄 강아지 앓는 소리를 해댄다.

“곗돈두 그렇지. 그걸 당장 해내라믄 워뜨칸댜?”

“안팎에서 버는 집에서 뭔 죽는 소리래?”

심씨의 말에 명식은 당장 울상을 지으며 말을 잇는다.

"버는 게 아니라 빚내는 게 요즘 장사유. 딸년은 당장 인도루 유학 간다구 설쳐대지."

"개야, 햄버거두 팔고 여간 야무진 게 아니던데, 제 몫은 알아서 다 모았겠지."

본격적으로 끼어들어 한마디하려던 재록은 명식의 야무진 딸 경순의 이야기가 나오자 슬그머니 입을 다물고 주저앉았다. 얼마 전 혹 다시 만날까 싶어 쏭쏭 키쓰방을 은밀히 찾아갔다가 경순이 그만두었다는 소리를 듣고 헛걸음한 일이 생각났기 때문이다. 돈 많이 주는 강남 어딘가로 옮겼다는데, 아비라는 이는 제 딸년이 밖에서 무슨 일을 하는지 야무지게 모르고 있는 눈치였다.

오로지 먹는 게 남는 것이라는 듯, 앞에 놓인 국밥만 열심히 퍼먹고 있던 경일은 곗돈이니 경조비니 하는 말에 뒤늦게 불안한 눈으로 이편저편 번갈아가며 눈치만 살필 뿐이었다. 뒤늦게 가입하느라 황 회장에게 빌려 모개로 채운 회비며, 다달이 버는 대로 떼어서 그동안 부어온 낙찰 곗돈은 어찌 되는 것인지 몹시 걱정스러운 기색이었다. 경조비 정산을 두고 두 패로 나뉘어 갑론을박하느라 말벌 들어간 꿀벌 통처럼 소란스러워진 국밥집 방 안은 급기야 거친 소리까지 섞여 나오기에 이르렀다.

"네미, 이 따우루 헐 바에는 친목이란 말부텀 내다 버려. 돈 놓구 돈 먹기지, 친목은 무슨?"

"친목은 친목이구 계산은 계산인 거여."

"거, 육개장에 보리밥 마는 소리 허덜 말어. 청계천 장바닥에 친목이 워딨대. 오가는 현찰 속에 싹트는 우정두 몰러?"

언성을 높여 저마다 한마디씩 늘어놓던 방 안은 기어코 야바위 킴이 내뱉은 한마디에 황 회장이 난데없이 밥상을 뒤엎는 바람에 보기 좋게 파장이 나고 말았다.

"계원끼리 여자를 돌려먹는 거만큼 친목이 돈독헌 디가 또 워딨간? 친목으루 말하자믄 텔레비전 〈스타킹〉에 나갈 판이제."

"이런 호로자슥, 대가리를 쪼사뻴래."

그날 이후 친목계원들은 장거리에서 어쩌다 마주쳐도 고개를 외로 돌린 채 도통 말을 섞지 않았다. 달리 할 말도 없고, 해봐야 머리만 아픈 일이었다.

공구 가게나 설비 점포들이 쉬는 주말마다 장마로 눅눅해진 옷나부랭이며 고물을 장바닥에 내다 놓고 말리기 바쁜 데다가, 시월 상달에 물오리 오듯이 예고도 없이 슬그머니 나타나 닥치는 대로 노상에 늘어놓은 물건을 싣고 가는 단속반 때문에 달리 골치 아플 틈도 없었다.

명식은 심씨와 마주칠 때마다 여간 속이 켕기는 게 아니었다. 지난번에 돌려받겠다던 낙찰 곗돈 때문이었다. 다행히 심씨가 채근하지는 않았지만 언제까지 한동네서 피해 다닐 수만도 없는 일이었다. 명식은 생각 끝에 재록을 찾아가 사정을 했다.

"이번에 뽑은 곗돈 당장 필요헌 거 아니믄 좀 당겨줘."

"아니 장사가 증말 안 되는 거여?"

"요즘 장사 되는 건 간판허구 아웃도어뿐이래니께."

"그래두 먹는 장사는 여전허다든디."

"그런 소리 땜에 죄다 먹는 장사루 몰린 거여. 다섯이 죽어야 하나가 사는 판이니 말 다헌 거지."

김밥 말아 파는 장사가 경기를 타면 얼마나 탈까 싶은 재록은 그러잖아도 골목마다 오다가다 보면 전부 김밥나라, 김밥천국 간판뿐이라 이 나라 사람들은 전부 김밥만 먹고 사나 싶었다.

"딸내미 하나 있는 건 저렇게 인도루 유학 가겠다구 죽네 사네 펄펄 뛰구."

재록은 명식이 딸 경순의 이야기를 꺼내자 뜨끔하면서도 은근히 귀가 솔깃해졌다.

"무슨 공부를 헌다구 유학꺼정 나간대?"

"뭐, 패션이래나 뭐래나."

"인도래봐야 천 쪼가리 몸에 두르구 사는 것들뿐이던디, 무슨 패션을 공부허러 거까지 간댜?"

"내 말이 그 말이여."

"공부허러 나가서 애먼 짓허는 애덜두 많다든디."

재록은 지나가는 말처럼 한마디 넌지시 질렀지만 명식은 콩나물에 녹두나물 섞는 소리뿐이다.

"그럴 깜냥이나 되야지. 안즉두 즈 엄마 가슴패기 파구들어야 잠이 드는 앤걸, 뭐."

재록은 제 입술을 소주잔 돌리듯 이리저리 내돌리는 남의 집 딸년 걱정에 혀를 차다가 더 말을 잇지 않고 품에서 담배 한 대를 뽑아 길게 내뿜었다.

그런 중에 안 목사는 일주일째 돌아오지 않는 부인을 면회하러 검찰청까지 다녀오고, 전철을 타고 수원의 정신병원도 다녀왔다. 아들은 여전히 분노가 가득한 눈으로 벽만 바라보았고, 늙은 아비가 눈물 어린 눈으로 자신을 위해 기도를 드리는 동안에도 가만히 있지 않고 방 안을 서성였다. 그리고 손을 놓고 헤어질 때 겨우 안 목사의 귀에 대고 미세한 소리로 속삭였다. 유신 철폐, 유신 철폐.

안 목사는 감격스러운 얼굴로 아들을 바라보았다. 아들은 입원한 뒤로 그와 한마디도 섞지 않았다. 의사들은 아들이 극단적인 공포로 외부 세계와 소통하기를 스스로 차단해서 나타나는 자폐 증세라고 했다. 안 목사는 그나마 아들이 제 귀에 대고 속삭인 그 말토막에도 감사했다. 하나님, 오, 나의 하나님, 감사합니다. 흐린 눈으로 멀거니 벽을 바라보고 있는 아들을 돌아보며 그는 이제 자신 대신에 신께서 아들을 살펴주기를 바랐다.

가만히 앉아 있어도 땀이 줄줄 흘러내릴 만큼 후덥지근한 날씨에 안 목사는 숨을 헐떡이며 간신히 집으로 돌아왔다. 그리고 그동안 집 안에서 기른 꽃모종을 라면 박스에 차곡차곡 담기 시작했다.

커피 자판기 앞에서 주워 온 종이컵에 담긴 분꽃이며 봉선화가 소담스럽게 피어 있었다.

온종일 찜질방처럼 삶아대던 한낮의 더위는 밤이 되자 기어코 장대 같은 비를 쏟기 시작했다. 여기저기 낡은 지붕 사이로 스며들어 방 안으로 뚝뚝 떨어지는 비를 피할 생각도 하지 않고 우두커니 앉아 있던 안 목사는 라면 박스를 들고 밖으로 나섰다.

우산도 없이 빗속을 걷는 그의 앙상한 몸은 이내 비에 흥건히 젖었다. 걸음을 뗄 때마다 가슴에서는 풀무 소리가 났다. 이따금 전조등을 번쩍거리는 차들이 지날 뿐, 비가 쏟아지는 청계천변은 평소와 달리 한적하기만 했다. 아내가 옥에 있는 동안 내리 굶어온 안 목사의 기력은 거의 바닥 나 있었다. 천둥이 치고 비가 쏟아졌다. 행여 길에서 쓰러질까 봐 안 목사는 있는 힘을 다해 뻣뻣해져 오는 다리를 움직였다.

그의 귓가로 중유처럼 번질거리며 흐르는 물소리가 들려왔다. 그는 고개를 들어 자신이 태어나서 어린 시절을 보냈으며, 천막을 쳐서 성전을 세웠던 청계천을 감회 어린 눈으로 바라보았다.

옆집에 사는 묘적선사의 말에 따르면 안 목사의 사주는 물을 타고 나서, 평생 물가를 떠나지 않고 살 팔자라고 했다. 그 말이 맞는지도 몰랐다. 신심이 깊던 어머니도 그에게서 물을 떼어놓지 않았다. 어머니의 말로는, 1925년 일제강점기에 왕십리 부근의 천변에서 태어난 안 목사는 세상에 나오자마자 물세례를 받았다고 했다.

을축년 대홍수로 한강이 범람해 청계천 가장자리에 따개비처럼 붙어 있던 움막이 속절없이 물에 잠기던 밤에 그가 태어났다고 했다. 산모는 몸을 추스를 틈도 없이 이불보에 갓난아이를 싸 들고 남산으로 몸을 피했는데, 이불보에 안긴 아이는 빗물로 태중의 몸을 씻었다고 했다.

안 목사는 자신이 한때 교회를 세웠던 천변 어름으로 내려갔다. 다리가 후들거렸지만 안간힘을 쓰며 물소리로 위치를 가늠하며 한 발, 한 발 가까스로 움직였다. 그리고 자신의 아내가 일용할 양식과 바꾸기 위해 꽃을 뽑아 오느라 듬성듬성 비어 있는 꽃밭으로 다가갔다. 비에 젖은 몸이 허기와 함께 사정없이 떨렸다. 가물거리는 정신을 모아 그는 라면 박스에 담긴 꽃모종을 꺼내 들었다. 그것들을 손에 쥐고 꽃밭을 더듬어 빈 자리마다 한 포기씩 심기 시작했다. 그 자리에 있던 마리골드나 피튜니아는 씨를 구할 수 없어서 집에서 기른 봉선화와 분꽃을 대신 심었다. 완전하지는 않지만 그로서는 최선을 다한 셈이었다. 그는 우지끈 소리를 내며 도심 한가운데로 내리치는 뇌우를 보며 중얼거렸다.

주여, 부디 꽃을 훔친 저희를 용서하소서.

비바람 속에 몸을 웅크린 채 안 목사는 가져온 꽃을 다 심기도 전에 꽃밭에 쓰러졌다. 물을 따라 올라온 잉어들이 그 위에 몸을 얹은 채 숨을 거두던 꽃밭이었다.

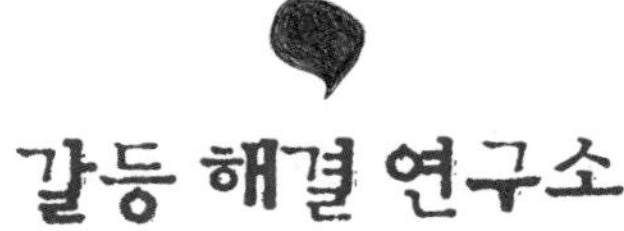

갈등 해결 연구소

땡초 묘적선사가 돌아왔다. 경일이 이리저리 수소문한 끝에 간신히 오대산 부근의 명성 식당으로 전화를 걸어 그에게 안 목사의 죽음을 알렸다. 명성 식당은 선사가 날마다 소주 각 일 병과 백반을 대놓고 먹는 밥집이었다. 비보를 접한 묘적선사는 그날로 산에서 내려와 청계천으로 돌아왔다. 선사는 승복을 걸친 채 장바닥에 주저앉아 대성통곡을 했다. 소매 자락으로 연신 질척거리는 눈가를 눌러가며 그는 길바닥에 엎드려 목탁을 두드리다가 엎어져 울다가 일어나 욕을 퍼부으며 여간 상심한 얼굴이 아니었다.

"대갈빡을 뽑아서 똥구멍에 처박아 지루박으루 돌리두 션찮을 자슥들 다 어디 가뺐노?"

눈앞에 나타나면 누구든 그가 들고 있는 목탁에 머리가 깨질 기세였다.

"이노무 자슥, 잽히기만 하모 뼉다귀를 싹 추리뻴 끼다. 이 자슥은 인간이 아닌 기라. 마구니에 사람 목심을 심심풀이 땅콩으로 입에 털어넣는 나찰(羅刹, 사람을 잡아먹는다는 불교의 악귀)이 틀림없다 아이가. 나무아미타불. 시부럴. 내가 오늘 딱 하루만 부처님께 죄를 지을 끼고 마. 이노무 호로자슥 내 눈에 띄모 다리몽댕이럴 쌔려 빻아뻴 끼다."

묘적선사가 눈에 불을 켜고 찾는 사람은 특수 임무 박금남이었다. 경일에게 대강 사정을 전해 들은 선사는 이를 바드득 갈며 웬만한 아이들 머리만 한 목탁을 바투 쥐고 장바닥을 뒤지고 다녔다. 독을 품은 선사가 풍물 시장 건물 안에 있는 금남의 가게까지 찾아갔으나 옆 가게 주인이 대신 앉아 있다. 어디선가 사정을 전해 듣고 몸을 피한 것이 틀림없었다. 선사가 그길로 금남의 집까지 찾아갔으나 출타 중인지, 아니면 안에 있으면서도 서슬에 눌려 쥐 죽은 듯 담벼락에 붙어 있는 것인지 대문을 연신 걷어차며 온갖 욕을 퍼부어대는데도 누구 하나 내다보는 이가 없었다.

손님 머리에 염색을 하다 말고 문 부서지는 소리에 놀라 나온 재록이 끓는 물처럼 날뛰는 묘적선사를 낙숫물이 떨어져 움푹 팬 추녀 밑으로 간신히 끌어다 앉혔다.

넓게 벌려져 눈먼 돈을 받아 챙기기 좋다던 소맷단 속에서 말보로 담배 한 개비를 꺼내 물고 증기기관차처럼 연기를 뿜어내는 중에도 선사는 간간히 욕을 해댔다.

“김일써이 욕할 기 아이다. 저런 시버럴 놈부터 젓가락으루 아가리를 확 찢어놔야 한다이까네. 어데 찌를 데가 없어서 성경 책만 디다보고 할렐루야 아멘만 찾는 노인네덜을 찌르고 자빠졌노. 솔직히 내도 종교인의 한 사람이지만, 타락이니 말세니 캐도 하늘 섬기는 이들이 있으이깐 이만헌 거 아이겠나. 요런 좆을 뽑아서 때귀를 칠 놈이 지 어미가 뱃속에 지를 품을 때, 샛서방 것을 빌려다 창호지 문틈으로 쑤시댔나, 어데를 찌르고 쑤시댄단 말이고. 것도 한 동니서 뻔히 아는 사람을. 우짜던 간에 세상 돌아가는 꼴 나무아미타불, 씨부랄이데이.”

묘적선사는 안 목사와 바로 담벼락 하나를 붙이고 지냈다. 문만 열면 집 안 살림이 숨길 것도 없이 속속들이 내다보이는 단칸짜리 방이다 보니, 지붕도 하나를 덮고 추녀도 잇대어 썼다. 무엇보다 그는 자신의 말대로 하늘을 섬긴다는 점에서 안 목사를 상대의 의견은 묻지도 않고 사전 동의도 없이 동업자로 여겼다.

그가 믿는 하늘이라는 것이 승복을 걸치고 목탁을 두드리는 모양새로는 절간의 승려와 다름없지만, 산에 가면 산신령을 찾고 물에 가면 용왕을 걸터듬는 풍신으로는 도사인 듯도 했다가, 여차하면 부적을 써 붙이거나 삼각산에 떡시루 들고 올라가 굿판을 벌이는 모습을 봐서는 박수 노릇 하는 이 같기도 했다. 그의 말로는 그 모든 것을 종합적으로 믿는 교라고 했다.

"세상 어지러분 거야 말해봐야 입만 아플 끼고, 문제는 분별심인 기라요."

그가 처음 막걸리 한 통을 들고 안 목사를 찾아와 한 말은 세상의 갈등이 모두 너와 나를 분별하는 마음에서 온다는 것이었다. 남북이 갈라져 싸운 것은 벌써 오래전부터 있어온 일이고, 국회에선 여야가 싸우고, 회사에선 노동자와 사장이 투쟁하고, 집 안에선 부부가 못 살겠다고 싸우다 갈라서서 애꿎은 애들만 고아를 만들고, 그도 모자라 이제는 남녀로 패를 나눠 다투고, 전철에선 빈자리를 놓고 노소가 다투고, 탑골공원에선 살 날 며칠 안 남은 노인들이 박정희와 김대중 선생을 놓고 멱살잡이를 벌이는 판이라고 했다. 당장은 나라가 망할 징조요, 장차 다가올 일로 보자면 인류 멸망의 일이니 이걸 막으려면 아무래도 하늘을 섬기는 이들이 나서야 하지 않겠느냐며 우선 가까이 사는 저와 안 목사가 뜻을 함께해 도탄에 빠진 중생을 구제하자는 것이었다.

안 목사가 자신은 이미 목사를 그만둔 지 오래되었으며, 건강도 좋지 않아 그럴 힘이 없다고 했지만 묘적선사는 막무가내로 들러붙었다.

그 말이 있고 나서 자신이 머무는 '활생암' 단칸방에 '갈등 해결 연구소'라는 간판을 걸고 소장 행세를 겸했다. 그 후로 묘적은 자신을 '소장님'이라고 불러주는 걸 눈에 띄게 반겼다.

어쩌다가 혹 세상일이 뜻대로 되지 않아 찾아오는 사람들에게 그가 갈등을 해결하는 방법이라고 일러주는 것이 별났다. 남편이 바람을 피워서 못 살겠다는 여자에게는 당장 갈라서라고 충동질하고, 회사에서 쫓겨난 노동자에게는 사장집 안방에 자빠져 누우라 하고, 입시에 실패한 재수생에게는 공부하지 말고 그냥 놀러 다니라고 일렀다. 그는 《아프니까 청춘이다》라는 베스트셀러 책도 마뜩잖아 했다.

"아프니까 청춘이라꼬? 미쳤나? 아프믄 아프게 헌 자슥을 잡아다 조댕이를 쪼사놔야지, 청춘이니까 그냥 아프라꼬?"

그는 자신이 모시는 신령이 태백산에서 죽은 빨치산 장군이라 했다. '민중 무당'이라고 자처하는 묘적은 이따금 서울광장에 나가 민중가요에 맞춰 목탁을 두드리기도 했다. 한마디로 그가 말하는 갈등 해결의 요점은 참지 말라는 것이었다.

"애국허지 말그래이. 백성 알기럴 갈빗집 빼박이쯤으로 아는 나라에 미쳤다꼬 충성허고 애국헐 끼가."

별난 그의 언행이 어떤 사람들에게는 신통스러워 보였는지, 한때는 용하다는 소문이 나서 강남의 복부인들이 줄을 지어 그에게 부동산 투기할 곳을 물으러 드나들기도 했다. 키보드만 두들기면 평생 운세가 줄줄이 쏟아져 나오는 컴퓨터 사주며, 외제 좋아하는 세상에 걸맞게 트럼프 점까지 등장하는 바람에 찾는 이가 드물어 요즘은 황학교 부근에 자리를 펴고 사주궁합을 보거나 목도장을 파는 신세가 되었지만.

그가 안 목사와 가까이 지내는 게 신기해서 그 연유를 물으면 이렇게 대답했다.

“도를 믿는 이들이니깐 말하자모 가재나 게인 셈 아이겄나.”

어느 신이 더 윗자리냐고 물으면, 그는 심드렁한 얼굴로 이렇게 둘러댔다.

“안 목사가 믿는 야소교라는 도를 보이까, 여호와란 어른이 우리로 말하자모 석가모니 본존이 되시고, 낭중에 현세에 생불로 출현하신 예수란 양바이 참 정이 넘치는 어른인 기라. 중생들 죄를 대신 갚을라꼬 촹대를 메시고 십자가에 못 백히싰다니까네 말하자모 관세음보살 격이시다, 이 말씸 정도는 내도 알고 있다.”

돈 안 내고 듣는 이야기가 심심하지 않아, 어느 신을 믿어야 돈을 잘 벌게 해주느냐고 묻자 그가 대답했다.

“거건 잘 모러겠지만, 그 어른들이 얼매나 살림이 쪼들렸으믄 모자간에 노상 맨발로 다니셨겠노? 계룡산에 천주 믿는 이들이 있어서 방에 가보모 성모란 자당 어른도 맨발이고, 십자가에 두 팔 벌리고 계신 예수란 양반두 운둥화 한 짝 신지 못했으이 어지간히 살림이 어려운 기 아이었나 보대. 그러이까 아무래도 그 양반들은 돈 하고는 영 인여이 없는 분들이 아니겄나. 머, 글케만 짐작할 뿌이지.”

그런 말에 시장 패 중에도 교회를 다니는 이가 있어 불끈 얼굴을 붉히며 따지듯이 물었다.

"부처나 관세음이나 다 저 위해 도를 닦았는지는 몰러두 예수님은 무고허니 십자가에 못 박혀 고생허시다 돌아가셨으니 엄연히 다르지요."

그러자 묘적이 콧방귀를 픽 뀌고 나서는 이렇게 말했다.

"내도 계룡산에 있일 찍에 옆 움막에 예수 믿는 이가 있어서 거기 갱전을 함 훑어보이 않았나. 예수란 양바이 머리 풀고 맨발로 사방천지로 헤매고 다닌다 할 쩍부텀 저 양바이 요번 세상에선 편케 사실 팔자가 아이고나 척 알아봤제. 돌아가셨다는 대목에선 참 안됐더마. 가찹게 있으모 달려가 염불이라도 해드리고 극락왕생을 빌어드릴까도 생각했는데, 사흘 만에 다시 살아나싰다 카이 고마 멀쑥해지고 말았지 머. 근데 내 억수로 궁금해서 그라는데 참말로 그 양바이 상 치른 지 사흘 만에 다시 살아나신 기 맞나? 하기사 부처께서도 벌써 몇 번을 육신을 바꿔감시로 세상을 오가고, 내세에도 또 오시기로 하싰는데 머, 예수란 양반도 다시 오신다이, 과연 어느 분이 먼저 오실라카나 모르겠지만 이왕이모 우리 살았일 찍에 다저이 손 잡고 오시모 얼매나 좋겠노, 그자?"

그 뒤로 부처와 예수가 다정히 손잡고 왔는지는 모르겠지만, 묘적선사가 안 목사와 자별하게 지낸 것은 확실했다. 안 목사의 궁핍한 형편을 알게 된 뒤로는 만 원을 벌면 5천 원을 나눠 주고, 장바닥에 무슨 행사라도 있어 얻어먹을 자리가 있으면 반드시 안 목사 내외를 챙겨 동행하곤 했다.

눈앞에 있으면 당장 멱살을 쥐어틀었을 박금남이 보이지 않자, 묘적선사는 허탈한 얼굴로 안 목사네 집으로 돌아갔다. 주인이 없는 집에는 한낮에도 그늘이 져 있고, 서늘한 기운이 돌았다. 담벼락 밑에 심어놓은 분꽃이 더위에 지쳐 입을 반쯤 연 채 늘어져 있었고, 들여다봐야 얻어먹을 게 없었던 도둑고양이 한 마리가 마늘쪽 같은 눈으로 슬그머니 안을 기웃거리다가 이내 담장을 타고 무심히 지나갈 뿐이었다.

묘적선사는 안 목사를 끝까지 챙기지 못한 것이 영 마음에 걸렸다. 아주 빼도 박도 못하게 밀어붙여서 단단히 마무리지었어야 했다. 안 목사 내외가 끼니를 거를 만큼 어렵게 사는 사정을 알고 나서 제 딴에는 며칠을 궁리해 권한 일이었다.

전에 어디서 들은 바가 있어 안 목사에게 삼각산에 들어가 움막이라도 치고 들어앉아 병 고치는 일이라도 해보라고 권했던 것이다.

"지금 여으도에서 목사만 몇백 명을 거느리고 있다는 교회도 그 장모가 천막 치고 병 고치는 일로 시작했다 카드만."

그런 재주가 없다며 고사하는 안 목사에게 묘적선사는 천막만 치면 자신이 곁에서 돕겠다는 말까지 했지만 안팎이 어느 한쪽으로도 기울지 않을 만큼 주변머리가 없는 안 목사 내외는 말없이 웃기만 할 뿐이었다. 예전 같으면 굿하는 무당들이나 떡시루 받쳐 들고 찾아가던 산꼭대기마다 기도원이라는 것이 들어서서, 주로 병든 이들이 한 달이고, 두 달이고 거기에 묵는 걸 제 눈으로도 번연히 보고 하는 소리였다. 움막만 쳐놓으면 자신이 병원마다 돌아다니며 깊은 병 걸린 사람들을 불러다가 모을 터였다. 안 목사는 점잖게 경이나 읽고 기도나 올리면 될 일이었다. 이따금 환자들을 불러 모아 등가죽을 두들기거나 쥐어뜯어주는 안수인지 안찰인지를 하는 일이 무엇이 그리 힘들겠는가. 처음에는 산비탈에 비닐로 천막을 치고 거지 움막 꼴을 했다가도 몇 해 되지 않아 버젓이 2층, 3층으로 기도원을 짓는 걸 제 눈으로 몇 번이나 본 터였다.

사람이 돈이 많으면 무얼 하겠는가. 몸이 아프면 제 발로 찾아와 엎드리게 되어 있었다. 하늘에 비는 기도 가운데 가장 간절한 것이 목숨을 살려달라는 기도가 아니겠는가. 지푸라기라도 잡는 기분으로 찾아온 사람들에게는 개 짖는 소리도 예사롭지 않게 들려 신통한 효험을 보게 할 수도 있는 법이었다.

실제로 묘적선사는 사람을 살린 적이 있다. 그가 중구 구청장 앞에 나가서 모범 시민으로 표창까지 받은 일이 바로 지난겨울의 일이었다. 새벽녘에 일찌감치 청계천 물가로 만행 삼아 나들이를 나간 묘적선사가 자살하려던 남녀 청년을 넷이나 구해낸 것이다. 오가는 사람이 드문 골목 끝에 세워놓은 차 안에서 번개탄을 피우고 버둥거리던 청년들을 끌어내 119로 실어 보냈더랬다.

병원에서 다시 만난 청년들은 갓 스물을 넘겼을 청춘이었다. 사귀던 애인에게 차여서, 500만 원 빌려 쓴 것이 5천만 원이 된 대출금에 시달려서, 성형수술한 코가 맘에 들지 않아서, 그저 사는 게 답답하고 지루해서, 사연은 각기 달라도 귀담아들을 만한 것은 하나같이 없는 인생들의 사연을 듣다 말고 묘적선사가 건넨 말은 '나가 죽으라'는 일갈이었다. 혼자 죽을 뱃심도 모자라 인터넷인가로 함께 죽기로 모의한 것부터가 나가 죽을 것들로 모자람이 없었다. 죽을 때 고통스러울까 봐, 죽고 나서 흉한 모습일까 봐, 혼자서는 왠지 엄두가 나지 않아 '9막9장'이라는 인터넷 동호회에 가입해 머리를 맞대고 뜻을 모은 끝에 자동차 안에서 연탄을 피우기로 했다는 것이다. 묘적이 보기에 아직 죽을 깜냥은커녕 제대로 연탄 한 장 피울 줄도 모르는 인생들이었다. 지나가던 묘적이 아니었더라도 독한 연탄가스를 견디지 못해 스스로 차창을 깨뜨리고 뛰쳐나올 게 뻔했다.

그 사건만 봐서도 능히 알 수 있는 일이었다. 세상에는 죽지 못해 사는 목숨과, 살지 못해 죽으려는 목숨으로 버글거렸다. 이 틈에서 도 닦는 이들이 할 일은 부적이든, 염불이든, 산중에 천막을 치고 드리는 기도발이든 목숨과 잇닿지 않은 것이 없는 법이었다.

묘적선사는 주변머리 없는 안 목사를 바짝 다그쳐 우선 단칸방 앞에 '할렐루야 기도원' 이라는 간판이라도 내걸게 하지 못한 것이 한이 되었다. 그가 볼 때 안 목사는 장바닥에서 살 인물이 아니었다. 굶기를 밥 먹듯이 하면서도 농으로라도 남의눈을 속이는 일을 하지 못했다.

묘적선사는 안 목사를 데리고 장사에 나선 일이 있었다.

주식 투자를 놓고 점을 쳐준 복채로 야바위 킴에게 자석 도막을 한 가마니 받았기 때문이다. 어느 초등학교 앞에서 문구점을 하던 이가 폐업 정리하며 넘긴 과학 교재용 자석을 땡처리로 잡은 모양이었다. 저울에 달아 고철로 넘겨도 10만 원은 너끈히 받을 것이라는 말에 마지못해 넘겨 받은 물건이었다. 그걸 며칠 두고 보다가 퍼뜩 떠오른 생각이 있어 거리로 나섰던 것이다. 한창 자석요며, 자석 벨트에 자석 침대까지 유행을 타던 무렵인 터라 장바닥에 펼쳐놓고 건강 의료 기구로 팔아볼 생각이었다.

머리를 내젓는 안 목사를 강제로 끌다시피 해 구청 뒤편 공터에 판을 펼쳤다.

"송창식이라꼬 안 있능교? 하모, 〈가나다마라마바사〉, 쎄시봉. 그이가 하루도 빼묵지 않고 하는 운동이 있다 캅디다. 별다른 거이 아이고 뺑뺑 도는 긴데, 일천구백구십사년 삼월 나흐레부터 하루에 두 시간씩 일만 날을 작정해가꼬 뺑뺑 도는 기라예. 그기 우습게 보이도 그 운동 땜에 송창식이가 외국도 안 나가는 기라요. 억수로 돈을 얹어준다 캐도 외국을 한 번도 안 나간 이유가 바로 요 운동 때문이라모 믿어지능교? 정해진 시간에 뺑뺑 돌아야 하는데 혹 우짠 일이 생길까 봐 고마 안 나가고 마는 깁니다. 그라모 송창식이가 우째서 뺑뺑 돌겠능교. 지금 우리가 사는 지구란 거이 알다시피 가마이 있는 거 같아도 하루에 한 바퀴씩 학실이 돌고 있단 말입니다. 시속 일천육백구 킬로, 일 초에 사백칠십팔 메다라는 속도로 팽이처럼 도는데, 거서 엄청난 자력이 발생한다 안 캅니까. 그 자력이 눈엔 안 보이지만 자기장이라는 걸 맹글어내는데, 거 안에 엑스레이보다 더 치명적인 전자파가 억수로 쏟아져 나와 이거이 사람 몸속에 들어오모 암이나 신경 질환에, 까닭 없이 우울해져서 옥상에 올라가 폴짝 뛰어내리는 신경 정신병부터 온갖 난치병의 원인이라는 거이 최근에 밝혀진 기라예. 근데 송창식이는 우째 뺑뺑 도능교. 말하자모 균행입니다. 한방에서는 사람의 모든 병이 음양의 균행이 깨진 데서 온다 카잖습디까. 바로 그 이친 기라요. 지구가 시계 반대 방향으로 도니까 그 반대로 돌모 균행이 잽히고, 지구가 돌면서 생기는 자기장의 파장도 벗어날 수 있다 이깁니다. 송창식이가 원래 도를 공부한 도인 아입니까. 몰랐능교? 맨날 도복 같은 거 입구 댕김시로 가나다라마바사 우에우에 하잖습디까.

문제는 먹고살기 바쁜 사람들이 맨날 뺑뺑 돌고 있을 수만은 없다는 깁니다. 송창식이야 노래하는 가수니까네 집 안에 들어앉아 있어도 되겠지만, 여기 기신 분들처럼 일 댕기구 직장에 매인 사람들이 하루도 빼지 않고 정해진 시간에 뺑뺑 돌 수 있겠능교?

그래서 나온 게 바로 요 제품인 기라요. 이게 겉으로 간단해 뵈도 이 안에 마그네슘으루 만든 특수 자력 장치가 들어 있는 기라예. 와 마그네슘이냐. 참말로 좋은 질문입니다. 공부는 글케 하는 기라요. 배워서 남 줍니까, 모르모 물어야 하는 기라예.

보입시다. 지구란 땅덩이 안쪽에 들어가모 펄펄 끓는 용암 겉은 물질이 있는데, 그 안에 마그네슘이란 성분이 바로 자력을 일으키는 핵심 물질이다 이깁니다. 이걸 캄푸라치하는 기술을 만든 데가 어데냐 하모 바로 미국의 나산 기라예. 그이들이 우주선을 연구하다 보이까 우주에 나가모 온갖 치명적인 전자파가 있는데, 이걸 막을라꼬 맹근 게 바로 이 마그네슘 패친 기라요. 맞심다. 우주복이나 우주선에 꼭 들어가는 게 바로 이 패친 기라요. 그걸 의료적으로 맹글어 휴대하기 편허게 러시아 항공 의료 센터에서 맹근 게 바로 요 제품인 기라요. 머시 우짠다고? 에프디에이? 아, 그건 인증이 없어요. 와글냐 카모 이거이 미국서는 군사용, 우주 발사용으로만 나온 기라서 아직 의료용으로는 시판이 안 되는 기라예."

구경하던 이들이 미심쩍은 눈으로 봉지에 넣은 자석을 만지작거릴 즈음에 묘적선사는 한쪽에 쭈그리고 있던 안 목사를 불러 일으켰다.

"영감님, 함 일나 보이소."

그리고 사람들 앞에서 빙빙 돌게 하니 몇 바퀴 돌다가 금세 쓰러질 듯 비틀거린 것까지는 좋았다. 문제는 그가 안 목사의 바짓가랑이를 걷어 올리고 보기 좋게 자석 쪼가리를 정강이에 테이프로 붙인 뒤 다시 돌아보라고 했을 때였다. 원래 각본대로라면 앞서보다 훨씬 멀쩡하게 팽이처럼 돌아야 했다. 그런데 연거푸 두 차례 맴을 돈 안 목사가 비틀거리더니 기어코 사람들 앞에서 쓰러지고 만 것이다. 안 목사에게 가슴이 벌렁거리는 어지럼증이 있다는 사실을 미처 몰랐던 것이다. 묘적선사는 태연히 사태를 수습했다.

“자, 함 보이소. 요렇게 돌모 써러져버리는 기라예. 방향을 거꾸로 돌모 역작용이 나서 멀쩡하던 양바이 요렇게 써러지고 만다 아입니까.”

비틀거리는 안 목사를 일으켜 세운 뒤 정신 차리고 바로 돌라고 하려는 순간, 정복을 입은 경관이 들이닥쳤다. 불법 의료 기기를 판다는 신고가 들어왔다는 것이다. 어느 더럽게 할 일 없는 인간이 개나 소나 다 가지고 다니는 휴대전화로 파출소에 신고를 한 모양이었다. 파출소로 가서 이야기하자는 걸 묘적선사가 승복의 매무새를 점잖게 바로잡으며 둘러댔다.

“시방 포교 중인 줄 모르겠능교? 누가 불법 의료 기기를 팔았다고 애먼 소리를 합디까? 날로 쇠약해가는 중생의 심신을 바로잡는 수련법을 소개하는 자리에서 불법 판매라이? 시방 종교 탄압하는 깅교?”

묘적선사가 두 팔을 벌리고 지구의 반대 방향으로 도는 엄연한 수련 의식이라고 강변하며 곁에 있던 안 목사를 증인으로 둘러 세웠다.

“이 양반도 교 믿는 목사 아잉교. 우리 선교회에서 수련하시는 양반입니다.”

목사라는 말에 경관이 미심쩍은 눈으로 자신을 바라보니 안 목사는 당황해서 어쩔 줄을 몰랐다. 경관 앞에서 주기도문과 사도 신경을 외우고, 찬송가 144장을 부르고 나서야 간신히 파출소로 끌려가는 걸 피할 수 있었다.

워낙 소심한 양반인지라 그런 일을 겪고 나서는 안 목사가 요지부동 움직이려 하지 않는 바람에 건강 의료기 판매를 동업으로 하는 일이 중동무이되고 말았다. 그때 등을 떠밀어서라도 끌고 다녔어야 했다. 그랬다면, 장바닥에 서서 두 차례씩 빙빙 돌기만 했더라도 물가에 심어놓은 꽃에 손을 대는 일은 없었을 것이다. 그러고 보면 송창식이 한다는 빙빙 도는 운동이 불로양생의 비방임은 틀림없는 사실이었다. 묘적선사는 새삼 경관에게 전량 압수 처분된 과학 학습용 자석이 아까워졌다.

박금남이 종적을 감춘 바람에 장바닥을 세 번이나 허발하고 돌아다니던 묘적선사는 만물상회 앞 평상에 앉아 있던 황 회장을 붙들고 종주먹질을 해댔다.

"맨날 말로만 인화단결하모 모하노? 골목 안에 사는 이웃이 굶어죽는데 지들끼리 개장국이나 처먹는 것들이 인화단결? 앞으루 내 앞에서 고따구 소리럴 씨부리는 것들은 위아래 할 거 없이 목탁으로 대갈빡을 까부셔놀 끼다."

서슬이 시퍼래 설쳐대는 묘적선사의 기세에 눌려 황 회장도 달리 둘러댈 말을 잃은 채 먼 산만 바라볼 뿐이었다.

"인자 우짤 낀대. 사람은 죽었꼬 산 사람은 우짜든동 살리야 할 기 아이가."

그제야 황 회장이 뒷주머니에서 종이 한 장을 꺼내놓았다. 양면 괘지에 이름과 주소가 빼곡하게 적힌 꼴이 안 목사의 딱한 사정을 탄원해 옥에 갇힌 미망인을 풀어달라고 시장 사람들이 지장을 눌러 연명한 진정서였다.

"내도 마, 이리저리 노력하고 있는 기라예."

"노력이고 머고 간에 일단 산 사람부텀 꺼내논 뒤에 찬찬히 따져 보자고 마."

진정서 덕인지, 죄목이 경미하다고 판단한 처분의 결과인지 검찰은 울면서 기도만 하는 미망인을 기소유예로 풀어주었다. 당장 장례를 치를 형편이 되지 않아 청심회 계원들이 나섰다. 묘적선사에게 떠밀려 황 회장이 마지못해 소집한 청심회 계원들은 누구 하나 편한 얼굴이 아니었다. 평소 같으면 틀니 빠진 입을 야기죽거리며 쉼 없이 놀려댈 야바위 킴마저 이맛살을 찌푸린 채 벽만 바라보고 있었다.

안 목사가 죽었다는 소식을 듣고 집에 다녀온 경일의 말로는 쌀독에 거미줄이 허옇게 쳐 있었고, 연탄 아궁이에는 반쯤 타다 만 박스 조각만 그을린 채 남아 있었다고 했다. 안 목사가 경찰서에서 풀려난 뒤로 아흐레가 지나도록 잠깐이라도 한번 들여다보지 못한 것이 모든 이의 마음을 무겁게 했다. 안 목사가 굶을 동안 그들은 무얼 했던가. 가부시끼로 보신탕집에 몰려가 복달임을 하고, 서로 만년필(개 수컷의 생식기)을 집어 먹겠다고 젓가락으로 창질을 하고 다툴 때 노인은 바로 곁에서 굶어 죽어가고 있었던 것이다.

따뜻한 밥상

만물상회 2톤 트럭에 관을 싣고 벽제 화장장으로 출발할 때, 박금남이 오토바이를 타고 앞에서 호위를 했다.

"저 씨발놈은 왜 왔어?"

모두들 원성이 높았지만 그는 검은 색안경을 쓰고 오토바이의 경광등을 번쩍이며 장례 행렬의 선두에 섰다. 휴게소에서 잠깐 차가 멈추었을 때 묘적선사가 그에게 염치없이 어디를 따라 오느냐고 한마디하자 얼굴을 붉히며 그가 대답했다.

"씨발, 나두 괴로워서 그래요. 누가 이럴 줄 알았냐고!"

트럭 뒤에 올라탄 청심회 계원들은 김 총무가 찬조한 배추김치 한 박스를 안주 삼아 소주를 마셨다. 벽제 화장장이 가까워질 무렵, 술 취한 경일이 울부짖으며 차에서 뛰어내리려는 걸 묘적선사가 목탁으로 머리를 때려서 간신히 말렸다.

"이럴라꼬 국갱을 넘어와쀘나?"

오토바이의 경광등을 끄라는 화장장의 관리인과 옥신각신하기는 했지만 박금남도 화장이 끝날 때까지 자리를 떠나지 않았다. 딩동. 종이 울리고 5호기의 문이 열렸다. 안 목사의 유골이 한 줌 재가 되는 동안 청심회 계원들은 묘적선사가 시키는 대로 돌아가며 한마디씩 고인의 명복을 빌었다. 시키지도 않았는데 박금남이 끼어들었다.

"좌우지간 하늘나라에서 잘 계시면서, 여기 청개천 중생들 잘 지켜주시우. 극락왕생하시기만 빌어요."

장례식장 구내식당에서 남은 술과 밥을 먹으며 그들은 앞으로 청심회에서 쓸 조기(弔旗)를 마련하는 일을 논의했다. 조기란 것이 한번 맞춰놓으면 만년묵이로 쓸 수 있고, 회원들이 상을 당할 때 빈소 앞에 걸어두면 폼도 나고 청심회를 널리 알릴 수 있다는 게 황 회장의 의견이었다. 조기 가운데에 벼룩을 그릴 것이냐, 개천을 그릴 것이냐를 두고 설전이 오가다 술 취한 박금남이 저만 빼놓고 회의한다고 지랄을 해서 논의가 도중에 중단되고 말았다. 어젯밤 상가에서 고스톱을 칠 때 자신이 광 판 값을 안 주었다고 주정부리던 금남은 묘적선사에게 한바탕 핀잔을 듣고서야 트럭에 올라가 말 장화를 베고 잠이 들었다.

"절마, 화장장 통 속에다 집어 던지구 가삐자."

황 회장이 코를 골며 자는 금남을 째려보며 투덜거렸다.

"우째 글마만 들어가노? 회장부터 처녀삐야제."

묘적선사의 말에 황 회장은 입을 비죽이면서도 뭐라 대꾸하지 못한다.

"절마도 맴이 편치 않을 끼다."

"하이고, 맘 잡아 개장사라 안 합디까."

돌아올 때 만물상회 트럭에는 관 대신 금남과 그의 오토바이가 실렸다.

안 목사의 골분은 청계천에 뿌려졌다. 흰 장갑을 낀 황 회장이 골분을 뿌리려 할 때, 신고를 받고 달려온 구청 공무원과 잠시 승강이가 벌어졌다. 공무원들은 서울 시민의 휴식처인 청계천의 오염을 우려했지만, 평생을 청계천에서 태어나 청계천에서 죽은 노인의 일생을 전해 듣고 머뭇거렸다. 그 틈을 이용해 묘적선사가 골분을 건네받아 말릴 틈도 없이 개울에 뿌렸다. 공무원들은 허공에 뿌려진 골분을 향해 두 손을 휘저으며 막는 시늉을 했지만 물 위에 내려앉은 골분은 흔적도 없이 물속으로 흘러가버렸다. 고발하겠다며 사진기를 들이대던 공무원들도 누군가 부르는 찬송가 소리에 이내 조용해졌다.

며칠 후, 며칠 후, 요단강 건너가 만나리.

혼자 남은 미망인은 안 목사가 심다 만 채송화와 봉선화를 보며 소리 내어 울었다. 모든 게 자기 탓이라며 미망인은 물가에 주저앉았다.

"그 돈을 받아가는 기 아이었는데."

묘적선사가 지그시 눈을 감고 잔뜩 목멘 소리로 중얼거렸다. 안 목사는 애면글면 병원에 있는 아들 걱정만 했다. 정신병에는 오래 묵은 산삼이 특효라는 묘적선사의 말에 안 목사는 바짝 몸이 달아 매달렸다. 무슨 일이 있더라도 산삼을 구해달라고 신신당부를 했다.

오대산에 아는 심마니가 있으니 기도하러 들어갈 때 알아보겠다고 했더니 며칠 지나지 않아 돈 봉투를 들고 찾아왔다. 그 안에는 32만 5,600원이 들어 있었다. 지금 생각해보면 안 노인 내외가 공공 근로 일을 다니며 받은 수당을 전부 가져온 것이었다.

"세상에 훔칠 기 없어서 꽃을 훔쳤나?"

황 회장이 뒤에서 볼멘소리로 두덜거렸다.

"오죽허믄 꽃을 훔쳤을까."

곁에 있던 야바위 킴이 입속으로 중얼거렸다.

안 목사가 죽은 곳은 청계천변의 꽃밭이었다. 밤에 내린 비로 몸이 흠뻑 젖었지만 그의 손에는 채송화가 쥐어 있었고, 주변에는 분꽃과 봉선화 모종이 담긴 라면 박스가 놓여 있었다. 이를 두고 화초를 팔아 연명하던 안 목사가 집에 돌아가다가 빗길에 미끄러져 천변으로 굴러떨어져 죽었다는 이가 있는가 하면, 굶주림에 못 견

딘 그가 꽃을 몰래 캐다가 기력이 다해 쓰러져 저체온증으로 사망했다고 하는 이도 있었다. 그러나 경찰의 공식 발표로는 심장마비로 인한 사망이었다. 그뿐이었다. 아흔 해 가까이 벌떡거리던 심장이 어느 날 느닷없이 그만 쉬고 싶다고 해서 멈춘 것을 누가 뭐라 하겠는가.

"근데 그 양반이 참말로 비 맞고 죽었을까. 한겨울도 아닌데?"

"저체온증이라잖아여. 아흔이 다 된 노인이 밤중에 홈빡 젖으믄……."

"난, 노인네가 죽을라구 작정을 혔다 싶어."

"내 같아도 살 맴이 안 났을 꺼지랑. 당장 끼니를 때울 길도 막막한데, 자식은 기약 없이 병원에 갇혀 지내제, 나이는 들어 짐만 될 판이제. 막말루 살아서 뭘 한당가?"

사람들이 주절거리는 걸 곁에서 가만히 듣고 있던 묘적선사가 호통을 쳤다.

"사람이 힘들어서 죽는 줄 아나? 분해서 죽는 기라. 전쟁판에도 어떻게 하모 살아남을까 땅바닥을 박박 기어 다니잖드나. 전쟁 중에는 지 손으로 목매다는 이가 한 명도 없는 기라. 사람이 분허고 원통하모 죽는 기라."

안 목사의 죽음은 어느 신문에도 보도되지 않았다. 손바닥만 한 광고를 싣는 데도 몇백 만 원을 들이밀어야 하는 지면에 싣기에 노인의 죽음은 너무 저렴했다. 신문마다 대선을 앞둔 후보의 공약을 소개하고, 지지율을 보도하기 바빴다.

안 목사는 호주머니 속에 주민등록증 한 장만 덜렁 남긴 채 세상과 졸연히 헤어졌다. 이리저리 해진 것을 몇 번이고 호고 깁은 바지 주머니 속에서 발견한 주민등록증에 따르면 노인의 이름은 안정균이고, 1925년 을축년생이었다. 하루에 42.2명이 스스로 목숨을 끊는 나라에서 아흔을 바라보는 노인이 죽은 일이 무슨 사건이나 되겠는가.

안 목사의 죽음은 재빨리 잊혀갔다. 심씨의 하극상 건으로 유야무야하던 청심회 계원들이 다시 한자리에 모이게 된 것은 우습게도 안 목사 때문이었다.

무슨 빈민 단체라는 곳에서 찾아왔을 때만 해도 청심회 계원들은 행여 안 목사가 죽은 것에 대해 제 책임이라도 물으러 온 줄 알고 자라목 움츠리듯 몸을 피하기 바빴다. 안 목사네 사정을 듣고 싶다며 이리저리 찾아가면 쇠똥구리 경단 굴리듯 내 미룩 네 미룩 밀어대기만 하고 누구 하나 입도 뻥긋하지 않았다.

묘적선사와 경일에게 몇 마디 듣고 간 뒤로 감감무소식이더니, 느닷없이 방송국에서 찾아온 것이다. 엔비씨의 〈따뜻한 밥상〉이라는 프로그램을 만드는 사람들이라고 너덧 명이 몰려와 안 목사네 집을 촬영하고 싶다고 했다. 밥상이라는 말에 〈내 고향 여섯시〉처럼 맛있는 요리를 찍으러 온 줄 알았더니, 어려운 사람들의 딱한 사정을 방송해 성금도 모으고, 여러 가지로 도움을 주는 프로그램이라고 했다. 세상 뜬 안 목사의 이야기나 혼자 남은 미망인의 하루 일과라고 해봐야 민물에 빗물 들어가듯 싱겁게 들렸지만, 불우한 이웃을 돕는 동네 사람들의 이야기도 찍는다는 대목에 묘적선사의 마음이 출렁였다. 분별을 버리고 갈등을 해결한다는 그의 종합적 신앙이 혹여 텔레비전에라도 소개될지 모른다는 기대감 때문이었다.

방송 촬영을 한다는 말에도 황 회장은 시큰둥했다. 워낙 밑도 끝도 없는 소리를 자주 하는 묘적선사의 말이니 와야 오나 보다 여기는 눈치였다. 소문을 전해 들은 청심회 계원들도 크게 다를 바가 없었다.

그러다가 막상 방송차가 좁은 골목에 들어서고, 작대기에 매달린 마이크며 카메라를 든 이들이 여기저기 뛰어다니는 모습을 보고서야 우르르 몰려나와 행여 제 얼굴이 멀리서라도 찍힐까 싶어 주변을 어정거렸다.

"저것이 비 새는 집 고쳐주는 프로 아녀? 〈사랑의 리모델링〉인가 뭐신가 허는?"

"그기 아이고, 어렵은 사람들한테 전화 한 통에 이천 원씩 모아주는 거라잖드나."

"이천 원? 그걸 모아서 어느 코에 붙이라고?"

"티끌 모아 태산이라잖드나. 접때도 중풍 걸린 자식 델꼬 사는 노인네가 나왔는데, 사천만 원인가 모아짓다 카던데?"

"아, 옛날루 치자믄, 〈절망은 없다〉 겉은 프론가 부네."

가뜩이나 좁은 골목에 촬영 장비로 북적거리느라 정신이 사나운 중에도 청심회 계원들은 물꼬받이에 괸 올챙이처럼 복작거리며 잠시도 자리를 뜨지 않았다.

"성금은 기본이구 방송이 나가믄 여기저기서 들어오는 기부금이 일 억이 넘는다대."

어디서 주워들었는지 재록의 1억이라는 말에 계원들은 눈이 당장 화등잔만 해졌다.

"아이고야. 목사님이 하늘에서 단박에 빽을 쓰셨나 부네."

"혼자 남은 마나님두 인제 팔자가 피겄네그려."

"거저 들어오는 돈이 나가려믄 손가락으루 물 새드키 헌대니께. 물정 모르는 노인네가 뭘 알겄어? 대번에 사기꾼들이 개미츠럼 새카마니 꾀일 텐디."

"성금이란 것이 귀 떼고 좆 떼고 나면 먹잘 것 없는 당나귀 괴기 같은 거여. 아, 말두 못 들었어? 어디서 로또 맞았다가 여기저기서 손 벌리고 달려드는 것들한테 시달려 이태 만에 알거지가 되었단 소리."

"원, 그리 뜯길 돈이래두 있으믄 좋겠네."

거저 생긴다는 1억이 당장 제 주머니에 떨어질 것처럼 가는 기둥에 서까래 굵은 소리를 늘어놓으며 가로왈 세로왈 떠들던 계원들은 안 목사의 이웃을 찾는다는 피디의 말에 누가 먼저랄 것도 없이 우르르 몰려가 카메라 앞에 섰다.

먼저 묘적선사가 풀을 먹여 움직일 때마다 버스럭거리는 소리를 내는 승복 일습을 차려 입고 나와서 안 목사와 각별하게 지낸 이야기며, 우리 사회에 만연한 갈등을 해결하는 방법에 대해 한나절은 설명하고, 황 회장이 나서서 마이크를 잡았다.

"한가족이나 마찬가지 아이었능교. 아파트와는 전혀 다른 기라요. 목사님께서 갑자기 변을 당하셨을 때도요, 누가 시키기 않애도 여기 청심회 계원들이 일심단결하여 상을 치르고 화장까지 모셨다 아입니까. 올해로 구 년이 되어가는 청심회로 말하자모……."

피디가 마이크를 다음 사람으로 돌리는 바람에 이제 막 탄력을 받아 본격적으로 풀어놓으려던 말이 중동무이되어 황 회장은 못내 아쉬운 눈치였지만, 그날의 절정은 따로 있었다.

야바위 킴과 임춧불까지 한마디씩 늘어놓고 나서, 옹색한 방에 쭈그리고 앉은 미망인을 찍으려는데, 난데없이 골목 끝으로 컨테이너를 실은 크레인 한 대가 들어서는 것이었다. 요란한 중기 소리에 놀라 모두 나가 보니, 특수 임무 군복을 입고 선글라스를 쓴 박금남이 호루라기를 요란스레 불어대며 크레인에서 컨테이너를 내려놓고 있었다. 골목 끝의 보안등 아래 내려진 컨테이너 앞에는 '특수 임무 동부 지구대'라는 간판이 큼지막하게 걸려 있었다.

컨테이너를 땅에 내려놓은 박금남은 소음 때문에 잠시 촬영을 멈추고 있던 안 목사의 단칸방으로 불쑥 들어와 미망인 앞에 털썩 엎드려 절부터 올리는 것이었다.

"어머님, 이제 걱정 마십쇼."

금남은 사선에서 돌아온 자식처럼 미망인 앞에 엎드려 그간 자신의 불효를 토로하는 한편, 앞으로는 친자식처럼 곁에서 모시겠다고 다짐했다. 카메라 스위치가 켜지자 금남은 재방송이라도 하듯 조금 전에 제가 한 절이며, 다짐을 고스란히 되풀이했다.

"혼자 지내시다 일이라두 당하실까 봐, 아예 지구대 사무실을 이리 옮겨 왔습니다. 어머니."

누가 그를 대적하랴. 묘적선사도, 황 회장도 미망인 앞에 엎드려 울먹이는 금남을 넋이 나간 얼굴로 망연히 바라볼 뿐이었다.

3주 후에 방송국에서 생방송이 있을 것이며, 그때 오늘 뜬 촬영 장면을 함께 방송하고, 그 자리에 안 목사의 미망인이 출연해 성금을 실시간으로 모으게 될 것이라고 했다.

성금이 모이면 무엇보다 안 목사의 천도제를 청계천에서 크게 치러야 한다는 묘적선사의 말에 한바탕 설전이 벌어졌지만 촬영은 그렇게 대충 마무리되었다.

제 얼굴이 스치기라도 한 청심회 계원들은 3주를 3년처럼 눈이 빠지게 기다리는 한편, 친척이며 친구들에게 전화를 걸어 자신이 불우한 이웃을 돕는 프로그램에 나오게 된다는 사실을 알리기 바빴다.

그런데 3주가 되기도 전에 피디가 묘적선사에게 방송이 어렵게 되었다는 사실을 전해왔다.

"꽃 도둑이라는 게 북한의 꽃제비를 떠올린다고. 아무래도 대선을 앞두고 여러 가지를 고려했나 봅니다."

"자선에 남북이 어딨능교? 꽃 도둑이든 꽃제비든 에려우믄 도와야제."

"저희는 외주로 제작하는 곳이라 방송 여부는 방송국에서 결정하거든요."

"애덜 장난도 아이고, 메칠을 카메라 앞에 서 있었는데, 우째 쫌 해보소."

묘적선사의 말에 피디는 죄송하다는 말뿐이었다.

한동안 안 목사네 집 근처에서 저녁마다 모여 고스톱을 치던 특수 임무 지구대원들이 컨테이너를 옮겨간 것은 방송 불가 통지가 온 다음 날이었다.

사정을 전해 들은 청심회 계원들은 낙심천만이었다.

"돈 들여 꾸며놓은 청계천에 시체가 누웠으니, 그걸 방송헌다 했을 때부텀 이상허다 생각혔지."

청계천 주변을 둘러보려던 전임 시장은 계속 긴급한 일이 생겨서 끝내 자신이 새로 단장한 청계천에는 오지 않았다. 갑작스럽게 북쪽에서 핵 실험을 한다는 정보에 긴급히 벙커 속에 들어가 안보

회의를 하느라 오지 않았다는 소리가 있었다. 의경들은 여전히 명판이 붙어 있는 자리에 우두커니 서 있어야 했고, 비가 오나 볕이 나나 서 있다 보니 나중에는 무얼 지키는지도 잊게 되었다.

배롱나무가 꽃을 피울 때처럼 잠깐 정적 속에 잠기던 세상은 이내 악다구니와 야바위와 욕설로 시끄러워졌다. 누군가 신다 벗은 구두와 헌 블라우스와 유행 지난 양복이 좌판에 너저분하게 쌓이고, 골목 안쪽에서는 먹기만 하면 못 고치는 병이 없다는 성분 불명의 가루약을 파느라 벅적거리고, 헌 옷에 붙은 아르마니니 버버리 같은 라벨을 몰래 떼어 가다 걸려서 멱살을 잡혀 아수라장이 되고 있었다.

송파에 새로 지은 가든파이브 상가에 자식들 모르게 2억 원이나 주고 점포를 분양받았던 황 회장은 1조 원이나 들여 지었다는 상가에 도무지 손님이 오지 않아 추석 쇤 개장국집처럼 쓸쓸한 바람에 얼굴이 시커메지도록 속을 끓이는 중이었다. 전임 시장이 청계천 주변에서 장사하던 상인을 초현대식 상가로 옮겨주겠다는 말에 껌벅 넘어갔던 황 회장이 아무려면 고향 사람이 거짓말하겠는가 싶어 무조건 청계천 개발에 박수를 치고 나선 결과였다.

심씨네 집에서 쫓겨난 박 여사는 전에 살던 낙원상가 뒤편의 쪽방으로 돌아갔다. 이따금 성보 여인숙에서 황 회장을 만나기도 했지만 예전처럼 탑골공원의 노인들을 상대로 몸을 팔았다. 요즘에는 50대 조선족 여자들이 밀려들어와 박 여사의 단골이 많이 떨어져나갔다. 2만 원씩 받던 화대를 5천 원까지 내려 받는데도 벌이가 예전 같지 않다고 했다. 심씨는 상습적으로 먹어온 신경안정제의 부작용으로 불면증이 와서 얼마 전부터 병원에 다니고 있었다. 묘적선사는 공휴일마다 청계천변의 공터에 나가 송창식의 뺑뺑 도는 운동을 몸소 시범을 보이며 대중 전파에 힘쓰고 있으며, 양경일은 비엔을 따라 베트남에 가서 바나나 농장을 해보려고 궁리 중이었다. 주식을 하다가 가게까지 팔아넘긴 사실이 뒤늦게 들통 난 야바위 킴은 마누라에게 쫓겨나 며칠 동안 노래방 도우미 일을 하는 딸네 단칸방에서 신세를 져야 했다. 제발 아버지를 데려가라는 딸의 부탁에 마지못해 찾아온 마누라에게 이끌려 그는 간신히 집으로 돌아갈 수 있었다. 요즘은 숭인동 뒷골목의 TV 경마장 부근을 얼쩡거린다는 말이 있었다. 재록은 주머니에 넣고 다니던 쏭쏭 키쓰방 전단지가 마누라 눈에 띈 뒤로 한동안 금족령이 내려졌고, 박금남은 빨랫줄에 걸어놓은 자신의 군복에 누군가 흰 페인트로 특수임무 글자를 지우고 특수 부위라고 써놓았다며 한동안 지랄을 떨었다. 그는 요즘 미군 해병대 군복을 입고 다녔는데, 길에서 마주치면 피하는 게 상책이었다. 나머지 사람들은 그냥저냥, 새로 시작한 일일드라마에 빠져 지냈다.

방송 촬영 때문에 후끈 달았다가 헛물만 들이켠 뒤로 시들하던 청심회 계원들이 한자리에 다시 모인 것은 대선 때문이었다. 땅바닥에 풍뎅이처럼 자빠져서 맴돌며 춤춰대는 비보이란 것들도 연합회를 만들어 지지 성명을 내는 판에 청계천 바닥의 토박이가 모인 청심회에서도 성명서 한 장 내야 하지 않겠느냐고 황 회장이 불러 모은 자리였다. 사실 그 이면에는 어느 유력 후보자의 특별 보좌관이라는 임명장을 받아들고 얼마 전부터 시뻘건 목도리를 걸친 채 밤낮으로 설치고 다니는 박금남 때문이기도 했다.

"병든 솔개 치아뿌니까 까마구가 날친다 카더이. 가꾸로데이."

박금남이 나대고 돌아다니는 꼴에 속이 뒤틀려 긴급 소집한 회의에 고향 선배이며 유일하게 장바닥에서 존대를 해야 하는 묘적선사가 고문 자격으로 참석한다는 소리를 듣고 황 회장이 한숨을 쉬며 두덜거린 말이었다. 어쨌든 묘적선사가 상머리에 눈을 지그시 감은 채 임석한 자리에서 회의가 진행되었다.

"청계천을 이만치 꾸며놓은 이들 공이 크지 뭐여."

임춧불이 정자나무 밑동에 톱질하는 소리로 점잖게 입을 열자, 그 뒤를 이어 기다렸다는 듯이 여기저기서 의견이 쏟아져 나왔다.

"그 의사인가 뭔가 허는 이는 삼백 억인가를 내놨다는데?"

"아무리 내놓으믄 뭘혀? 내 보게트엔 감감무소식인디."

대선 후보들을 입에 올리며 한껏 찧고 까부는 중에 황 회장이 입을 열었다.

"보게트가 문제가 아인 기라. 뭣보다 안보가 튼튼해야 허지 않겄나."

"그러고 본께, 거 종북인지 허는 것들도 대통령 허겠다구 나설 모양이대."

"빨갱이들이 나라를 차지할 판이라니까."

"그깐 한 줌도 안 되는 빨개 종자들. 지금 대한민국 국력이 몇째 가는 줄이나 아나? 세계 십위 갱제 대국이야. 왜놈이고 떼놈이고 함부로 못 보게 되었다 아이가. 접때 삼성이 애플 하고 재판하는 거 못 보았드나. 천하의 애플한테 도전장을 낸 나라가 어데 있노."

"도전만 허면 뭐혀. 배 곯다가 꽃 훔치는 이두 있는디."

돈 안 드는 이야기라고 한껏 입을 놀려대던 계원들은 야바위 킴의 그 말에 멀쑥해져 아무도 대꾸를 하지 못했다.

"뭣보다 남북 간에 편지라도 오갔으면 좋겠습네다."

잠시 끊어진 이야기 틈새에 경일이 모처럼 자신의 의견을 내놓았다. 곁에 있던 황 회장이 심히 고깝다는 얼굴로 그를 돌아보며 한마디 내뱉었다.

"거도 투표권이 나오나?"

경일이 어이없다는 표정으로 입만 벌리고 대답하지 않자 황 회장은 마뜩잖은 얼굴로 고개를 갸웃거렸다.

"그나저나 뭐라 성명을 내건다?"

풍비박산이 날 친목회를 가가호호 찾아다니며 계원들을 설득해 간신히 살려낸 김 총무는 행여 또 잡음이 날까 봐 황급히 끼어들어 어색한 분위기를 누그러뜨렸다.

"노점상 단속이나 좀 하지 말라구 내어. 네미, 관광두 좋구 맑은 개천두 좋지만 우선 사람이 살어야 할 거 아냐."

임춧불이 모처럼 얼굴을 붉히며 목소리를 높이자 여기저기서 동조하는 분위기가 뜨거웠다. 그럴 즈음, 돌부처처럼 앉아 있던 묘적선사가 눈을 뜨고 버럭 소리를 질렀다.

"사내 자슥들이 와 그리 쫌스럽노? 스케일을 화끈하니 키워봐라."

묘적선사가 입을 열어 법문이라도 외듯 내린 말씀을 정리하면 다음과 같았다. 여러 가지로 갈등을 일으킨 청계천 문제를 해결하려면 근원부터 말끔히 덮어버려야 한다는 것이었다.

"청계천을 싹 덮어버리는 기다."

생뚱맞은 말에 잠시 어리둥절하던 계원들은 오래지 않아 묘적선사의 깊은 뜻을 헤아리고는 저마다 합당한 의견을 내놓기 시작했다.

"그려, 꽃나무가 문제가 아녀. 주차헐 때두 읎어서 맨날 복작거리는디, 개천 위를 싹 복개허믄 널찍한 주차장두 생길 테구."

"그 위에다 좌판을 깔믄 아마 세계에서 젤 넓은 벼룩시장이 될걸."

"바다두 막어 새만금 벌판두 만드는디, 땅 좁은 나라에서 개울보담 한 평이래두 땅을 넓히는 게 훨 낫지 뭐여."

"한 평만 되어? 십만 평은 될 텐디."

"십만 평이면 땅값만 해도 얼마여?"

가마솥에 콩 튀듯이 벅적거리는 중에 황 회장이 떨떠름한 얼굴로 두덜거렸다.

"덮었다 열었다 얼라들 장난두 아이고 뭘 하자는 긴데."

그 말에 묘적선사가 정색을 하며 일갈했다.

"덮었다 열었다 허는 기 정치인 기라."

모처럼 한마디하려던 황 회장은 묘적선사의 말에 그만 쑥 들어가고 말았다.

"이왕이모 쫌 쎄게 너삐라."

우선 성명서는 야바위 킴이 초안을 잡고 묘적선사가 검토하기로 했다. 청계천을 복개하라는 성명서 문안을 머릿속으로 궁굴리던 야바위 킴이 문득 생각난 듯이 물었다.

"근디 성명서는 으쭈고 발표를 한대?"

그 말에는 묘적선사도 선뜻 대답을 하지 못했다. 신문에 내자, 방송국을 찾아가자 한동안 이런저런 궁리를 하다가 뾰족한 방안이 없어 다음 모임 때까지 각자 생각해 오기로 했다.

바야흐로 물가에 심은 꽃들이 벌을 부르고, 천변에 심은 사과나무마다 주먹만 한 사과가 익어갔다. 개천에서는 잉어들이 텀벙거리고 꽃나무 그늘 아래서 사람들은 태평성세를 노래했다. 물맞이 축제를 하던 개천가에서는 시장이 바뀌면서 연등 축제가 열렸다.

밤이 되면 각 나라에서 만든 등불이 색색으로 환히 빛났다. 축제가 열리던 날, 개천 가장자리에 설치한 스피커에서 북한까지 들릴 정도로 큰 소리로 귀에 익은 노래가 흘러나왔다. 아무도 물가에 쓰러진 노인의 이야기나, 해 질 무렵이면 그 자리에 혼자 앉아 망연히 흐르는 물을 바라보는 미망인에 대해서는 이야기하지 않았다.

하늘엔 조각구름이 떠 있고 강물에 유람선이 떠 있고 저마다 누려야 할 행복이 언제나 자유로운 곳. 뚜렷한 사계절이 있기에 볼수록 정이 드는 산과 들, 우리의 마음속에 이상이 끝없이 펼쳐지는 곳. 원하는 것은 무엇이든 나눌 수 있고, 뜻하는 것은 무엇이든 될 수가 있어. 이렇게 우린 은혜로운 이 땅을 위해 이렇게 우린 이 강산을 노래 부르네. 아! 아! 우리 대한민국. 아! 아! 우리 조국. 아! 아! 영원토록 사랑하리라!

"귀 따가워, 앰프 좀 줄여!"

절대안정을 취하라던 의사의 말에 요즘 들어 빗자루질도 가만, 가만히 하던 심씨의 귀에 그것은 비명 소리나 다름없이 들렸다.

해설

민중의 윤리 부재와 마주하는 자기 풍자

고명철(문학평론가, 광운대 국문과 교수)

'리얼한' 민중의 삶을 특유의 구술성으로 살린 소설 세계

잠시 하찮고 지리멸렬하되 그렇다고 그냥 지나칠 수 없는 일상에서, 소탈하면서 질박하고 그러면서 맛깔나고 푸짐한 이야기를 안주 삼아, 뭔가 뾰족한 대책은 쥐뿔도 없는 채 이러쿵저러쿵하는 제 흥에 못 이겨 그 잘나고 질펀한 개똥철학을 실컷 주억거리고 싶다면, 조금도 망설이지 말고 작가 이시백의 소설에 귀를 기울여보자. 이시백은 난장(亂場)과 같은 현실에 부대끼며 살고 있는, 말 그대로 '리얼한' 민중의 삶을 특유의 구술성(口述性, orality)의 서사를 최대한 살림으로써 자신만의 개성 있는 소설 세계를 이뤄나간다. 이 같은 이시백의 소설은 한국문학의 지형도에서 창발적으로 탐구

해야 할 민중 서사의 리트머스지 역할을 수행하고 있다는 점에서 그 중요성을 힘주어 강조하고 싶다.

무엇보다 그의 민중 서사에서 각별히 주목해야 할 것은 자칫 자신도 모르는 새 갇힐 수 있는 이른바 민중주의의 함정으로부터 비판적 거리를 확보하고 있다는 점이다. 이것은, 좁게는 그의 소설을 이해하기 위한 핵심적인 감상 포인트고, 넓게는 한국문학의 민중 서사적 전통을 창조적으로 쇄신하는 데 중요하게 고려해야 할 요인이다.

그의 장편소설《나는 꽃 도둑이다》는 민중 서사의 이러한 면모를 성찰하도록 하는 데 매우 요긴한 참조점을 제공한다. "청계천 주변에서 가까이 지내온 이웃끼리 만든 친목계"(10쪽)인 '청심회'와 관련한 자질구레한 일상의 이야기로 이뤄진《나는 꽃 도둑이다》에서, 민중은 더 이상 세계의 구조악(構造惡)과 행태악(行態惡)을 부정하고 일소하는 역할을 담당하는 역사 변혁의 주체가 아니다. 또 반민주주의의 온갖 지배 권력의 억압 속에서 민중 특유의 낙천성을 지닌, 삶의 고통을 극복해나가는 윤리적 주체도 아니다. 그는《나는 꽃 도둑이다》에서 기존 우리의 낯익은 진보적 민중 서사에서 힘겹게 쌓아온 민중의 이러한 자기 긍정을 뒤집는다. 그리하여 우리가《나는 꽃 도둑이다》에서 마주하는 민중은 그토록 혐오스럽고 가증스러운 반민중의 모습을 취한 그들이다. 말하자면, 우리는 그들로부터 민중의 자기 긍정의 윤리를 좀처럼 찾아볼 수 없는, 그래서 그들이 부정해온 반민중적 존재의 '추한 모습'과 동일시된 '괴물'을 마주한다.

이 같은 이시백의 소설 쓰기는 21세기 진보적 민중 서사의 자기 혁신을 이룩하기 위한 자기 성찰의 윤리를 정립하는 것이라 해도 과언이 아니다. 이를 위해 이시백이 주도면밀하게 취하고 있는 서사 전략은 민중의 이 '괴물' 과 같은 모습에 대한 비판적 자기 풍자를 적극화하는 것이다. 이 자기 풍자의 비판이야말로 민중에 덧입혀진 반민중성을 민중 스스로 성찰하는 계기를 갖도록 함으로써 민중 서사의 쇄신을 위해 갱신해야 할 민중의 윤리적 미의식을 새롭게 갈무리한다.

이율배반적 속성을 띤 두 얼굴의 민중을 비판하는 자기 풍자

그렇다면 《나는 꽃 도둑이다》에서 민중의 비판적 자기 풍자는 어떻게 드러나고 있을까. 작가는 '청심회' 소속 인물들이 제각각 처한 이해관계로부터 민중 스스로 이율배반적 모순에 사로잡혀 있는 맨얼굴을 신랄히 드러낸다.

명식과 명식의 아내가 보이는 자기모순은 단적인 사례다. 명식은 김치 공장에서 "배추 절이는 염도를 맞추는 재주"(27쪽)로 공장장을 맡고 있는 노동자인데, 사측에 노동의 정상적 대가로서 점심식대를 요구했으나 사측에서는 경영의 어려움으로 이 요구를 거절

한다. 이에 대해 명식뿐 아니라 명식의 아내는 "목에 핏대를 올려가며" "김치 공장 주인을 쥐에다 비유해가며 불평을 쏟아"(33쪽)낸다. 그러던 명식의 아내는 자신이 사장을 하고 있는 분식집 앞에서 "비정규직 철폐, 최저임금 보장!"(30쪽)을 외치는 시위대를 향해 경영자의 입장에서 불만을 늘어놓는다.

"배지를 쫄쫄 굶겨야 혀. 시방 나라 경제가 워찌 돌아간다는 소리두 듣지 못혔나. 애덜 돌반지꺼정 빼다가 나라 살린 지가 월매나 되었다구 파업이여? 가뜩이나 불경기에 영업허는 사람들은 밤잠을 제대루 못 자가며 고심허는디, 다달이 따박따박 봉급에 밥값에 차 몰구 댕기는 지름값꺼정 챙겨 받구, 때마다 보너스루 떡값꺼정 타먹으면서 뭘 워쩌라구 심심허믄 빨갱이덜츠럼 대가리에 뻘건 띠를 두르구 거리루 나서냔 말이여. 저것들은 너나읎이 죄 풍선에 매달아 김정은헌티루 날려 보내구, 밥만 멕여줘두 감지덕지허는 동남아 것들 불러다가 품 사 쓰야 정신을 차릴 겨."(31~32쪽)

시위대에 대한 명식의 아내의 불만은 한국 사회의 노동(파업)과 연관된 사측의 잘못된 인식에 바탕을 둔 구조화된 언어폭력이다. 이것은 인간다운 삶의 가치를 추구하는 노동자의 노력을 국가의 국민경제를 위협하는 골칫거리로 인식하며, 무엇보다 초헌법적 반공주의로써 그러한 노동(파업)을 이념적으로 억압하고, 약소국가의 노동력을 착취하는 데 아무런 반성도 하지 않는 경제적 제국주의를 노골화한다는 점에서, 결코 가볍게 인식할 수 없는 민중의 윤리적 모순이 아닐 수 없다. 다시 말해 노동자의 아내가 노동(파업)의 의의와 가치를 부정하는 자기부정의 혼란을 보여준다. 이 같은 불만을 내뱉는 순간 명식의 아내는 노동자의 아내임을 망각하고, 자신이 그토록 혐오하는 김치 공장의 사측과 동일시된 두 얼굴을 지니게 된 것이다.

다시 강조하지만, 작가 이시백이 겨냥하고 있는 것은 바로 이율배반적 속성을 띤 두 얼굴을 지니게 된 민중의 윤리적 혼돈이다. 분명, 그들은 한국 사회의 기득권에 비해 정치·경제적 약소자다. 작가는 그 약소자 사이에서 상대적으로 우월한 사회적 위계(位階)를 점유하기 위해 온갖 경쟁을 마다하지 않는 그들의 삶을 매우 예리한 통찰력으로 응시한다. 민중 사이에 팽배해진 윤리의 부재와 윤리적 혼돈을 회피하지 않고 적극적으로 자기 풍자하는 것은 이시백에게 새로운 민중 서사의 윤리적 미의식을 정립하는 데 반드시 거쳐야 할 과정이다.

그래서인지 《나는 꽃 도둑이다》에서 마주하는 민중은 서로 메마르고 강팍한 이해관계 속에서 삶을 지탱할 뿐 상대방의 허물을 감싸주고 삶의 상처를 위무해주는 윤리적 미의식은 휘발돼 있다. "어차피 대한민국은 복불복 개인 플레이야"(207쪽)라는 극단적 개별주의를 통한 무한 경쟁의 성공주의 신화(경제 지상주의)가 그들의 삶 전부를 지배한다. 경제 지상주의에서 모든 것은 오직 하나로 귀결된다. '돈'은 모든 것의 가치를 평가하는 절대 지존이다. '돈'의 위력 앞에 민주주의, 정의, 역사, 나눔, 연민, 우애, 화합, 평화 등과 연관된 인류의 보편적 공동선(共同善)이 들어설 자리는 초라하기만 하다.

> 부자 감세. 지난번 선거 때도 진근은 대뜸 그 정당을 위해 표를 꾹 눌러주었다. 그게 어디 저 혼자만의 생각일까. 지난번에 부자당 후보가 서울시장에 나섰을 때, 그를 찍어준 이들을 직업별로 나눈 신문 기사를 읽은 적이 있다. 우선 농사짓고 고기 잡는 농림어업자들이 62.2퍼센트로 가장 많았고, 집에서 알뜰히 살림하는 주부가 57퍼센트나 되었다. 그 뒤를 이은 것이 자신과 같은 자영업자로 54.2퍼센트나 되었다. 손발 움직여 먹고사는 생산직이나 하루 품 팔아 하루 사는 일용직도 절반에 가까운 49.2퍼센트가 그이를 찍은 것만 봐도 없는 이들일수록 부자 편이었다. 공연히 자발머리없는 인간들이 입만 까져가지고 민중이니 연대니 입바른 소리를 늘어놓지만 세상은 그렇게 움직여지는 게 아니었다. 세상을 움직이는 건 촛불이 아니라 돈이라는 걸 진근은 굳게 믿는 사람이었다.(151쪽)

촛불 장사를 하는 진근은 "뭐니 뭐니 해도 세상에는 머니가 제일"(145쪽)이라는 '돈'을 향한 욕망에 사로잡혀 있다. 그런데 이 욕망은 진근에게 국한된 게 아니라 이 땅의 절반이 넘는 민중의 의식을 지배하고 있다. 이러한 욕망은 급기야 "박 대통령 시절이 아싸리 나은 셈이야"(148쪽), "솔직히 지금두 전두환을 다시 불러오라는 이들두 많아"(148쪽)라는 퇴행적 역사 인식을 스스럼없이 드러낸다. 민주주의의 성스러운 가치를 향해 그토록 고귀한 민중의 생목숨이 희생되었건만, 민중의 피와 땀으로 성취한 민주주의를 또 다시 훼손시켜도 무방하다는 식의 이 어처구니없는 경제 지상주의는 지금, 이곳의 민중이 윤리적 감각의 부재와 혼돈을 집약적으로 보여준다. 작가 이시백이 비판적으로 경계하고 두려워하고 있는 것은 민중 사이에 횡행하고 있는 이러한 윤리의 자기 파탄이다. 즉 민중이 맹목적으로 집착하고 있는 경제 지상주의가 민중의 엄청난 희생을 요구하고 있다는 이 모순에 민중이 눈감고 있음을 작가는 직시한다.

그래서 민중의 윤리의 자기 파탄은 작중 인물 재록이 키쓰방에서 '청심회'의 김 총무 딸을 우연히 만나 윤락 서비스를 받는가 하면, 야바위꾼 노천이 야바위 대신 청계천 노상에서 성인용 포르노 시디를 버젓이 팔면서 자신의 딸이 맡긴 결혼 자금 5천만 원을 주식에 투자해 경제적 손실을 입고, 종백이 정부의 사대강 개발 사업에서 최대한 경제적 이득을 챙기는 데 혈안이 된 채 언어 도단의 억지부리기식 생태 인식을 보이고, 박금남이 청계천 상인연합회 기동대장으로서 마치 청계천 일대가 자신의 보호 관리 감독을 받아야 한다는 허명 의식에 사로잡혀 있는 모습 등에서 여실히 나타난다.

그런데 우리는 《나는 꽃 도둑이다》에서 가차 없이 비판의 과녁이 되고 있는 민중의 윤리의 파탄에서 가볍게 넘길 수 없는 또 다른 부정에 주목할 필요가 있다. 생존을 위해 모여든 청계천의 민중 사이에 퍼져 있는 탈북 이주민과 외국인 이주 노동자에 대한 차별적 인식이 그것이다. 탈북 이주민과 외국인 이주 노동자는 청계천을 생활 기반으로 살고 있는 어엿한 민중인데도 이들은 한국의 민중에게 민족적·인종적·이념적·위생학적 요소가 복잡하게 뒤엉킨 차별을 받고 있음을 작가는 예의 주시한다. 이 같은 차별적 인식은 명식과 박금남의 언행에서 뚜렷이 드러난다.

명식은 자신의 딸이 인도로 유학을 가고 싶다는 말에 대뜸 김치 공장에서 일하는 스리랑카의 노동자 피부색을 떠올리면서 그들을 노골적으로 "시컴둥이"(36쪽)라고 표현하고, 명식의 아내 또한 외국인 종업원을 구하면서 흑인보다 황인종을 우선적으로 고려하는 인종차별적 인식을 지닌다. 게다가 박금남은 동남아 여성을 "정조도 없고" "그냥 짬뽕으로 막 뒤섞여 오염된 거"(113~114쪽)로서 병원균 그 이상도 이하도 아닌 깨끗이 제거해야 할 위생학의 대상으로 취급한다. 그뿐 아니라 탈북 이주민 역시 세탁해야 할 빨랫감 혹은 "뿌리째 뽑아야"(116쪽) 할 '화근', 즉 배타적인 민족적·이념적 차별과 반감의 대상일 뿐이다. 탈북 이주민과 외국인 이주 노동자 모두 한국의 민중처럼 "다 먹고살자고 허는 일"(39쪽)에 그들의 전 존재를 전력투구하고 있는데, 한국의 민중은 과거 비서구를 지배한 제국(=백인)의 식민주의를 구성하는 온갖 차별 행태를 한국의 그것으로 전도(顚倒)시키고 있는 셈이다. 이 또한 작가 이시백이 《나는 꽃 도둑이다》를 통해 날카롭게 투시하고 있는 민중의 윤리의 자기 파탄을 적시하고 있는 부분이다.

이제 우리의 진보적 민중 서사는 이처럼 한국의 민중 사이에서 난마처럼 뒤엉킨 식민주의의 차별적 구조와 행태에 대해 다층적인 비판의 시선을 지녀야 할 것이다. 세계 민중의 국제적 연대를 추상적으로 기획하는 서사이기보다 지금, 이곳의 우리 민중 사이에서 (재)생산되고 있는 지구적 차원의 구체적 현실의 문제를 소홀히 할 게 아니라 이것에 적극적으로 대응하는 민중 서사의 활력을 절실히 모색해야 한다는 점에서 《나는 꽃 도둑이다》의 선도적 문제의식은 눈여겨볼 만하다.

부당한 국가권력이 전복되는 통쾌함과 짜릿함

《나는 꽃 도둑이다》가 민중 서사의 창조적 전통을 쇄신하는 데 구술성의 미의식은 매우 중요하다. 이 구술성은 《나는 꽃 도둑이다》의 주제 의식을 효과적으로 담아낸다. 사실, 이 소설은 시종일관 구술성의 마술적 힘에 의존하고 있다 해도 과언이 아니다. 이

구술성은 민중의 생생한 생활 감각뿐 아니라 이것에 바탕을 둔 세계 인식을 표현해낼 수 있는 가장 적합한 요소다. 특히 작가가 초점을 맞추고 있는 민중의 새로운 윤리를 정립하기 위해 기존 붕괴된 민중의 윤리를 자기 풍자하는 서사에서 구술성은 비판의 진정성을 획득한다.

이것과 관련해 《나는 꽃 도둑이다》가 보여주는 서사 전개의 면모가 흥미롭다. 청계천 복원 사업을 기념하는 전(前) 시장의 명판이 사라진 사건을 수사하기 위해 표면적으로 국가의 공유수면에 있는 재산물인 잉어를 함부로 처분한 죄를 묻는다는 명분으로 '청심회' 회원들이 그들의 청계천 일상을 시시콜콜히 수사 진술서에 기록하는데, 그 기록 과정에서 자연스레 구술성이 상당 부분을 차지한다. 여기서 수사 진술서와 구술성은 길항(拮抗)·충돌·간섭하는 화학작용을 보인다. 수사 진술서는 국가의 공권력을 표상하는 공식 문서로서 수사관들은 명판의 행방을 수색하기 위해 '청심회' 회원들의 일상을 강제적으로 진술하도록 한다. 이 과정에서 청계천의 세태가 속속 드러난바, 우리는 민중의 윤리 의식 부재와 혼돈을 이미 목도했다.

여기서 작가의 구술성은 국가의 제도적 권력의 틈새에 균열을 냄으로써 국가권력의 부당한 행위에 대한 신랄한 냉소와 조소가 동반된 비판적 풍자의 길을 낸다. 수사 진술서 안에서 말이다. 국가권력의 강제성을 통해 민중의 일상을 감시하고자 한 진술서가 오히려 민중의 일상의 감각을 떠받치는 구술성에 의해 통렬히 비판을 받는 이야기로 전도된다. 그리하여 우리는 부당한 국가권력이 민중의 구술성의 신명으로 전복되는 통쾌함에 짜릿함을 맛본다. 조금 길지만 그중 한 대목을 소개해본다.

"회장님이 그러는데 저 녹색 성장이란 걸 하면 돈두 많이 풀리구 강두 깨끔해진다던데, 나라님이 장한 일 했네."

(중략)

"네미, 개천 바닥을 들여다보구나 말해. 미끈거리는 청태가 시퍼런데 무슨……. 하기야 그것두 시퍼러니 녹색 성장이라면 할 말이 없지만."

"내야 뭘 알우. 그냥 시퍼러면 녹색이구 성장이라면 그런가 부다 하는 것이지."

"그리 말하면 시화호에 공단 폐수 시커멓게 흘려보내는 건 흑색 성장이여?"

(중략)

"아무리 주둥이 하나루 행세하며 사는 것들이라지만, 말 아니면 하지 말라는 말이 오죽해서 국어사전에 적혀 있을까. 멀쩡한 강에 세멘으루 공구리를 쳐서 보를 막구 로봇 물고기를 풀어놓는 것이 녹색 성장이면 육삼빌딩 꼭대기에 상어 집어넣구 귀경시키는 수족관은 태평양 수궁인 셈이여. 뭐, 녹색 성장? 수족관 금붕어들이 웃겄다."

"이이는 무슨 웬수가 졌길래 나라에서 하는 일마다 마뜩잖아 시끈벌

떡이래. 백성들이야 그저 등 따습구 배부르면 되는 것이구, 굿이나 보구 떡이나 읃어먹으면 될 일이지……."

"떡? 떡 좋어하다 관격 들려 골루 가는 수가 있어. 제 닭 잡아다가 서리해 먹는 줄 모르구 닭 국물 한 모금 읃어먹었다구 어깨춤 추는 게 이 나라 백성들이여."

"업세. 그리 잘났으믄 자기가 나서서 국회엘 나가 보우. 까짓 거 이왕이면 대통령두 한번 해보지그려. 맨날 안방에서 애꿎은 방바닥만 두드리지만 말구."

"누가 앉아서 소피 보는 종자 아니랄까 봐. 소갈머리하구는. 이러니 백성이란 걸 알기를 발구락의 때쯤으루 여기는 거여."

"어디 그럼 발가락에 발가락지쯤 되는 양반 이야기나 들어봅시다."

(중략)

"어느 시대, 어느 나라건 말이여. 백성들 위하지 않겠다는 왕이나 지도자는 없었다 이 말이여. 그런 말을 앞세우는 건 그만큼 잘 안 되는 애기기도 하다는 말씀이여. 여태껏 나라에 위기가 오면 누가 나서서 몸으루 막았어. 왕? 아님 대통령? 백성 팽개치구 의주루 튄 것이 임금이구, 라디오루 수도를 사수한다는 방송 틀 때 벌써 저 혼자 살겠다구 한강다리 끊구 대전으루 토낀 게 대통령이여. 얼매 전에 아엠에푸 났을 적에두 애들 돌반지까지 금붙이 다 내다가 바친 것이 뉘여? 있는 것들? 흥, 미안하지만 그때 톡톡히 재미 본 게 있는 것들이여. 오죽하면 아엠에푸 다시 안 오나 그리워한다는 말까지 있을까."(82~85쪽)

위 대목은 수사 진술서에 기록된 청계천 비정규직 환경미화원 심씨의 이야기다. 비판의 핵심은 누가 봐도 뚜렷하다. 이명박 정부의 국정 슬로건 중 하나인 녹색 성장의 실상이 시화호 공단의 폐수에 비유되면서 '흑색 성장'이란 민중적 언어유희로 풍자되고 있다. 풍자의 주체는 민중이며 풍자의 대상은 국정 최고 책임자다. 민중의 구체적 삶의 실상과 유리된 전시 행정과 업적주의 그리고 시대착오적이면서 철학이 부재한 토목공사에 기반을 둔 녹색 성장의 허구성에 대한 민중의 신랄한 풍자는 어떻게 하는 것이 민중의 행복과 아름다운 삶의 가치를 추구하는 것인지에 대한 위정자의 근본적 성찰을 촉구한다. 아울러 역사의 위기 속에서 민중의 생명과 안녕을 등진 채 위정자의 안일을 위하는 현실을 매섭게 풍자한다. 민중의 삶과 이반된 위정자의 정치 행위는 이렇게 민중적 언어유희의 구술성에 의해 통렬히 비판되고 있다.

사실 이와 같은 구술적 풍자는 《나는 꽃 도둑이다》의 곳곳에서 볼 수 있다. 작중 인물들은 저마다 처한 삶의 현실에 용해된 민중의 생활 감각을 통해 악무한의 현실을 풍자하고 있다. 물론 이 현실의 풍자에는 경제 지상주의에 붙잡혀 있는 민중의 자기 풍자를 외면해서 안 된다.

'청심회' 회원들은 대선 정국을 맞이해 또 다른 청계천 개발 사업에 대한 성명서를 준비하는데, 이 과정에서 그들은 언제 갈등이 있었느냐는 듯 대통령 후보자가 채택할 청계천 개발 사업을 위한 성명서 준비에 뜻을 함께한다. 그 청계천 개발 사업이란, 다시 청계천을 덮어버리는 복개 사업이다. 복개 사업의 청사진을 놓고 '청심회' 회원들은 각자의 경제적 이해관계에 부산스럽다. 작가는 이 웃지 못할 그들의 성명서 준비 과정을 "덮었다 열었다 허는 기 정치인 기라"(274쪽)라는 묘적선사의 말을 통해 자기 풍자한다. 위정자나 민중 모두 서로의 정치·경제적 이해관계에 따라 맞물리는, 그래서 한국 사회의 타락한 세태가 악순환되는 냉엄한 현실을 작가는 우리에게 들려준다. 이러한 악순환 속에서 '청심회' 회원들의 무고로 억울하게 명판 도둑으로 내몰린 안 목사 내외의 불행은 어쩌면 너무나 당연한 일인지도 모른다. 이미 사회적 악순환은 한국 사회 안팎에 존재하는 부정한 것들의 카르텔 속에서 사람이 아닌 '괴물'의 존재들로 채워지고 있다. 이들에게 이러한 한국 사회는 부정한 것들이 아무렇지도 않게 버젓이 활개를 치고 다니는 정상성으로 둔갑한 태평성세와 다를 바 없다.

> 바야흐로 물가에 심은 꽃들이 벌을 부르고, 천변에 심은 사과나무마다 주먹만 한 사과가 익어갔다. 개천에서는 잉어들이 텀벙거리고 꽃나무 그늘 아래서 사람들은 태평성세를 노래했다. 물맞이 축제를 하던 개천가에서는 시장이 바뀌면서 연등 축제가 열렸다. 밤이 되면 각 나라에서 만든 등불이 색색으로 환히 빛났다. 축제가 열리던 날, 개천 가장자리에 설치한 스피커에서 북한까지 들릴 정도로 큰 소리로 귀에 익은 노

래가 흘러나왔다. 아무도 물가에 쓰러진 노인의 이야기나, 해 질 무렵이면 그 자리에 혼자 앉아 망연히 흐르는 물을 바라보는 미망인에 대해서는 이야기하지 않았다.

(중략)

"귀 따가워, 앰프 좀 줄여!"

절대안정을 취하라던 의사의 말에 요즘 들어 빗자루질도 가만, 가만히 하던 심씨의 귀에 그것은 비명 소리나 다름없이 들렸다.(274~275쪽)

《나는 꽃 도둑이다》의 대미는 이렇다. 시장이 바뀌면서 청계천의 물맞이 축제는 연등 축제로 바뀌고, 새로운 시장의 청계천 축제는 대한민국의 번영과 조국애를 북돋우는 노래로 채워진다. 아무도 청계천의 정치·경제적 이해관계의 희생양이 된 안 목사의 죽음을 애도하지 않는다. 이제 청계천은 위정자의 치세(治世)를 판단하는 준거로 전락했고, 청계천에는 부박한 경제 지상주의의 온갖 이해관계와 그 실현 욕망으로 그득할 뿐이다. 그러니 청계천의 현실과 삶의 궤적을 함께해온 심씨에게 연등 축제의 노래는 청계천(민중)의 번영과 행복을 위한 것과 동떨어진 '비명 소리'로 들린다.

무엇이, 그리고 어떻게 사는 삶이 과연 태평성세를 누리는 것일까. 《나는 꽃 도둑이다》는 우리에게 음울하지만 결코 포기해서는 안 될 삶의 상식적인 물음을 던진다. 작가 이시백의 민중 서사를 지탱하는 구술성이 민중의 아름다운 가치로 충만한 태평성세의 미래를 담아낼 날을 기대해본다.

| 작가의 말 |

꽃을 싫어하는 사람이 어디 있겠는가.

청계천변의 움막들이 보기 흉하다고 말끔히 덮어버리더니, 시절은 이제 그걸 뜯어내는 걸로 명성을 얻었다. 덮고, 뜯는 것이야 세월의 흐름에 따라 오고 가는 일이라 하겠지만 쫓겨나 눈물 흘리는 것은 언제나 벼룩 같은 인생들이라는 사실은 만고불변이다.

벗겨낸 개울에 맑은 물을 흘려보내고, 향기로운 꽃나무를 심으니 어찌 보기에 좋지 않겠는가. 도심에서 사과꽃을 보고, 물장구치는 잉어를 만날 수 있는 건 꿈같은 일이다. 그러나 그 꽃을 피우기 위해 누군가는 눈물을 흘려야 하며, 잉어를 위해 정든 보금자리에서 속절없이 쫓겨나야 했다면 마냥 즐거워할 일만은 아니다.

한때 용이 나오던 개천에서 대통령이 나오고 삽 든 김에 강을 파헤치는 장거를 이루었으니, 어찌 이를 삽 든 사람만 탓하리오. 주머니 털리는 줄도 모르고, 관광버스 대절해 새로 단장한 청계천의 꽃나무 아래서 환호작약하던 우리의 무심함을 먼저 돌아봐야 하지 않겠는가.

벼룩시장이라 불리는 청계천변이며, 후미진 골목을 뻔질나게 드나들었지만 막상 그곳에 몸 붙이고 사는 이들을 예쁘게 그려내지 못해 죄송하다. 천성이 삐딱해 환하고 따뜻한 눈을 지니지 못함을 탄할 뿐이다. 두어 권의 농촌 소설에 이어 눈을 돌린 장거리에도 여전히 돈은 힘이 세고, 욕망은 만개했다. 자본이 피워낸 꽃들이 화려하나 천변의 뒷골목에서 눈물로 피우는 소금꽃이 가려져서야 되겠는가. 개발과 욕망에 취해 이리저리 떠밀려온 천변의 풍경을 무딘 솜씨로나마 그려보려 애썼다.

일찌감치 써야 할 책이 순전히 게으름 탓에 늦어지고 말았다. 그동안 깊은 관심으로 힘을 준 이정록 시인과 한겨레출판의 김수영 본부장, 그리고 제2외국어와 동격이라는 사투리로 어지러운 글들을 다듬고 살펴준 한겨레출판의 편집부 가족들, 김윤정 님과 이지은 님께 감사드린다.

2013년

잔설이 녹지 않은 물골에서

이시백

나는 꽃 도둑이다

초판 1쇄 발행 2013년 3월 26일
초판 6쇄 발행 2019년 6월 3일

지은이 이시백
펴낸이 이상훈
편집인 김수영
본부장 정진항
기획편집 김준섭 정선재
마케팅 조재성 천용호 박신영 조은별 노유리
경영지원 이해돈 정혜진 이송이

펴낸곳 한겨레출판(주) www.hanibook.co.kr
등록 2006년 1월 4일 제313-2006-00003호
주소 서울시 마포구 창전로 70(신수동) 화수목빌딩 5층
전화 02-6383-1602~3 **팩스** 02-6383-1610
대표메일 munhak@hanibook.co.kr

ISBN 978-89-8431-685-0 03810